朱彝尊 辑録

明詩綜

第八册

中華書局

明詩綜卷八十三

樂章

小長蘆　朱彝尊　録
龍眠　程　仕　緝評

慶成宴四首

《静志居詩話》：　明高皇帝渡江，丙午十二月命立郊社。吳元年丁未，圜丘、方丘、社稷壇成。圜丘在京城東南正陽門外，鍾山之陽。方丘在太平門外，鍾山之北。社稷壇在宫城之西南。洪武元年戊申正月，南郊即位。是年十一月冬至，祀南郊，禮成行慶成禮。翼日大宴。十年丁巳，帝以分祭天地，揆之人情，有所未安，命舉合祀之典。即圜丘舊址爲壇，而以屋覆之，命名大祀殿。十一月，始合祀天地于奉天殿。詔自今以首春合祀于南郊。十一年戊午十月，大祀殿成。自是命太常每歲合祭天地于春首。至嘉靖九年，因夏言之請，改議分祀，其詳載《嘉靖祀典》。兩朝樂章，詞臣分撰，雜以曲譜，合乎《雅》《頌》者寡。今擇稍典麗者，著于編。《慶成宴樂章》，十五年正月定。一奏《炎精開運》之曲，再奏《皇風》之曲，三奏《眷皇明》之曲，四奏《天道傳》之曲，五奏《振皇綱》之曲，六奏《金陵》之曲，七奏《長楊》之曲，八奏《芳醴》之曲，九奏《駕六龍》之曲。

皇風被八表，熙熙聲教宣。時和景象明，紫宸開繡筵。龍袞曜朝日，金鑪裊祥烟。濟濟公與侯，被服麗且鮮。列坐侍丹扆，罄折在周旋。羔豚升華俎，玉饌充方圓。初筵奏南風，繼歌賡載篇。瑶觴欣再舉，拜俯禮無愆。同樂及斯辰，於皇千萬年。右再奏。

周南詠麟趾，卷阿歌鳳皇。藹藹稱多士，爲楨振皇綱。赫赫我大明，德尊踰漢唐。百揆修庶績，公輔理陰陽。坐令八紘内，熙熙民樂康。氣和風雨時，田疇見豐穰。獻禮過三爵，歡娱良未央。右五奏。

長楊曳緑，黄鳥和鳴。菡萏呈祥，日麗風清。及時爲樂，芳尊在庭。管音嘒嘒，絲竹泠泠。玉振金聲，各奏爾能。皤皤國老，載勸載懲。明德惟馨，永保嘉名。無已太康，哲人是聽。右七奏。

夏王厭芳醴，商湯遠色聲。聖人示深戒，千春垂令名。惟皇登九五，玉食保尊榮。日昃不遑餐，布德延群生。大庖具豐膳，鼎鼐事調烹。豈僅資肥甘，亦足養遐齡。達人悟兹理，恒令五氣平。隨時知有節，昭哉天道行。右八奏。

《嘉靖祀典》：九年七月，禮部議覆，中允廖道南疏云：《慶成宴》有《平定天下》《撫安四裔》《車書會同》《表正萬邦》《天命有德》五舞，又有《仰天恩》《感地德》之曲，載于《會典》。或當時詞臣所撰，猶爲可觀。

太廟時享三首

《詩話》：太廟時享，春以清明，夏以端午，秋以中元，冬以冬至。洪武二年正月，定議行之。迎神樂奏《中和》之曲，初獻奏《壽和》之曲、《武功》之舞，亞獻奏《豫和》之曲、《文德》之舞，終獻奏《熙和》之曲、《文德》之舞，徹饌奏《熙和》之曲，還宮奏《安和》之曲。

慶源發祥，世德惟崇。致我眇躬，開基建功。京都之内，親廟在東。惟我子孫，永懷祖宗。氣體則同，呼吸相通。來格來崇，皇靈顯融。右迎神。

承前人之德，化家爲國。毋曰予小子，基命成績。欲報之德，昊天罔極。殷勤三獻，我心悦懌。右終獻。

顯兮幽兮，神運無迹。鸞馭逍遥，安其所適。其靈在天，其主在室。子子孫孫，孝思無斁。右還宮。

太學釋奠五首

《詩話》：洪武元年二月，以太牢祀先師孔子于國學。八月，遣官釋奠于先師孔子。五年，尊孔子封號曰「大成至聖文宣王」。六年八月，翰林承旨詹同，學士樂韶鳳等，上所製釋奠先師孔子樂章，迎神奏《咸和》之曲，奠帛奏《寧和》之曲，初獻奏《安和》之曲，亞獻奏《景和》之曲，終獻與亞獻同，徹饌送神俱奏《咸和》之曲。

自生民來，誰底其盛。維王（嘉靖中勑改師。）神明，度越前聖。粢帛具成，禮容斯稱。黍稷非馨，惟神之聽。（右奠帛。）

大哉聖王，（嘉靖中勑改師。）寔天生德。作樂以崇，時祀無斁。清酤惟馨，嘉牲孔碩。薦修神明，庶幾昭格。（右初獻。）

百王宗師，生民物軌。瞻之洋洋，神其寧止。酌彼金罍，惟清且旨。登獻維三，於戲成禮。（右亞獻、終獻。）

犧象在前，豆籩在列。以享以薦，既芬既潔。禮成樂備，人和神悦。祭則受福，率遵無越。（右徹饌。）

有嚴學宫，四方來崇。恪恭祀事，威儀雝雝。歆兹惟馨，神馭還復。明禋斯畢，咸膺百福。（右送神。）

雩祀一首

《詩話》：嘉靖九年，禮臣等議曰：「《月令》：仲夏，大雩帝，用盛樂。《春秋左氏傳》：龍見而雩。後世此禮不傳，而在位者，遇旱暵之災，往往假異端術士祈禱，誣亦甚矣。今請於郊兆之旁，擇地以爲雩壇，每歲孟夏以後舉行。陛下於孟春上辛，既祈穀于上帝矣。自二月至四月，時雨而雨，時暘而暘，則大雩之祭，陛下可免親行，遣官代之。若其雨澤愆期，則陛下躬即其地，以行禱祝。其作樂陳舞，宜仿古昔之儀，庶於禮爲不失也。」十一年，又進議曰：「郊以禮爲重，雩以樂爲主，合照圜丘樂舞之數，以四方之色，成樂舞之服，庶稱古人盛樂皇舞之制。」兼請：三獻禮成之後，九奏樂止之時，命詞臣櫽隱括《雲漢》詩詞，別製《雲門》一曲，使文武之士，青衣執羽，并舞而合歌之。乃定議。迎神奏《中和》之曲，奠帛奏《肅和》之曲，進俎奏《咸和》之曲，初獻奏《壽和》之曲，亞獻奏《景和》之曲，終獻奏《永和》之曲，徹饌奏《凝和》之曲，送神奏《清和》之曲，望燎奏《太和》之曲，祭畢使道童歌《雲門》之曲。

百川委潤，名山出雲。愆暘孔熾，膏澤斯屯。祈年于天，載牲于俎。神之格思，報以甘雨。右進俎。

立春特享武宗 一首

《詩話》：嘉靖十四年二月，重修太廟。立春，特享九廟於武宗，迎神奏《太和》之曲，初獻奏《壽和》之曲，亞獻奏《豫和》之曲，終獻奏《寧和》之曲，徹饌奏《雍和》之曲，還宮奏《安和》之曲。

列祖垂統，景運重熙。於惟武皇，昭德敕威。用蕆除姦宄，大業弗隳。專廟以享，經禮攸宜。俎豆式陳，庶幾來思。

圜丘一首

《詩話》：《圜丘》樂章二首，嘉靖初，大學士霍韜撰。《嘉靖祀典》不載，殆進呈，而別用他人之作也。

昊天在上，我祖在側。我奠我幣，於焉踧踖。昊天在上，我祖在旁。我奠我帛，於焉皇皇。天佑皇祖，錫我民祜。右奠帛。

巍巍蕩蕩，帝德無象。無曰無象，昭昭在上。蕩蕩巍巍，帝德無爲。無曰無爲，下式九圍。服帝之德，朝乾夕惕。庶幾無斁，帝心悦懌。右送神。

升祔嘉靖中定。一首

《詩話》：嘉靖十七年七月，上興獻王尊謚曰「知天守道洪德淵仁寬穆純聖恭儉敬文獻皇帝」，廟號「睿宗」。九月，升祔于廟，迎神樂奏《太和》之曲，初獻奏《壽和》之曲，亞獻奏《豫和》之曲。終獻奏《寧和》之曲，徹饌奏《雍和》之曲，送神奏《安和》之曲，皇妣慈孝貞順仁敬誠一安天誕聖獻皇后，升祔樂章同。

酌彼鬱鬯，玉瓚是將。敬哉奉盈，有飶其香。儼皇祖在上，八聖在旁。合享交歆，神容洋洋。右初獻。

改上成祖謚號一首

《詩話》：嘉靖十七年九月，更太宗文皇帝稱成祖，迎神樂奏《太和》之曲，舉冊寶奏《熙和》之曲，初獻奏《壽和》之曲，亞獻奏《豫和》之曲，終獻奏《康和》之曲，徹饌奏《永和》之曲，送神奏《安和》之曲。

高皇謨烈，我祖是成。誕垂裕于後昆，孝孫是徵。援今稽古，薦茲尊稱。奕奕閟宮，歲事有恒。子子孫孫，百世其承。右送神樂奏《安和》之曲。

伐倭告祭南郊嘉靖中撰。一首

天啓有明，百神率職。殄逆助順，無往不克。九州奠安，維帝之德。載獻載趨，既齊既稷。

告祭北郊一首

粢盛既潔，齊明是將。精誠感通，昭格洋洋。威稜贊翼，我代用張。邊燧永清，海波不揚。

《詩話》：魏樂府不成於曹、劉而成於繆襲，晉樂府不成於潘、左、張、陸而成於傅玄，宋樂府不成於鮑、謝而成於何承天，北齊樂府不成於蕭慤而成於陸卬，皆屬恨事。明洪武樂章，率出四學士之筆；嘉靖樂章，率出議禮諸貴人之詞。假孝陵改命伯温、季迪，永陵改命穉欽、君采，則其辭定遠追奚斯、考父之盛，不若是之懦鈍矣。

明詩綜卷八十四

宮掖

小長蘆　朱彝尊　録

弟　彝爵　緝評

郭愛 一首

愛字善理，鳳陽人。宣宗聞其才，召至京。病卒，贈國嬪。

顧玄言云：貴嬪事，見《淑秀集》。其《自哀》古體，源出蔡文姬，得性情之正。

京邸病革自哀

脩短有數兮，不足較也。生而如夢兮，死則覺也。先吾親而歸兮，獨慚予之不孝也。心悽悽而不能已兮，是則可悼也。

司綵王氏 一首

南海人。宣德中女官。

顧玄言云：司綵《宫詞》遒麗，亦椒庭之豔發者。

《静志居詩話》：宫官之設，見于《周官》，見于《戴記》。漢魏置貴嬪、夫人、貴人，此仿《周官》之三夫人也。淑妃、淑媛、淑儀、修華、修容、修儀、婕妤、容華、充華，此仿《周官》之九嬪也。《北史·后妃傳》有正華、令則、修訓、曜儀、明淑、芳華、敬婉、昭華、光正、昭寧、貞範、弘徽、和德、弘猷、茂光、明信、静訓、曜德、廣訓、暉範、敬訓、芳猷、婉華、明範、豔儀、暉則、敬信，此仿《周官》之二十七世婦也。穆光、茂德、貞懿、曜光、貞凝、光範、令儀、内範、穆闈、婉德、明婉、豔婉、妙範、暉章、敬茂、静肅、瓊章、穆華、慎儀、妙儀、明懿、崇明、麗則、婉儀、彭媛、修閑、修静、弘慎、豔光、漪容、徽淑、秀儀、芳婉、貞慎、明豔、真穆、修範、肅容、茂儀、英淑、弘豔、正信、凝婉、英範、懷慎、修媛、良則、瑶章、訓成、潤儀、寧訓、淑懿、柔則、穆儀、修禮、昭慎、貞媛、肅閨、敬順、柔華、昭順、敬寧、明訓、弘儀、崇敬、修敬、承閑、昭容、麗儀、閑華、思柔、媛光、懷德、良媛、淑猗、茂範、良信、豔華、徽娥、肅儀、妙則，此仿《周官》之八十一御女也。唐宋以來，參合損益，不廢其名。明初定設六局，曰尚宫、尚儀、尚服、尚食、尚寢、尚功，掌以宫正，總六局之事。凡出納文籍皆印署之，付内史監，牒移于外。局有四司：尚宫之屬，有司紀、司言、司簿、司闈；尚儀之屬，有司籍、司樂、司賓、司贊；尚服之屬，有司寶、司儀、司仗、司飾；尚食之屬，有司饌、司醖、司藥、司供；尚寢之屬，有司設、司輿、司苑、司燈；尚功之屬，有司製、司珍、司綵、司計。司綵，掌儲藏段疋者也。官設于洪武五年。王氏家南海河南村，永樂二年，選入宫。命與權妃同輦，辭曰：「妾嫠婦也，安敢充下陳哉？」帝重之，許歸。嗚呼！開創之主，宫中府中，設司分職，各有典司。后正位乎内，夫人、嬪御交贊陰教，居有保阿之訓，動有環珮之響，内無出閫之言，權無私溺之授，法至善矣。其後宫官罷設，奄寺乃得横行。王振、汪直、劉瑾惡已貫盈，至魏忠賢攬政，昵一客氏，深宫更無爲懿安皇后助者。雖存女秀才、女史官空名，恒罰提鈴警夜，而宫官大抵皆爲奄寺之菜戶矣。外而税礦，内而批紅，監軍則養寇，賊至則開門，貽禍之烈，一至於此。使女官舊章不廢，褘衣褕翟，絳紗貂蟬，雍雍肅肅，何遽稱九千歲于大璫之前乎！

宫詞

璚花移入大明宫，一樹凝一作旖旎濃。香倚一作韻。晚風。赢得君王留步輦，玉簫吹徹月明中。

《詩話》：元制，歲責高麗貢美女，故張光弼《輦下曲》云：「宫衣新尚高麗樣，方領過腰半臂裁。連夜内家爭借看，爲曾著過御前來。」楊廉夫《元宫詞》亦云：「北幸和林幄殿寬，句麗女侍婕妤官。君王自賦昭君曲，勑賜琵琶馬上彈。」明初相沿未改。此孝陵有碽妃，長陵有權妃也。權爲高麗光禄卿永均之女，善吹簫，宫中爭效之。寧獻王詩云：「宫漏已沉參倒影，美人猶自學吹簫。」王司綵亦云：「贏得君王留步輦，玉簫嘹喨月明中。」皆爲權貴妃作。

沈瓊蓮七首

瓊蓮字瑩中，烏程人。弘治初，選入掖庭，官女學士。

《詩話》：魏有女侍中，晉有女尚書。迄于唐，宋若華姊妹五人皆善屬文，昭義節度使李抱貞表薦于朝。德宗召入宫，試詩賦兼問經史大義，深加歎賞，不以宫妾遇之，呼爲女學士。貞元後宫中記注，若華掌之。繼而若昭、若憲代司其籍。烏程女子沈瑩中初入掖庭，泰陵試以《守宫論》，發題云：「甚矣，秦之無道也。宫豈必守哉？」泰陵大悦，擢居第一，給事禁中，授女學士。吳興人至今呼爲女閣老。瑩中在大内，暇飼白鸚鵡，教之誦《尚書·無逸篇》，此宜載之管彤者也。

寄兄

疏明星斗夜闌珊，玉貌花容列女官。風遞一作度。鳳皇天樂近，雪殘一作晴。鳷鵲曉樓寒。昭儀引駕臨丹扆，尚寢熏鑪爇紫檀。肅肅六宫懸象魏，春風前殿想鳴鑾。

送弟溥試春官

少小離家侍禁闈，人間天上兩依稀。朝迎鳳輦趨青瑣，夕捧鸞書入紫微。銀燭燒殘空有夢，玉釵敲斷未成歸。年年望汝登金籍，同補山龍上衮衣。

宫詞五首

翠絲蟠袖紫羅襦，偷把黄金小帶輸。中使傳宣光禄宴，内家學士出新除。

青霧濛濛罩碧牕，青燈的的燦銀釭。内人何處教吹管，驚起庭前鶴一雙。

豆蔻花封小字緘，寄聲千里落雲帆。一春從不尋芳去，高疊香羅舊賜衫。

天子龍樓暫見妝，芙蓉團殿試羅裳。水風凉好朝西坐，專把書經教小王。

明牕棐几淨爐熏，閒閱仙書小篆文。晝永簾垂春寂寂，碧桃花映石榴裙。

范氏一首

清江人。一云新淦。梈孫女。早寡，選入禁中。偶題畫寄意，高后見之，封爲夫人，遣還鄉。《詩話》：明初，識字婦女得舉女秀才，入尚功局。《萬載縣志》載，縣民敖用敬妻易淵碧，洪武二十六年舉女秀才，以疾還鄉。又中都左衛千戶陳泰圓妻龍玉英孀居，亦舉女秀才，洪熙元年封大樂賢母。范氏殆其選也。

題老嫗騎牛吹笛圖

玉環賜死馬嵬坡，出塞昭君怨更多。爭似阿婆牛背穩，笛中吹出太平歌。

曹靜照六首

靜照字月士，宛平人。泰昌元年，選良家女入宮。李自成犯闕，隨内監劉至南京，開剃爲尼。

宮詞六首

到面東風只自知，燕花牌子手中持。椒房領得金龍紙，勅寫先皇御製詩。

一樹寒花冒雪開，幽香寂寂映樓臺。女官爭簇傳呼近，知是鸞宮選侍來。

寶妝雲髻嬋金衣，嬌小丰姿傍玉扉。新入未諳宮禁事，低頭先拜段純妃。

口勅傳宣幸玉熙，樂工先候九龍池。裝成傀儡新番戲，盡日開簾看水嬉。

閱遍司農水旱書，君王減膳復齋居。御廚阿監新承旨，明日羹湯不進魚。

儉德慈恩上古稀，他方織錦盡停機。赭黃御服重經澣，内直才人著布衣。

《詩話》：諸詩見《紅蕉集》。其云：「泰昌元年，選良家入宮。」按慶陵在位祇一月。《實録》所載：「禮儀房長隨董國用，將宮女趙永禄等八口，發其親戚領去。」於時魏給事應嘉疏言：「怨女出宮，古來盛德之事。自穆廟至先帝兩朝，凡五十餘年矣。其間侍從宮人，空閒無職，何啻千萬數。人情垂老，暗思其鄉，即此一事，不必問有例無例，慨然獨斷施行，則仁慈無極。」言雖未見行，然不聞有選良家女子之事，當再考之故老野史。

宋蕙湘 一首

蕙湘，南京宮女，年十四遭掠。

題汲縣壁

風動江空羯鼓催，降旗飃颭鳳城開。將軍戰死君王繫，薄命紅顔馬上來。

明詩綜卷八十五

宗潢

小長蘆　朱彝尊　録

西菴　顧以安　緝評

秦藩二人

朱敬鏌一首

敬鏌字季量，秦愍王樉八世孫。有《自吟亭詩草》。

《靜志居詩話》：季量詩太淺率。曩宦平李孔德曾以秦藩二詩集見貽，久乃失去，不復再覩，當更訪之。

江村雨夜

驟雨連山黑，荒村夜色侵。瀟瀟霑暗壁，颯颯動秋林。江雁濕難度，草蟲寒更吟。愁人當此夕，寂寞倍關心。

朱誼泙四首

誼泙字子斗，秦愍王九世孫。有集。

《詩話》：子斗才情横溢，極爲富平李孔德所稱。覽其《祀竈》千一百二十字，雖未悉工，而浩洐不可及也。

雜詩

欹器不受盈，槖籥出以虚。持是律吾躬，可以例卷舒。澡髮奉嚴訓，兼受詩與書。砥礪慎立節，鄉里流歎譽。世變觸駭浪，時窮遁荒墟。昔爲桂與蘭，今爲櫟與樗。昔出擁高蓋，今行無柴車。舊交零落盡，羸老隨樵漁。里正肆搜括，唾面不敢除。内省雖不疚，旁觀嗤賤愚。惓焉顧墳墓，不忍捐此軀。

強顏留續息，不絕將焉如。

冬日開元寺訪子新茂之不遇

世變僧猶在，城崩寺尚存。終傷游客少，益信法王尊。欲雪天垂暮，重霾地轉昏。無緣逢二妙，惝怳返荒村。

祀竈詩

旅食隨遷次，僑居傍酒壚。饔飧資釜甑，炊爨立庖廚。曲突焦埃墨，横牕黯垢污。水妃臨正位，火德稟神符。五祀由三代，諸卿暨大夫。精禋煩祝史，側媚矧亡俘。臘月驚春早，温風感歲徂。幸存恒踽踽，申禱敢踟躕。汛掃勞箕帚，香燈照墍塗。主人虔跽拜，子姓儼奔趨。白犢何年有，黄羊此地無。豚肩虧博碩，菟髕潤彫枯。奠薦先陘竈，尊崇復奧隅。硬餳黏簠簋，瑣果冒盤盂。裸地宜如在，登天諒不誣。赫烟騰阜蓋，烈燄走騂駒。謁帝攀金陛，朝元集絳都。奏章通太乙，蠲請浼靈巫。昭袼惟聲響，微情竊覬覦。干戈逢喪亂，墳墓幾榛蕪。樵采悲翁仲，椎埋泣湛盧。孫階馴稚犬，子舍保童烏。日日牀邊筆，年年戶左弧。空齋留破硯，寒食酹芳壺。别有深祈願，因之切歎吁。壹戎初底定，百揆待匡扶。庶寀窺台鼎，將軍戀鼓枹。武功勤遠略，文教未全敷。僞俗澆淳朴，訛言狃誑諛。閭閻驅罔象，闠闠竄於菟。怪蝎歎冰過，妖蛟挾浪奄。颶颸來廣漠，雹雨墊平塗。麥豆餘萁蔓，樓臺毀墁圬。劇聞填澨灞，幸不到江湖。嶺嶠雖枝葉，邦畿實榦株。北辰當紫禁，南極邈蒼梧。鄭使終歸晉，山公豈患吳。城階聞羽籥，府藏朽彤弧。持戟頻逃伍，探丸賸有徒。殘村憑賂免，完堡受兵屠。城郭稀鳶鵲，郊坰沸蟪蛄。風黄馳響馬，月黑嘯封狐。濟濟寧多士，盈盈燦麗姝。巧鬟垂項領，弁帽綴璵瑜。章句深穿鑿，衣裳侈僭踰。彩毫矜不律，繡裲壓諸于。廢壟招屯種，新畬怕責租。瘡痍兼稊稗，脂髓怯錙銖。隱沒棲丘貉，飄颻泛水凫。市魁爭狡獪，里正肆揶揄。是事誰爲宰，斯民望愈孤。中央甦混沌，倐忽謝鑽刳。號慟投鎚斲，神通返體膚。至仁回浩蕩，大智用糢糊。輿蓋還高下，圓方備楷模。一元調玉燭，七政順璇樞。化育殷亭毒，形生盡息蘇。真官辭旭殿，恩詔下雲衢。黄雀酬陰隙，金雞宥罪辜。八風推鉅鞴，二氣湊鈞爐。民物更鎔鑄，人才誕聖儒。九重陪舜禹，六合際唐虞。勳伐追伊傅，文章襲典謨。經綸恢寓縣，禮樂耀寰區。簴業銷鋒鏑，艨艟洗舳艫。匝瀛躬稼穡，率土罷徵輸。雪夜輕收蔡，炎荒薄渡瀘。蕭牆安鄭邸，社稷定顓臾。比屋擔珪組，呑舟決網罟。吳禽歸翡翠，越樹却珊瑚。嘉運爭寧謐，彝倫罔斁渝。孔懷諧伯仲，好合共妻孥。朋類堅膠漆，姻聯託柿柎。過庭承對問，入里應歌呼。機杼家家錦，耡耰處處珠。醴移甘井水，飴變苦原荼。綠濺沉浮蟻，青乾子母蚨。中州囚猰貐，北海放騊駼。鸑鷟重銜籙，龜龍再啓圖。君臣交警戒，朝野洽歡娛。粟帛兼頒賚，鐘鏞畢賜酺。千秋亨大有，萬國信中孚。嫠婦憂忘緯，終軍慨棄繻。請纓傷耄老，攬鏡媿眉鬚。不忍懷迷寶，深愁厠濫竽。向空書咄咄，凌險視瞿瞿。蓬堵慚今我，瓜田守故吾。無能安臲卼，何計出崎嶇。

司命如瞪目，迷魂似隕軀。依稀聞咐囑，叱吒戒誇訏。忌諱時難觸，嫌疑世所拘。挈缾他自哲，躍冶爾何愚。足繭防蹉跌，脣緘慎囁嚅。耐寒饒契闊，獻歲在斯須。更始邀光寵，維新就快愉。權宜綏福履，次第啐屠蘇。涸轍煦窮鮒，歛巢哺好雛。探環驚了了，啼牖聽呱呱。華表晨歸鶴，松門夜訴鼯。漸添丁熾盛，全減涕沾濡。道苑行舒轡，詞場且弄觚。晤談來勝侶，傲睨哂狂奴。譽聞身文繡，哦吟口豢芻。但拚佳興致，莫恨久衰癯。怳若施鍼石，皤然已痛痡。引吭餐沆瀣，透頂灌醍醐。沍澤開融面，陽林坼凍趺。鶯花催爛熳，紅紫雜縈紆。哀樂情非異，飛潛迹固殊。密雲懸沛澤，其雨斷斜晡。霜戟休酣戰，曦車弭迅驅。會留三舍景，未照及桑榆。

題旅舍

空有千金意，難酬一飯恩。再來逢漂母，不復念王孫。

周藩五人

朱安泦二首

安泦周定王橚玄孫。

夏夜寄懷謝山人時客汾陽

良夜孤清賞，懷君倍黯然。客星一以別，明月幾回圓。紫塞雲邊樹，青山雨後天。相思何處寫，隨意有冰絃。

送李子和山人遊西蜀

諭蜀文誰著，風流漢長卿。欲投巴子國，定向錦官城。羸馬銜山色，哀猨雜樹聲。武侯遺廟在，瞻謁重含情。

朱睦㮮三首

睦㮮字灌甫，號西亭，周定王六世孫。萬曆初，舉宗正。有《陂上集》。

錢受之云：灌甫受禮于睢陽許先，三月而盡其學。年二十通五經。中年築室東陂之上，取古人經解，繕寫藏弆，敘而傳之。先是海内藏書，富者推江都葛氏、章丘李氏，灌甫傾貲購之，竭四十年之力，倣唐人四部法，用牙籤識別，凡一萬二千五百六十卷。起萬卷堂，諷誦其中。汴亡之後，漂蕩于洪流怒濤，可勝歎哉！外，周藩睦樻有《三業詩稿》。又勤炛南渚、朝壔崇岡、朝荎近岡，皆有集。

《詩話》：西亭以好客聞，藏書爲海内第一。世所傳《萬卷堂書目》，不列卷數撰人，非故籍也。予家藏有《聚樂堂藝文志》四册，俱詳列卷數撰人，係《陂上》鈔本。曩孫侍郎耳伯箎仕祥符，從西亭子竹居交契，借鈔經解頗多。今其撰述，十存一二而已。

送舜符

疇昔慕游遨，與君數朝夕。稍申初服懷，共結沉冥跡。促膝究微言，披情閱仙籍。盼睞恣丘樊，留連眷泉石。星霜欻云變，婉孌成離析。撫景念夙歡，即事興今戚。末路誰能同，素心不可易。淒淒冬日黄，渺渺寒流碧。暫舍故園林，遠適京華陌。時有北風來，因聲慰岑寂。

送鄭處士信之還歙因憶同游諸君子

同調日云稀，憐君復遠違。青山雙屐在，白首一帆歸。野燒浮殘雨，寒林散夕暉。因兹憶疇昔，相對各沾衣。

答田六深甫鄭二信之過陂上

豈是譚經所，真成載酒廬。竹停仙客騎，花翳孝廉車。秉燭驚山鳥，調琴出浦魚。悠然對孤嶼，宛在水中居。

朱睦横 一首

睦横字仁菴，周定王六世孫。輔國中尉。其子勤炛輯其詩及己作，下及孫朝墤，題曰《三業集》。

送春

風吹飛絮點池蘋，無那傷春又送春。試上驛樓高處望，落花無主更愁人。

朱勤炛 二首

勤炛號南渚，睦横子。封奉國將軍。

學仙

學仙貴養氣，舉世少其真。放之彌六合，返則在吾身。日月卒有毀，藥石寧足珍。非吾好妖妄，但爲知者陳。巖穴亦多誤，不獨朝市人。

朱仙鎮岳王祠

未遂黄龍飲，金牌止渡河。艱難終奉詔，痛哭乃回戈。三字翻成獄，千秋尚輓歌。不知廊廟計，何苦但求和？

朱朝壇一首

朝壇字汝升，號崇岡，勤炏子。

郊居雜興

杏花漠漠柳毵毵，路出隋隄十里南。一夜水深三十尺，朝來綱罟集深潭。

齊藩二人

朱慶棨 一首

慶棨字仲望。高皇帝第七子榑，封于齊，建文元年廢爲庶人，永樂初復封，四年奪爵，安置廬州。子孫俱爲庶人，散居南京。慶棨有《籜冠集》。

王元美云：　王孫詩能直寫胸臆，不剽襲人，自合古轍。

秋日送李文仲訪友新安

正值悲摇落，那堪送客舟。白雲江上晚，紅樹驛邊秋。細雨潤琴幔，凉風添酒籌。逢迎有知己，暇日即登樓。

朱承綵 一首

承綵字國華，齊王孫。

錢受之云：萬曆末，閩人謝維輯《白門新社詩》八卷，金陵之耆宿與四方之孝秀皆與焉。國華，高帝子孫，於今爲庶，獨以文采風流，厚自標置，掉鞅詩壇。當甲辰中秋，海内名士張幼于輩會于金陵，授簡賦詩者百二十人，伎女馬湘蘭以下四十人，緝文墨，理絃歌，承平盛事。白下人至今豔稱之。國華詩殊清拔。

送茅平仲

置酒長干路，譚深夜未闌。山川牽恨遠，風雨逼年殘。天迥孤帆沒，江空獨雁寒。從兹君別去，月共幾時看？

魯藩二人

朱觀熰二首

觀熰字中立，鉅野僖順王玄孫。封鎮國中尉。有《濟美堂稿》。

《詩話》：中立好爲詩，雖格調卑卑，亦復自喜。嘗輯山東諸家詩曰《海岳靈秀集》。

趙康王哀詞

帝子東平侶，浮名夢已殘。叢臺春色冷，澠水舊盟寒。客散誰彈劍，花飛自繞闌。茫茫天地外，何處駕青鸞？

送毛教授還山

未老思投老，欲歸便得歸。緇塵今漸遠，不上芰荷衣。

朱頤埰 四首

頤埰魯荒王檀七世孫。封鎮國中尉。

登兗州城樓

步上西城樓，北望傷我心。秋風吹大陸，落日薊門陰。玄霜被寒渚，白雁號中林。孤飛何棲止，嗷嗷悲不禁。怵惕結心曲，歸寫丘中琴。朱絃感人意，悽然發哀音。中夜不能寐，撫桐獨沉吟。

寄懷邢子愿侍御

相憶未相識，高名空復聞。時因薊北雁，一望濟南雲。謝傅青山屐，羊欣白練裙。風流誰可再，千載獨夫君。

賦得爲我彈鳴琴贈王生

憐君多雅調，爲我彈鳴琴。曠矣丘中賞，兼之物外心。夜深山鬼泣，江淨水龍吟。曲罷無人解，松風披素襟。

蟋蟀

蟋蟀關何事，哀音入夜偏。寥寥閒永漏，切切亂鳴絃。乍逐微風斷，還從疏雨連。閨中有思婦，怪爾不成眠。

遼藩一人

朱術坰一首

術坰字均焉，簡王植七世孫。輔國中尉，換授鎮江通判，遷戶部主事。有《蓁組堂集》。

《詩話》：明初舊典，宗室子不與内外銓除。後因御史李日宣等所請，援祖訓換授之法，言皇族宜通仕籍，得旨允行。寧王孫子斗詩云：「爵人本至公，立法無頗偏。大訓手自訂，百度何森然？郡王有孫子，所司驗才賢。換授準任用，升轉遵常銓。諒哉二柱史，抗章排拘攣。先帝展科目，今皇命試官。椅桐委斷壑，被以朱絲絃。蒴騮在外廄，策以珊瑚鞭。」蓋紀其事也。天啓辛酉，晉藩慶成温穆王表桐之曾孫慎鋈，始舉辛酉山西鄉試。明年壬戌，賜同進士出身，除中書科中書舍人，歷精膳主事。至崇禎戊辰，寧藩瑞昌王孫統鈽，由進士改庶吉士，累官南國子祭酒。自後甲戌，則蜀藩奉鉀、寧藩統鋞，鋞，謀瑋子也；丁丑，則寧藩統鐀、統鏍；庚辰，則周藩朝𡙇在鉚、寧藩統銋；癸未，則代藩鼎逵廷壻、寧藩統鏑議汴；皆以宗支取甲科。而均焉得授鎮江通判。其官戶部陝西司主事，曾召對平臺，奏請仍設漕運總兵，而思陵不允也。後賊既陷秦，廷臣有撤寧遠守關門之議。思陵心動，以問群臣，吳太常麟徵昌言撤之便，而輔臣陳演力持不可而止。使關門有備，而漕運有兵，互相聲援，何至巨寇如入無人之境哉！

然則均焉所對，亦曲突徙薪之一策也。均焉詩多至數千首，率爾而成，不費持擇。《元夕詞》結句，與白傅「歌舞屏風花障上，幾時曾畫白頭人」同一慨已。

元夕詞

春風如箭月如梭，良夜匆匆瞥眼過。聽到衆中喧笑處，老年人少少年多。

寧藩七人

朱多熿二首

多熿字宗良，寧獻王六世孫。封鎮國中尉。有《朱宗良集》

錢受之云：宗良鴻聲亮節，朱邸之雋。

《詩話》：宗良佳句頗多，如「關山曉月趨三輔，鴻雁秋霜度九河」，「太室出雲來苑裏，黄河如帶挂城頭」，「路經軒后臨戎坂，山接高歡避暑宫」，格調高華，惜全詩未見。

雨

觸石陰霞北嶺遥，逗風寒雨入簷飄。天涯故舊惟孤枕，篋裏衣裳祇敝貂。綻雪蘆花紛歷歷，經霜楓葉莽蕭蕭。還應撼郭濤聲急，只怪空江上夜潮。

塞下曲

平明飛騎扣關門，漢將新收吐谷渾。從此天山傳白羽，不教公主嫁烏孫。

朱多炡八首

多炡字貞吉，寧獻王六世孫。封奉國將軍。卒後私謚曰清敏先生。有《勸游稿》。

《詩話》：貞吉與從兄多煃用晦，并有詩名。用晦與金德甫交契，王元美入之「續五子」之列，然其詩無足觀，不若貞吉之有爽氣也。貞吉好游，變姓名爲「來相如」，蹤跡遍吴、越間。其子謀墇亦效之，變姓名曰「來鯤」，字子魚，出游吴、楚。有集行世，臨川湯若士爲之序。所傳「溪樓連夜雪，山縣隔年春」，其警句也。

送蔡氏

爲別既不易，贈言良獨難。小人各自媚，君子乃憂歎。投漆必以膠，合椒必以蘭。子其寧爾心，失意古所安。

十四夜玩月

玉繩界西陸，澄空淨如瀚。庭柯泫零露，早見圓景滿。悄焉增永懷，頓令衣帶緩。四氣無終極，人生一何短。心悲雍門操，淚隕山陽管。徂謝子山丘，悽其我華館。臨觴慘不怡，憂來莫能款。

龍沙

龍沙駐蹕地，皇祖紀南征。草昧君臣定，壺漿父老迎。平臨章貢水，遠視灌嬰城。今古雄圖在，低徊落照明。

對雨

苦雨何曾歇，愁陰暗不開。春寒緱氏嶺，雲暮楚王臺。戲水飢鳶過，褰簾濕燕來。靜看雙屐齒，無事長莓苔。

别胡雲從

故侣三年隔，離懷一醉銷。烟花桃葉渡，春草豫章橋。末路難爲别，名山許見招。天涯惟有夢，相逐往來潮。

張敘甫園中牡丹作千花賦此賞之

暮春之初天氣新，日日銜杯誰主賓？石家錦幛四十里，漢闕粉黛三千人。清絲急管巧相聒，伏雨闌風横見陳。繁華狼籍且如此，不醉恐礙花神嗔。

寄黎君寔司訓

君才不薄廣文官，依舊青氊一片寒。家近郵筒傳自數，地偏書籍借應難。懷人夜雨蘼蕪草，留客春風苜蓿盤。聞道出游堪累月，祇餘山色滿吟鞍。

泊長蕩

蒹葭一望暮蒼蒼，長蕩湖頭烟水長。怪道今朝楓葉盡，夜來七十二橋霜。

朱多燫 一首

多燫字知白，寧惠王第四子，石城恭靖王奠堵之玄孫。

《詩話》：南昌郭外有龍光寺，萬曆乙卯二月，豫章詩人結社于斯，宗子與者十人。知白之外，則宜春王孫謀劃文翰、瑞昌王孫謀雅彥叔、石城王孫謀瑋鬱儀、謀圭禹錫、謀琦誠父、謀垛藩甫、謀埾辟疆、建安王孫謀瑴更生、謀亜禹卿。謀劃緝其詩，曰《龍光社草》。郡人都察院右都御史掌工部尚書事徐作汝念、刑部主事張壽朋沖龢序之。

秋日社集

躧步出郭門，凉沙朗朝日。迤邐入叢林，花宫眩丹漆。巍巍豫章臺，萬木四排比。音必，從白香山讀。高讌集友于，討論及刊述。清風吹素襟，古調和瑶瑟。會心豈在遠，快意亦多術。遥睇天際帆，翩翩若風乙。

朱謀瑋四首

謀瑋字鬱儀，寧獻王七世孫。以中尉攝石城王府事。既卒，豫章人士私諡貞靜先生。有《枳園近稿》。

雷元亮云：鬱儀古體出入漢、晉，温厚典則；近體頡頏初盛，高渾雄麗，而又弘之以典籍，參之以多聞，足以名家。

錢受之云：王孫墐戶讀書，博通群籍，絶綺紈鮮腆之奉，著書百十二種，可比西京之劉向。

楊計部曙宇載商甀漢壺千里相餉短篇志謝

古陶出古丘，閟深容斗許。駁犖繡土花，不知幾寒暑。使君河北來，載以入東楚。欣然脱相贈，何異獲鐘吕。謂予古人風，因之代縞紵。豈無珠玉珍，雅志非其所。摩挲三歎息，高誼誰當侣？寘彼圖史間，春秋惟爾汝。

送黄貞父入覲

脂車秣良駟，冠蓋如雲浮。駕言趨上京，述職遵諸侯。王事既有程，肅肅塗路修。及兹正元初，奉璋覲宸旒。君抱廊廟資，高視徧九州。出兼卓魯聲，入與夔龍游。翔螭作時雨，膏澤布陵丘。壇石百里城，豈足長淹留？揆予慕高義，夢想託綢繆。賦詩申素衷，踧踖翰墨儔。清風播蘭蓀，令德樹千秋。願崇華岱尊，黄髮長優游。

送姚龍文還永嘉

百卉懷芬芳，當春欣所觀。時風和且柔，好鳥鳴其間。萬彙何熙熙，我思獨盤桓。良友當遠別，惜此會面難。握手臨郊衢，一往莫可攀。願得少須臾，言笑暫爲歡。毋金玉爾音，慰我遲暮顔。

燕至

芳草無數緑，雜花相間紅。誰將雙燕至，一一舞春風？

朱謀𡋁五首

謀𡋁字康侯，更字公退，寧獻王七世孫。有《羔雁》《淹留》《蕪城》《巾車》四集。

錢受之云：王孫詩旨婉約，有唐温、許、宋、范、陸之流風。

姚園客云：康侯詩如雨斷山青，霞催月出，清泠之中，每成豔境。又云：南昌王孫多稱詩，而康侯拔出。

客秦郵呈别閣使君

淮田三歲潦，民已半爲魚。日下司農檄，星馳使者車。市烟初寂寂，鄉夢亦蘧蘧。刺史今元結，瘡痍可漸舒。

甲寅春日江村即事三首

水市沙墟地更偏，卑棲無用買山錢。荒厨慣乞漁家火，行李時登估客船。鐵柱江聲連野郭，香爐雲氣隔湖天。游蹤到處堪經月，豈待男婚女嫁年？

緑水園亭白版扉，輪蹄出郭到應稀。江雷乍殷龍兒長，社日初晴燕子飛。飯熟東田觀午饁，酒香西舍典春衣。長堤何處無芳草。莫怨山中客未歸。

江村負郭坂田多，田舍風光草樹和。孤鳥立殘牛背雨，小魚吹散鴨頭波。買山忽被高僧笑，擊壤閒聽老父歌。猶幸代耕餘薄禄，門無胥吏夜催科。

寄賀文湛持入東閣

焚魚學士最清華，五世承恩太史家。歸沐不言温室樹，入朝時草内廷麻。吴中舊宅卑依市，都下新堤淺築沙。儻爲故人炊脱粟，青門來種邵平瓜。

朱謀㙉一首

謀㙉字藩甫，寧藩石城王孫。

九日誠甫宗侯招登明遠樓讌集分韻得無字

有約登高興不殊，天涯朋好接歡娱。寒生南浦楓初落，秋入東籬菊尚無。詩派西江存大雅，賓筵左顧敕中廚。風前剩有參軍帽，醉後終須倩客扶。

朱謀圭一首

謀圭字禹錫，石城王孫。

秋日龍沙社集

結駟城外游，眷此郊原靜。崎嶇陟龍沙，悠然見西嶺。風日暢幽懷，烟光澹雲影。松門初地開，清磬出禪境。黄菊籬下繁，紅芙木末冷。心目既雙清，和歌答佳景。擾擾塵壒中，真樂誰其領？

瀋藩六人

朱恬爍一首

恬爍號振菴，沁水莊和王仲子。封鎮國將軍。

李時遠云：振菴詩圓熟，動合矩矱。《詩話》：振菴五言入格，如「雲迎芝蓋轉，花傍藥欄開」，「寒葉飛官路，霜風滿驛樓」，「香雲飛貝葉，法雨下天花」，不失爲初唐人語。

送吴平川判府致政歸桐城

歸路東風晚，悽心向夕烟。青山相送日，白首倦游年。人渡春江上，帆飛暮雨前。知君投老去，生事在林泉。

朱恬烷 一首

恬烷號達菴，沁水莊和王叔子。封鎮國將軍。有《達菴集》。

李時遠云：達菴古詩近選近體，有韋、柳風致。

感遇

候蟲鳴虛堂，明月照高樹。佳人不我過，相思隔雲路。人生無百齡，奄忽若朝露。努力求功名，名成髮已素。窮通各有時，達人守天賦。

朱理熘 一首

理熘字純甫，恬爍子。封輔國將軍。有《玉田集》。

李時遠云：玉田近體爽朗環奇。

長信怨

永巷風偏入，深宮月易斜。空牀愁獨守，中夜起長嗟。託意題團扇，驚心見落花。思君情不極，惆悵減容華。

朱理圪 一首

理圪字崇甫，恬爍子。封輔國將軍。有《玉澗集》。

李時遠云：玉澗諸體皆備，簡遠華麗，兼而有之。

芳樹

嘉樹晝芳菲，重重在春苑。風來翠幄褰，日映朱簾卷。嫩萼正葳蕤，柔枝亦繾綣。不惜與君攀，無令歲華晚。

朱理圻 一首

理圻字京甫，恬烷子。封輔國將軍。有《玉林集》。

再逢友人

道遠頻馳夢，情深祇寄書。相逢俱淚下，翻似别離初。

朱效鍚 一首

效鍚字馴甫。封奉國將軍。有《壺峰集》。

夏日讌伯王園

避暑梁王苑，樓深翠竹間。風生三徑爽，日映八牕關。作賦依芳沼，開尊對遠山。中林容小阮，醉後未言還。

唐藩二人

朱碩熿二首

碩熿字孔炎，唐定王桱五世孫。封鎮國中尉。有《南陽集》。

《詩話》：南陽公子博雅工文，所爲詩頗饒錢、劉風致。

送王山人游楚

門前楊柳樹，風亂麴塵絲。日暮臨溪别，春帆適楚時。人烟揚子渡，山木偃王祠。處處生芳草，悠悠千里思。

邵山人子俊見過話游梁事

有客擔簦過草堂，一尊風雨話游梁。雁池寂寞芙蓉冷，逢著行人説孝王。

朱器封 一首

器封字子厚，碩𡑭子。有《巢園集》。

《詩話》：子厚入「弇州四十子」之列，而集不見傳。

游仙

劉安守天厠，彼乃赤帝精。左右在帝側，翱翔排玉京。白雲蔽丹巘，五鳳啾啾鳴。石階秀朱草，餌之可長生。舉手謝人世，爾曹等蒼蠅。

益藩一人

朱常洼一首

常洼字幼良，益端王四世孫。

古怨

妾思亂如絲，纏緜無斷絶。難將摻摻手，解得心中結。

明詩綜卷八十六

閨門

小長蘆 朱彝尊 録

南屏 吴 焯 緝評

《靜志居詩話》：婦人詩集始於顔竣、殷淳，爰有徐陵、李康成《玉臺》《瑶池》之詠，代加甄綜。韋縠《才調集》輯閨秀一卷，宋元以降，選家類不見遺，明則酈琥之《彤管遺編》，張之象之《彤管新編》，田藝衡之《詩女史》，劉之汾之《翠樓集》，俞憲之《淑秀集》，周履靖之《宫閨詩選》，鄭琰之《名媛彙編》，梅鼎祚之《女士集》《青泥蓮花記》，姚旅之《露書》，潘之恒之《亘史》，趙問奇之《古今女史》，无名子池上客之《名媛璣囊》，竹浦蘇氏之《臙脂璣》，蘭陵鄒氏之《紅蕉集》，江邦申之《玉臺文苑》，方維儀之《宫閨詩史》，沈宜修之《伊人思》，季嫺之《閨秀集》，其文亦云富矣。然青黄雜揉，真贋交錯，近濟南王考功士禄悉從考正，爲《然脂集》，發凡起例，有要有倫。而予斯編，亦稍糾群書之紕繆焉。

郭貞順 一首

貞順潮陽周伯玉妻。明初，師下嶺南，指揮俞良輔征諸寨之未服者。貞順從伯玉居溪頭寨，作詩上之。良輔覽詩大喜，一寨得全。

上俞將軍

將軍開國之武臣，早附鳳翼攀龍鱗。烟雲慘淡遍九野，半夜捧出扶桑輪。前年引兵下南粤，眼底群雄盡流血。馬蹄帶得淮河冰，灑向江南作晴雪。潮陽僻在南海濱，十載不斷干戈塵。客星移處萬里外，天子亦念遐方民。將軍高名邁千古，五千健兒猛如虎。輕裘緩轡踏地來，不減襄陽晉羊祜。此時特奉明主恩，金印斗大龜龍紋。大開藩衛制方面，期以忠義酬明君。宣威布德民大悦，把菜一笠誰敢奪。黄犢春耕萬隴雲，鼇龍夜卧千秋月。去歲壺陽戍守時，下車愛民如愛兒。壺山蒼蒼壺水碧，父老至今歌詠之。欲爲將軍紀勳績，天家自有如椽筆。願屬壺民歌太平，磨厓勒盡韓山石。

張紅橋 一首

紅橋閩縣人。膳部林鴻外室。

遺林鴻

一南一北似飄蓬，妾意君心恨不同。他日歸來也無益，夜臺應少繫書鴻。

田娟娟 一首

娟娟，工部郎木涇元經之室。

慰元經

碧玉杯中琥珀光，燈前把勸阮家郎。不須苦憶人間世，萬樹桃花即故鄉。

孟淑卿 一首

淑卿，蘇州人。訓導孟澄之女，自號荆山居士。

徐昌穀云：淑卿詩零落已多，其傳者直欲與文姬、羽仙輩爭長。

顧玄言云：荆山居士之論謂：「作詩貴脱凡化質，閨人不可有鉛粉氣。」覽其詩果然，魚玄機之亞也。

題畫

嶺樹盤雲上，溪回路轉斜。晚來烟靄合，何處問山家。

陳懿德 一首

懿德長興人，移居仁和。南康知府陳敏政之女，嫁同縣李昂，景泰甲戌進士。官至右副都御史。

顧玄言云：夫人詩集頗富，句如「深院雪消芳草緑，小園風過落梅多」，情致幽絶，足爲女郎之秀。

閩山道中

行盡山蹊路渺茫，幾家茅屋對斜陽。引泉竹溜穿厨入，墮粉松花遶舍香。樵徑無人閒卧犢，石田初雨漸分秧。平生頗有山林癖，欲向溪邊結草堂。

朱妙端四首

妙端字仲嫻，號靜菴，海寧人。尚寶卿朱祚女，光澤教諭周濟妻。有《靜菴集》。

顧玄言云：靜菴《籬落見梅詩》：「可憐不遇知音賞，零落殘香對野人。」或譏其以所配非偶，形諸吟詠。予讀其《鶺賦》云：「何美人之見獲，遂羈絡于軒墀。蒙主人之過愛，聊隱迹而栖遲。」斯可謂怨而不怒矣。《詠虞姬》云：「貞魂化作原頭草，不逐東風入漢郊。」何其詞義之烈烈也。

《詩話》：靜菴詩頗流麗，于歸之後，移家海鹽，故《淑秀集》《明詩粹》《明詩妙絶》，俱作海鹽人。

白紵詞

西風蕭蕭天雨霜，館娃宮深更漏長。銀臺絳蠟何煌煌，笙歌勸酒催華觴。美人起舞雪滿堂，清歌宛轉飛雕梁。君王沉醉樂未央，臺前月落天蒼蒼。

方維儀云：雖乏新奇，而句句鏗鏘。

客中偶成

異鄉久爲客，風雨阻歸程。兩岸數峰碧，孤舟一羽輕。篷牕殘燭在，烟樹早鵶鳴。坐待東方曙，依稀見海城。

周青士云：極似郭良《曉行》之作。

竹枝詞二首

西子湖頭賣酒家，春風搖曳酒旗斜。行人沽酒唱歌去，踏碎滿隄山杏花。

橫塘秋老藕花殘，兩兩吳姬蕩槳還。驚起鴛鴦不成浴，翩翩飛過白蘋灘。

馮銀 一首

銀字汝白，瓊山人。教諭源之女，歸同邑唐繼祖。有孝行。《詩話》：汝白讀顔子簞瓢陋巷，舍書起而作曰：「吾雖居陋巷，朝焉命僕以耕，則有餘食矣。暮焉督婢而織，則有餘衣矣。暇與子觀書，則有餘樂矣。吾其與顔氏之子同儔哉！」臨高王同知佐爲志其墓，稱其幾于知道云。

暮春

緑暗紅稀春已深，嬾聽杜宇喚歸音。凋榮何限人間事，獨倚篷牕數過禽。

鄒賽貞 一首

賽貞，當塗人。贈監察御史謙之女，翰林編修濮韶之母。封孺人。有《士齋集》。潘景升云：孺人詩文端嚴典雅，惜幼之所習，長之所從，皆在苜蓿齋中，未免涉寒酸氣。《詩話》：士齋女嫁費文憲公，其詩甚庸，都無林下風致。

中秋有懷

銀漢無聲夜夜清，良宵忽感宦游情。東山遥望人千里，想亦停杯對月明。

潘氏二首

氏，台州人。山東副使潘應昌女，貢士裘致中之妻。自號碧天道人。有《碧天道人存稿》。

水亭

園亭當水中，兩岸蘆花没。夜久人未眠，碧水蕩秋月。

秋詞

翻翻黄葉落西風，月滿池亭秋夜空。黄菊酒香人已醉，白蘋江冷渡飛鴻。

茅氏 一首

氏，太倉衛人。陸震之母。

賣宅

壁有蒼苔甑有塵，家園一旦屬西鄰。傷心畏見門前柳，明日相看是路人。

顧玄言云：寡婦《賣宅》之作，志尚端嚴。

王素娥 一首

素娥號檗齋，紹興山陰人。歸郜吏明節，節死不嫁。

渡錢塘

風微月落早潮平，江國新晴喜不勝。試看小舟輕似葉，載將山色過西陵。

顧玄言云：思朗致新。

陸娟 一首

娟，華亭人。陸德藴之女，馬龍妻。

代父送人還新安

津亭楊柳碧毿毿，人立東風酒半酣。萬點落花舟一葉，載將春色到江南。

儲氏 一首

氏，泰州人。大學士瓘女，嫁興化舉人成學。

雨後

夭桃灼灼倚牕前，春色繽紛帶紫烟。昨夜雨聲來枕上，惜花人醒不曾眠。

屈安人三首

安人，華陰人。總督漕運右副都御史直之女，嫁參議朝邑韓邦靖，封安人。有集。《詩話》：安人早慧，十齡刺繡，聞父訓諸子，盡得其解，尋令賦詩，悉合矱度。其詩康德涵序之。

登江樓

登高樓兮，見西風吹水之潺湲。水東去以不回兮，客思歸其何年。

送夫入覲

君往燕山去，棄妾锥水旁。锥不向東流，妾魂隨飛揚。丈夫輕離别，壯志在四方。努力事明主，肯爲兒女傷。君有雙親老，垂白坐高堂。晨昏妾定省，喜懼君自量。珍重復珍重，丁寧須記將。既爲遠别去，飲余手中觴。莫辭手中觴，爲君整行裝。陽關歌欲斷，柳條絲更長。

述懷

自注：是歲，弟之燕，妹歸商，親在華下，余居渭北。

淅淅北風起，蕭蕭木葉稀。寒花愁更發，鴻雁獨南飛。秋入商山裏，天長渭水西。思歸歸未得，悵望淚沾衣。

馬閒卿 一首

閒卿字芷居，上元人。少卿陳沂繼室，封安人。有《芷居集》。

苦雨

終日雨翻盆，愁人欲斷魂。嶺雲生屋角，野水沒籬根。楊葉藏深徑，梨花靜掩門。聲聲偏入耳，寂寞自朝昏。

黃安人 二首

安人，遂寧人。黃簡肅珂之女，修撰楊慎之繼室，封安人。

王元美云：夫人寄外之作，用修答和皆不及也。

陳臥子云：其調雖別，自是成章。

高寓公云：夫人是詩，才情殊勝，特嫌韻重，「陽」字首句不如以「湘」字易之。郎士元送李敖詩云：「莫信潮湘書不到，年年秋雁過巴東。」亦有本也。

《詩話》：「美人娟娟隔秋水」，杜子美句也；「其雨怨朝陽」，阮嗣宗句也。黃魯直寄蘇和仲詩用之，曰：「美人美人隔秋水，其雨其雨怨朝陽。」楊夫人復用魯直語寄用修，正陸平原所云「襲故彌新」者。

寄夫

雁飛曾不到衡陽，錦字何由寄永昌。三春花柳妾薄命，六詔風烟君斷腸。曰歸曰歸愁歲暮，其雨其雨怨朝陽。相憐空有刀環約，何日金雞下夜郎。

方維儀云：不纖不庸，格老氣逸。

寄升菴

懶把音書寄日邊，別離經歲又經年。郎君自是無歸計，何處青山不杜鵑。

李玉英一首

玉英，錦衣衛人。

《詩話》：正德中，錦衣衛千户順天李雄西征陣沒，遺孤五人，子二：曰承祖，曰亞奴；女三：曰桂英，曰玉英，曰桃英。諸子皆前妻所產，惟亞奴後妻焦氏生。焦欲圖親兒繼襲，雄死令承祖往戰場尋父骸骨，覬其陷于非命。而承祖竟抱骨以歸，焦乃鴆死承祖，支解而埋之。又以桂英鬻豪家爲婢。玉英頗知典籍，年十六，伶仃窮迫，作《送春》詩云云。又作《別燕》詩云：「新巢泥滿舊巢欹，泥滿疏簾欲掩遲。愁對呢喃終一別，畫堂依舊主人非。」焦指詩詞，謂有外通等情，俾舅焦榕執送錦衣衛，誣以姦淫不孝，擬凌遲。嘉靖四年夏，差太監審録罪囚，凡有事枉人寃，許行陳奏。于是玉英具本，託其妹桃英齎奏訟寃。疏畧云：「臣年十二，遇皇上嗣位，遍選才人，府尹以臣應選，禮部憫臣孤弱，未諳侍御，發臣寧家。臣年十六，伶仃無倚，是以濫形吟咏，感諸身心，寄諸筆札，蓋有不得已而爲言者。奈何母恩雖廣，勿察臣衷，但玩詩詞，以爲外通，拿送錦衣衛，本官誣臣姦淫不孝，擬剮罪。臣在獄日久，有欺臣孤弱而興不良之心者，臣撫膺大慟，獄中莫不驚惶。臣素不才，鄰里何無糾舉，乃以數句之詩，尋風捉影，陷臣死罪。臣之死固無憾，十歲之弟，毒藥鴆死，肢解埋棄，果何罪乎？臣母之罪，臣不敢言，《凱風》有詩，臣當自責。陛下俯察臣情，將臣詩句付有司委勘，有無淫姦寔情，推詳臣母之心盡在不言之表，則臣亡父母之靈亦可慰于地下矣。」有旨命三法司會勘，焦氏論斬，玉英著錦衣衛選良才作配焉。按玉英二詩本無關涉，而緹帥乃坐以極刑，由是推之，冤獄難以悉數矣。

送春

柴門寂寂鎖殘春，滿地榆錢不療貧。雲鬢霞裳伴泥土，野花何似一愁人。

端淑卿 一首

淑卿，當塗人。教諭端廷弼女，儒官芮儒之妻。有《緑牕詩稿》。

章元禮云：淑卿詩旨醇而節和，渢渢有致。

隋柳

煬帝宮中柳，凋零幾度秋。蟬聲悲故國，鶯語怨荒丘。行殿基仍在，空江水自流。行人休折盡，春日更生愁。

斗孃 一首

斗孃，松江女子。嫁姚生。

《詩話》：斗孃《送夫》之詩，見沈津《吏隱録》。

送夫

遠逐風塵路，遺書滿目愁。思君不成寐，河畔看牽牛。

沈潤卿云：語意清雅。

毛鈺龍 一首

鈺龍，麻城人。雲南按察僉事鳳韶之女，嫁少保劉天和孫守蒙。夫死，誓不踰閾，鄉人稱曰文貞夫人。

《詩話》：節婦奉姑樓居，不廢吟咏，年七十九，目無見，猶使甥輩讀之。句如「桃花暮雨烟中閣，燕子春風月下樓」，「詩句怕題新節序，淚痕多染舊衣裳」，讀之哀動頑豔。

鏡

樣出秦宮製，團團寶月回。虛空開物象，心迹遠塵埃。影覆香羅帕，光生碧玉臺。繡囊鴛鳥并，珍重嫁時裁。

于太夫人劉氏 一首

氏，穀城人。嫁府同知于玭，文定公慎行母也。

故城

暮雲深鎖故城春，緑樹蒼烟舊白蘋。昔日高樓雙燕子，定巢無處往來頻。

楊文儷三首

文儷，仁和人。工部員外應獬女，餘姚孫陞繼室。封夫人。詩附見家集。

《詩話》：孫文恪初娶于韓，後娶于楊，諸子登進士榜者四人，太保吏部尚書清簡公鑨文中，禮部尚書鋌文和，太僕卿錝文秉，兵部尚書鑛文融，皆楊夫人敎之。示文融詩云：「何待三遷敎，傳經有父兄。」蓋謙辭也。夫人精帖括，斷決不爽。相傳文融會試後，録其文呈母，夫人笑曰：「淡墨雖書第一，未免謅筆似魚，非文之絶品也。」或言夫人有鬚，年過百齡云。

秋日懷親

玉露沾花濕，金風入幕凉。天連秋水碧，山帶晚烟蒼。撫景嗟時序，懷親憶故鄉。倚闌凝佇久，心逐雁南翔。

采蓮女

邪溪采蓮女，日出蕩輕橈。慣識溪中路，歌聲入畫橋。

聞徵瓦氏兵至

傳聞瓦氏勇超群，萬里徵來淨寇氛。多少材官屯海畔，策勳翻仗女將軍。

顧氏 一首

氏，崑山人。顧茂儉之妹，皇甫子循之甥，嫁孫僉事爲婦。何元朗云：《春日》一詩，可置《玉臺新咏》中。

春日

春雨過春城，春庭春草生。春閨動春思，春樹滿春鶯。

鄧氏 一首

氏，眉山人。訓導先健女，適敘州戶部郎金寬。

寄外

鎮日多愁屢廢餐，閉門獨坐遣應難。庭前別我春猶在，月下懷君春又殘。萬點落花誰著眼，一聲飛雁獨凭闌。夢回湘簟無消息，更啓前書仔細看。

王虞鳳 一首

虞鳳字儀卿，侯官人。有《罷繡吟》。年十七卒。

春閨

濃陰柳色罩牕紗，風送鑪烟一縷斜。庭草黄昏隨意緑，子規啼上木蘭花。

姜氏一首

氏，新建人。廣西右布政使忻嘉靖乙丑進士。女孫也，嫁諸生丁立祺。

寄文學山居

何必入山深，居然似漢陰。雨殘雲在竹，野曠日平林。負郭多幽事，爲農長道心。芸牕開卷罷，多是聽鳴琴。

桑貞白二首

貞白號月牕，嘉興人。處士周履靖繼室。有《香奩詩草》。

《詩話》：周逸之處士作詩，不暇持擇，宜其閨人亦然。然紙閣蘆簾，倡予和女，偕隱太平之時，亦樂事已。

寄遠

日暮登樓強自歌，陌頭楊柳望中多。思君書劍天涯客，三月春光有幾何。

春日即事

雨晴春暖百花香，戲蝶游蜂各自忙。也擬東郊踏青去，門前流水又斜陽。

董少玉二首

少玉，麻城周弘禴繼室。有集。

戚雲雁云：少玉詩居然唐調。

王元美云：少玉詩清潤婉秀，往往發於情而止於義，有不盡爲閨閤所束者。

方維儀云：夫人詩詞，均有韻致。

憶別 二首

憶別河橋柳，青青送馬蹄。妾心與羌笛，無日不遼西。
驛路花將發，離亭柳漫垂。凭闌無一事，日日數歸期。

屠瑶瑟 一首

瑶瑟字湘靈，鄞人。禮部隆女，年二十而夭。

子夜歌

子夜夜轉長，簾前月華吐。只解歌調工，誰識歌心苦。

沈七襄 一首

七襄，宣城人。修撰懋學女，嫁屠隆子。

自君之出矣

自君之出矣，孤月鑒虚牖。思君如飛花，隨風不回首。

袁彤芳 一首

彤芳字履貞，吴縣人。參政年女，自稱廣寒仙客。

九日

玉露泣秋草，金風凋晚蕖。白衣三徑少，黄菊一籬疏。病減登高興，愁無寄遠書。遥知二三子，相向正愁余。

王鳳嫺 一首

鳳嫺，松江華亭人。解元獻吉之姊，知宜春縣張本嘉萬曆乙未進士。之妻。有《焚餘草》。

空閨

壁網蛛絲鏡網塵，花鈿委地不知春。傷心怕見呢喃燕，猶向雕梁覓主人。

陸卿子五首

卿子，長洲人。尚寶卿師道之女，處士趙宧光之妻。夫婦偕隱寒山。有《雲卧閣》《考槃》《玄芝》諸集。

相逢行

白馬驕青雲，金鞭拂紅霧。相逢不問名，各自東西路。

擬陶

閒居寡世用，性本忘華簪。淥水盈方塘，清風來茂林。弱舫戲漣漪，野鳥鳴好音。日夕時雨來，白雲瀰高岑。庭草滌餘滋，原野藹飛霖。開顔散遥念，濁酒聊自斟。

陳臥子云：不促薄。

擬李白古風

重陰翳白日，陽和轉淒薄。霰雪何紛揉，草木盡零落。長風終夜厲，棲鳥將焉託。游子敝貂裘，居人羨藜藿。所以商山翁，高舉往巖壑。

贈毗陵安美人

去年花發毗陵道，美人何處拾瑶草。今年草緑姑蘇臺，美人此時花下來。風吹羅袂香不定，流波蕩漾光徘徊。不逐行雲作飛雨，夢裏鉛華學神女。坐久烟霞拂袂生，回眸愁向空中舉。水遠山長不見君，空聞樹上黄鸝語。

山居即事

披榛越宿莽，背郭隱花蹊。月靜妖狐泣，松深怪鳥啼。秋山雲照戶，春澗水穿堤。飛作千尋瀑，家家引灌畦。

徐媛 一首

媛字小淑，長洲人。范副使允臨之妻。有《絡緯吟》。

姚園客云：小淑詩文與陸卿子齊名，然徐以綺麗勝才情，稍遜于陸。

別曹孃

木落西風萬壑幽，忍將離思爲君留。碧雞關外淒凉月，偏照蠻雲夜夜秋。

文氏 一首

氏，郃州三水人。長沙通判在中之女，嫁葛氏。旦寡，守節力學。有《君子亭集》。

《詩話》：節婦爲光禄太青之姊，寡居作《九騷》以見志。《九騷》者，一曰《感往昔》，二曰《懷湘江》，三曰《望洽陽》，四曰《矢柏舟》，五曰《愀離幃》，六曰《傷落花》，七曰《臨雲歎》，八曰《待月愁》，九曰《撫玉鏡》。其辭有云：「覩扶光之如箭兮，哀歲月其難追。拾朱英而太息兮，時不再來。悲朱顔其易改兮，唯寸心之不衰。」辭義俱雅，有古人之則。

悼懷

青青山上松，年華不可考。灼灼園中花，顏色不常好。五月鳴蜩至，八月蝴蝶老。感物有盛衰，豈忍歸腐草。

薄少君 一首

少君，太倉州人。秀才沈承妻。

哭夫

水次鱗居接葦蕭，賣魚爭米晚來囂。河梁日落行人少，猶望君歸過板橋。

姚氏 一首

氏，嘉興人，自號青峨居士。秀水范應宮之妻。有《玉鴛閣遺稿》。

《詩話》：青峨居士詩，屠緯真賞其清華流利；陳仲醇尤稱之，謂：「肝腸如雪，能吟柳絮之詞；志節凌霜，直擬木蘭之操。筆牀茶竈，不巾櫛閉戶潛夫；寶軸牙籤，少鬚髯下帷董子。」及其卒，稿砧哭之慟，刊其遺詩，及己哀悼倡隨之作，傳之鄉里焉。

竹枝詞

卓女家臨錦水濱，酒旗斜挂樹頭新。當壚不獨燒春美，便汲寒漿也醉人。

范壺貞 一首

壺貞字淑英，一字蓉裳，吳縣人。嫁吳氏。有《胡繩集》。

烟雨樓圖

烟嵐無限雨中情，遠近樓臺一望平。吳苑草荒麋鹿走，越江春盡鷓鴣鳴。長隄柳樹迷春渚，白水菰茭繞郡城。最是晚來新月下，萬家燈火隔湖明。

黄幼藻 一首

幼藻字漢薦，莆田人。蘇州府通判議之女，林儀部啓昌之婦。有《柳絮編》。

姚園客云：幼藻麗才雅藻，何减玉臺？年未四十而卒，臨終猶誦「殘燈無燄影幢幢」之句，可悲也。

題明妃出塞圖

天外邊風掩面沙，舉頭何處是中華。早知身被丹青誤，但嫁巫山百姓家。

梅生 一首

生姓梅氏，麻城士子周世遴伯玉妻。

《詩話》：生有逸才，兼工古文辭，南昌王于一向予稱之。其夫周伯玉赴試省闈，生賦《落葉》小詩寄之。伯玉省詩，悽愴不入鎖院而返，足以見伉儷之重矣。傳聞生有外行，未免蘭形棘心，曾填小曲寄情人云：「假若是淚珠兒穿得起，拚剪下一股青絲，穿一穿，寄把你。」于一謂古之喻淚者曰沱若，曰漣如，曰流泉，曰垂露，曰連絲，曰玉箸，曰綆縻，曰鉛水，曰日南珠，未有道及此者。于一好劇譚，譚必傾座，斯言稍過，「綫不能穿淚珠」本香山句爾。

寄外

落葉滿庭階，秋風吹復起。遥憶别離人，寂寞何堪此。

馬氏 一首

氏，虎關將家婦。有《香魂集》。

《詩話》：莆田宋比玉得馬氏詩集于荒村老屋中，見「芳草無言路不明」之句，爲之擊節，録而傳之。

秋閨夢戍詩

夫重封侯愛妾輕，漫敧珀枕戀寒更。夢回遠戍相尋處，芳草無言路不明。

沈紉蘭 一首

紉蘭字閒靚，嘉興人。參政黄承昊妻。有《效顰集》。

秣陵道中風雨

剔盡寒燈風動幃，長途况是客單衣。無端燕子磯頭雨，一舫隨人到處飛。

吴令則 一首

令則，桐城人。諭德應賓長女，嫁生員何應璦玉之。

憶玉之

春來草色想河關，遠道繇繇不可攀。翻恨白雲飛去疾，夕陽千里露童山。

吳令儀一首

令儀字棣倩，令則之妹，兵部侍郎方孔炤夫人。

夜

新月不來燈自明，江天獨夜夢頻驚。長年自是無歸思，未必風波不可行。

方孟式三首

孟式字如耀，桐城人。大理卿大鎮之女，嫁山東布政使張秉文。濟南城潰，同其夫殉節，贈一品夫人。有《紉蘭閣集》。

寄任夫人

可怪暌違日，相思幾換年。故園芳草合，南國美人偏。生死交難見，悲歡意莫宣。祇應三五夜，明月共君圓。

秋興

西風傷往事，笑此客中身。葉落蒼烟斷，花開黄菊新。天涯蓬鬢短，邊徼羽書頻。蟋蟀知秋意，階前鳴向人。

憶舊

一别江潭月幾圓，相憐人面不如前。依稀舊日尋芳地，秋雨梧桐十二年。

方維儀六首

維儀，桐城人。亦大理卿大鎮之女，適姚孫棨。再期而夭，遂請大歸守志。有《清芬閣集》。

《詩話》：龍眠閨閣多才，方、吴二門稱盛。夫人才尤傑出，其詩一洗鉛華，歸于質直，以文史當織紝，尚論古今女士之作，編爲《宫閨詩史》，分正邪二集，主於《昭明》《彤管》，刊落淫哇，覽者尚其志焉。集中句，若「白日不相照，何况他人心」，「高樓秋雨時，事事異疇昔」，何其辭之近乎孟貞曜也？

死別離

昔聞生別離，不言死別離。無論生與死，我獨身當之。北風吹枯桑，日夜爲我悲。上視滄浪天，下無黄口兒。人生不如死，父母泣相持。黄鳥各東西，秋草亦參差。予生何所爲，死亦何所辭。白日有如此，我心徒自知。

傷懷

長年依父母，中懷多感傷。奄忽髮將變，空室獨彷徨。此生何蹇劣，事事安可詳？十七喪其夫，十八孤女殤。舊居在東郭，新柳暗河梁。蕭條下霜雪，臺閣起荒凉。人世何不齊？天命何不常？孤身當自慰，且免摧肝腸。鷦鷯栖一枝，故巢安可忘？

出塞

辭家萬里戍，關路隔風烟。賦重無餘餉，邊荒不種田。小兵知有死，貪吏尚求錢。倚賴君王福，何時唱凱旋。

獨歸故閣思母太恭人

故里何須問，干戈擾不休。家貧空作計，賦重轉添愁。遠樹蒼山古，荒田白水秋。蕭條離膝下，欲望淚先流。

旅秋聞寇

蟋蟀吟秋戶，凉風起暮山。衰年逢世亂，故國幾時還。盜賊侵南甸，軍書下北關。生民塗炭盡，積血染刀環。

楚江懷吳妹茂松閣

空林隕葉暮烏啼，雲水迢迢隔皖谿。夜發蒼梧寒夢遠，楚天明月照樓西。

方維則 一首

維則，大理卿大鉉之女，嫁生員吳紹忠。有《茂松閣集》。

《詩話》：方氏三節：一爲孟式，同夫殉國；一爲維儀，十七而寡，壽八十有四；一爲維則，十六而寡，壽亦八十有四。白圭無玷，苦節可貞，足以昭諸管彤矣。

題竹

小院何空寂，相依獨此君。雪深愁易折，風急不堪聞。白石移花影，青苔擁籀文。樓頭明月上，空翠落紛紛。

姚淑人 一首

淑人，上虞姚克俊女，餘姚黄尊素配。

《詩話》：淑人年十六歸忠端，當公入爲御史，與楊、左、魏、李諸公早夜相過，語及群小陰謀，輒形之歎息，或至泣下。賓退，淑人進曰：「公等不能先事綢繆，涕泣何益？」公既被逮，淑人每夜祈死北辰之下，願以身代，逆奄就誅，賜章服三品。教其子，宗羲爲復社領袖，南國諸生顧杲等公訐閹黨阮大鋮，宗羲名居第三，大鋮後柄用，中旨逮治。淑人喟然曰：「豈意章妻滂母，萃吾一身。」山陰劉公宗周、常熟瞿公式耜，皆目之曰「女師」。《詠扇》之作，託物寓意，不審關西惠元孺輩曾見之否？

詠蒲扇

世間物性初無定，百錬剛成繞指柔。何似萑蒲經織後，能將九夏變三秋。

沈宜修二首

宜修字宛君，吴江人。山東副使珫之女，工部郎中葉紹袁之妻。有《鸝吹集》。

感秋

月向中天迥，一作小。人驚秋暮悲。玄霜初落後，一作候。客夢未歸時。縹緲三秋雁，蕭條兩鬢絲。空餘舊簫管，愁對月明吹。

仲春寄表妹張倩倩

湖外青山别路長，沉吟舊事總堪傷。故園明月門前柳，回首春風各斷腸。

商景蘭三首

景蘭字媚生，會稽人。吏部尚書周祚女，祁公彪佳之配。《詩話》：祁、商作配，鄉里有金童玉女之目，伉儷相重，未嘗有妾媵也。公懷沙日，夫人年僅四十有二，教其二子理孫、班孫，三女德淵、德瓊、德茝，及子婦張德蕙、朱德蓉。葡萄之樹，芍藥之花，題詠幾遍，經梅市者，望若十二瑶臺焉。

送别黄皆令

徵調起驪歌，悲風繞坐發。人生百歲中，强半苦離别。念君客會稽，釜不因人熱。兹唱歸去辭，珮環攜皎月。執觴指河梁，愁腸九回折。流雲思故島，鼫鼠懷故穴。帆檣日以遠，山川日以越。同調自此分，誰當和白雪。佇立望滄浪，憂來不可絶。

關山月

秋月開金鏡，浮雲散碧空。風吹榆戍北，露濕柳城東。影滿鶯門鵲，光沉起塞鴻。秦關今夜色，應與漢宫同。

悼亡

公自垂千古，吾猶戀一生。君臣原大節，兒女亦人情。折檻生前事，遺碑死後名。存亡雖異路，貞白本相成。

項蘭貞一首

蘭貞字孟畹，秀水人。貢生黄卯錫之妻。有《裁雲》《月露》二草。

送外赴試

柳陰輕綰木蘭舟，杯酒殷勤動别愁。此去但看江上月，清光猶照故園樓。

顧若璞 一首

若璞字和知，錢塘人。副使黄汝亨子茂梧之妻。有《卧月軒稿》。

宫詞

垂柳千條拂御墀，凉風初到影蛾池。銀箏玉笛花前奏，不唱班姬團扇辭。

張倩倩 一首

倩倩，吴江人。沈秀才自徵之妻。

憶舊

故人别後杳沉沉，獨上高樓水國陰。鴻雁不傳千里一作書底。恨，天涯流落到如今。

沈憲英一首

憲英字惠如，一字蘭友，吴江人。沈自炳長女。

悼宛君姑

樓上春深乳燕來，半簾花影自徘徊。子規聲裏黄昏月，叫斷東風夢不回。

葉紈紈四首

紈紈字昭齊，吴江人。葉紹袁之女，歸袁氏。有《芳雪軒遺稿》。

暮春赴嶺西道中作二首

故園别後正春殘，陌上鶯花帶淚看。何處鄉情最悽切，孤舟日暮泊嚴灘。
烟樹重重失故鄉，雲山極目恨偏長。不知何日是歸日，杜宇聲聲最斷腸。

秋日偶題

一番摇落一番嗟，咫尺天涯夢裏家。莫道秋來不憔悴，滿庭都是斷腸花。

哭妹

牕花寂寂蕊初寒，誰向簾前握手看。風景不知人有恨，月明依舊畫闌干。

葉小鸞二首

小鸞字瓊章，一字瑶期，吳江人。紹袁季女，未嫁而夭。有《疏香閣遺集》。

己巳春哭沈六舅母墓下

十載恩難報，重泉哭不聞。年年春草緑，腸斷一孤墳。

哭姊

雲散遥天鎖碧岑，人間無路月沉沉。可憐寒食棃花夜，依舊春風小院深。

祁德淵 一首

德淵，都御史山陰祁彪佳女，嫁姜廷梧桐音。

送黄皆令

西風江上雁初鳴，水落寒塘一櫂輕。遶徑黄花歸故里，滿堤紅葉送秋聲。片帆南浦離愁結，古道河梁別思生。此去長塗霜露肅，何時雙鯉報柴荆。

張德蕙 一首

德蕙字楚纕，山陰人。諭德元忭之孫，嫁祁公子理孫奕慶。

中秋

秋氣中天淨，愁人獨夜看。停橈江愈闊，却扇月初寒。霜入桐陰薄，風飄桂影殘。扣舷情未已，露濕綺羅單。

朱德蓉 二首

德蓉字趙璧，山陰人。太師燮元之孫，嫁祁公子班孫奕喜。

送黄皆令

青青楊柳枝，飄揺大道旁。大道多悲風，游子瞻故鄉。執杯送行客，淚下沾衣裳。憶昔踵遠櫂，明月浮景光。壺觴極勝引，歌舞開華堂。好鳥得其侶，舉翼齊翱翔。膠漆兩不解，金石安可方。分袂起倉卒，永夜生痍傷。吳山何渺渺，越水亦茫茫。芙蓉被秋渚，采采有餘芳。願言贈所思，曰歸紉爲裳。

上巳

桃花新水浣春衣，舊日蘭亭到亦稀。斷岸羽觴晴日暖，遠山横笛暮雲飛。沙棠舟近江鷗起，玳瑁梁空海燕歸。尚有采蘩思未定，不堪月色上羅幃。

黄修娟 一首

修娟字娟清，仁和人。參議汝亨女。

村居即事

寂寂村居晚，迢迢旅雁稀。煙花迷曲徑，山月澹清輝。黄菊經霜淨，秋蓴帶雨肥。夜深寒漏徹，漁火逐星歸。

項珮二首

珮字吹聆，秀水人。處士吴統持之室。有《藕花樓詩稿》。

《詩話》：吴處士巨手有大宅，在北郭之秋涇，得吹聆爲嘉耦，琴瑟静好，詩篇酬和，甚樂也。遭亂家破，轉徙無定跡，糠籺不飽，然未嘗聞交謫之言。所題卍齋，即秋涇故居，取方廣胸前字，以爲曲闌，鄉人題詠者紛紛，惟吹聆詩俱從梵夾中出，極其熨帖。或疑丶丷字韻書不收，然「三點成丶丷猶有想」，「丶丷」即「伊」字，苑舍人咸詩可據也。

夫子書屋落成闌干皆用卍字遂名曰卍齋屬賦四十字

夫子愛奇字，回闌繚繞之。一時齋作卍，三點不成丶丷。樹色春浮并，齋居繡佛宜。定知人載酒，送喜有芻尼。

社日

過雨春泥白，斜飛燕尾纖。恰停鍼綫坐，自起爲鈎簾。

翁桓 一首

桓字少君，錢塘人。處士胡介妻。

重過西湖

風風雨雨鳥空啼，草緑山腰水滿隄。畫閣已傾歌舞散，十年重到六橋西。

姚嫣俞 一首

嫣俞字靈修，長洲人。嫁嘉定侯演。有《再生餘事》。

冬日

坐擁烏皮倚隱囊，且翻梵夾靜焚香。淒淒庭院悲風急，漠漠江天朔雁翔。一段旅懷還磊落，百年心事付蒼茫。登樓望遠迷鄉樹，又見寒鴉送夕陽。

章有渭二首

有渭字玉璜，華亭人。嫁嘉定侯泓。有《燕喜樓草》。

舟行即事

曉霧迷離彩鷁輕，櫂歌徐動見新晴。臨湍鷺子亭亭立，夾岸蒲花漫漫生。遥指小山遮塔影，忽經深樹出鐘聲。晚涼不覺羅衣薄，自愛澄湖片月明。

春感

舞蝶莊生夢，啼鵑蜀帝魂。紫芝逢勝友，芳草想王孫。小閣聞雞唱，閑庭聽鳥喧。曉烟迷翠靄，春霧鎖柴門。急雨青萍動，風吹碧葉翻。綵毫題玉柱，緑蟻引金尊。乍摘葳蕤草，長依翡翠軒。避秦無絶境，何必問花源。

盛韞貞四首

韞貞字静維，華亭人。

村居雜感三首

自我來兹地，重門曉夜扃。蕭條門外柳，幾度向人青。采蕨懷商土，占時望歲星。但能安病骨，不必問池亭。

烽火吴關遠，烟花谷水明。孤墳應宿草，白髮隔重城。遺行書難就，玄言較未成。愁心託幽夢，兹夕倍縱横。

蓬徑無人迹，春厨斷暮烟。稻粱謀自拙，僕隸義相捐。薄俗終難入，幽棲性自便。尺書兼斗粟，慚愧主人賢。

寄兄

一自雙親盡，鄉園不忍旋。七年三見面，稚子漸齊肩。夢斷燕山月，春歸海樹烟。書來能念我，三復鶺鴒篇。

姚淑一首

淑字仲淑，金陵人。庶吉士達州李長祥納爲繼室。有《鍾山秀才海棠居集》。

寄研齋太史

年年歎離别，此别何時休。樓頭望不見，從今不上樓。無錢買鯉魚，君書何處求。

倪仁吉二首

仁吉字心惠，浦江人。進士仁楨之女。

宮意圖

調入蒼梧斑竹枝，瀟湘渺渺水雲思。聽來記得華清夜，疏雨銀釭獨坐時。

彈琴

黎花小院午風輕，謾理冰絲入太清。一片梧桐心未死，至今猶發斷腸聲。

錢敬淑 一首

敬淑字師令，江寧人。文學談允謙之妻。

泊浦子口

殘年孤櫂泊，近浦驗歸程。雪圃芹牙白，江醪竹葉清。夕陽新別路，衰草古離情。隔岸寒山色，含悽望舊京。

湯文玉 一首

文玉（下闕）

司吾春游詩

山雨初晴洗佛螺，春風處處揭青莎。采香不倦溪邊路，多少飛紅趁韈羅。

周淑禧 一首

淑禧，江陰人。周榮公第三女。

《詩話》：至元斥賣廣濟庫故書，有采畫《本草》一部。近吴中趙凡夫子婦文俶端容設色畫《本草》，曲臻其妙。江陰周榮公二女淑祜、淑禧臨之，亦成絶品。淑禧寫大士像一十六幅，陳仲醇謂其「十指放光，直造盧楞伽、吴道子筆墨之外。」今文俶真蹟尚有存者。周氏姊妹花草，見者罕矣。又石城女子李佗那善畫水仙，則余亦未之見。

杜康廟

酺有新糟醊有醨，杜康橋上客題詩。最憐苦相身爲女，千載曾無儀狄祠。

《詩話》：《海内圖經》罕載杜康祠宇，獨三吴有之，相傳康有遺冢，在江陰縣城南，土人因於橋下建祠，以劉伶配之。季給事科草《募疏》云：「《詩》傳雅詠，先歌《既醉》之章；《書》有誥辭，特謹『德將』之訓。溯麯糵流傳既遠，而古今風味攸同。酒星在天，醴泉出地。舟中之斛三百，市上之價十千。爰有飲中八仙，竹林七子，或沉或湎，孰聖孰賢。緬懷作醴之功，豈止忘憂之具？今杜氏之遺橋尚在，而劉家之故巷猶存，閱歲久而年深，爲風侵而雨剥，兹欲樹豐碑之七尺，翦棘誅茅；建祠屋之三楹，崇基疊石。俾千載相傳爲勝事，賴一時共濟以落成。」文頗流利，然不若淑禧一絶之新警也。

紀映淮二首

映淮字阿男，金陵人。嫁莒州杜氏，早寡，守節終。

絶句

杏花一孤村，流水數間屋。夕陽不見人，牯牛麥中宿。

秦淮柳枝

栖鴉流水點秋光，愛此蕭疏樹幾行。不與行人綰離別，賦成謝女雪飛香。

謝五孃二首

五孃，萬曆中湖州女子。有《讀月居詩》。

小園即事

翠竹青梧手自栽，芙蓉未秀菊先開。小軒睡起日卓午，黃葉滿庭山雨來。

感懷

四面簾垂碧玉鈎，重重深院鎖春愁。天涯行客無歸信，花落東風懶下樓。

曹壽奴三首

壽奴小字山姑，崇禎間吳興女子。有《觀靜齋稿》。

《詩話》：壽奴詩頗有林下風致，《贈姊》一篇，其源出於楊、方。

贈伯姊

草有并蔕花，木有連理枝。果有合歡核，豆有同根萁。魚或比目游，鳥亦比翼隨。同功繭作繇，合巹玉爲卮。我與子姊妹，願得不相離。出必同車輪，居必聯屋楣。見月每共拜，弄珠定雙嬉。子妝我掠鬢，子盥我捧匜。我衣擣子砧，子濯汙我私。機張我續織，鏡聽子兼持。子褰我衾裯，我餔子粥糜。寒輒擁子背，暑還扇我肌。子女迭相抱，帷帳恒并施。生從比肩人，沒以百歲期。

夫君北行以菩提數珠留贈

百八菩提子，紅絲貫小纓。無眠他夜月，留記遠鐘聲。

寄外

去作西湖十日期，經年猶滯謝公池。別來夜夜雙行淚，只有珊瑚舊枕知。

李因 一首

因字是菴，會稽人。一云杭州人。光禄卿葛徵奇之妾。有《竹笑軒吟草續稿》。《詩話》：是菴善畫，花竹之夭斜，禽鳥之跳躑，具有生動之趣，刻沉香爲像，以奉白陽山人。詩其餘事爾，然無鉛粉之飾。

郊居用松陵集韻

避世牆東住，牽船岸上居。雨分三逕竹，晴曝一牀書。上坂驅黄犢，臨淵網白魚。衡門榛草遍，長者莫停車。

黄媛貞四首

媛貞字皆德，秀水人。先世父貴陽守副室。有《卧雲齋詩集》。

俞右吉云：亡友黄鼎平立二妹，一字皆德，一字皆令，均有才名。皆德爲貴陽朱太守房老，深自韜晦。世徒盛傳皆令之詩畫，然皆令青綾步障，時時載筆朱門，微嫌近風塵之色，不若皆德之冰雪淨聰明也。

丁卯冬十二月留别妹皆令

北風悽以栗，不忍吹羅襟。高雲語征鳥，離思兩難沉。今我遠庭闈，與子分芳衾。寧忘攜手好，所以傷我心。一言一回顧，别淚垂不禁。但得頻寄書，毋使相望深。

聽雨

長夜一燈灺，獨愁誰與言。牕前幾點雨，井上芭蕉翻。

山村

春山春水碧依依，草屋風輕燕子飛。行到半坡亭小住，野雲何事亦來歸。

貴陽廨中

天涯二月早芳菲，官舍何曾遠翠微。如此溪山堪累月，杜鵑猶道不如歸。

陸氏 一首

氏，華亭夏考功允彝侍妾。

追悼

錦瑟蒼凉憶舊蹤，芳年行樂太悤悤。濃香簾幕圖書靜，明月樓臺笑語通。人并玉壺丘壑裏，才分采筆黛螺中。祇餘華表魂歸去，夜夜星辰夜夜風。

徐簡簡三首

簡簡字文漪，嘉興人。休寧吳璵小妻。有《珮蘭閣草》《夢居集》。

《詩話》：文漪緣情有餘，風格未老，然亦閨中之秀。

宫詞二首

沉香亭子玉勾闌，遍植名花按月看。第一莫栽紅芍藥，此花開日定春殘。

庭院沉沉盡日扃，自將書法學蘭亭。中官領得芙蓉粉，催入長春寫御屏。

寄懷

夾岸垂楊卷落花，春風咫尺是天涯。重門深鎖樓中燕，獨有王孫不在家。

江娥一首

娥，宗室來鯤侍兒，年十三能詩。

戊戌除夕守歲和王孫作

仙茆筆禿硯成冰，守歲無聊寢復興。柏葉酒香餅已罄，小牕留得隔年燈。

朱大韶婢一首

題壁

無端割愛出深閨，猶勝前人換馬時。他日相逢莫惆悵，春風吹盡道旁枝。

《詩話》：華亭朱吉士大韶，嘉靖丁未進士，性好藏書，尤愛宋時鏤板。訪得吳門舊姓有宋槧袁宏《後漢紀》，係陸放翁、劉須溪、謝疊山三君手評，飾以古錦玉籤，遂以一美婢易之，蓋非此不能得也。婢臨行時，題詩於壁，吉士見詩惋惜，未幾捐館。予聞之李高士延昰云。

明詩綜卷八十七

小長蘆　朱彝尊　録
吴趨　孫起範　緝評

《静志居詩話》：　明制，設内書堂以教小内侍，用史官四員主之。從學者約四十人，其後撥入讀書者，多至三百人，所以教之者有方矣。而三百年來，此輩善詩文者蓋寡，予爲搜訪僅得六人焉。此外若楊友、吕憲、戴義、李學輩，雖間有詩句流傳，多不成章，雖欲廣之而未得也。

龔輦二首

輦字中道，南昌人。弘治中，爲内官監左丞。有《沖虚集》。

俞汝成云：　左丞雅事文墨，兼尚理學，《沖虚》一集，所謂空谷之音。

贈顧潘

與君少小定交游，今日相逢兩鬢秋。天上風雲真似夢，人間歲月竟如流。可憐王粲依劉表，不遇常何薦馬周。安得忘機共漁父，白蘋洲上數沙鷗。

見狻猊偶作

聖德彰戎服，狻猊遠貢將。雖然爲異物，費我大官羊。

陸咸一云：辭旨温厚。

張瑄一首

瑄，弘治中，内官監太監，鎮守廣西。

平南烏江道中

山東平川小路斜，不成村落兩三家。分明横幅桃源景，只欠溪流泛落花。

傅倫 一首

倫，正德中，都知監太監，鎮守桂林。

題望江亭

山色拂雲青，溪光照空碧。靜觀元化初，超然意自適。

王翺 一首

翺字鵬起，順天通州人。嘉靖中，選入司禮監讀書，歷御馬監右監丞。有《禁砌蛩吟》。《詩話》：監丞集，內鄉李蔭于美序之。

秋夜有懷

西風吹雨夜蕭蕭，客思逢秋倍寂寥。十載已虛明主詔，半生徒插侍中貂。誰憐季子黄金盡，無奈馮唐白髮饒。何日一帆江左去，獨尋山水混漁樵。

張維 二首

維字四維，霸州人。隆慶初，選入伴讀東宮，歷乾清宮管事，御馬監太監，提督内忠勇營。有《蒼雪齋稿》。

《詩話》：張監丞以善詩稱，定陵呼爲秀才，命掌兵仗局。駕幸局，觀所造兵器，手翫弄之。奏曰：「兵凶器，非至尊所宜操。」帝笑而止。嘗於禁中退食地，植竹數竿，定陵題之曰「蒼雪」，因以名其集。

瑤臺霽望

天都五月雨，一夜洗層臺。日上芙蓉吐，鐘鳴樓殿開。石根雲卷盡，松頂鶴飛來。看盡南巖景，筠籃詎忍回。

老姥詞

使節從天下，崎嶇不計程。野花微辨色，山鳥未知名。仙姥鍼猶在，真人誥已成。倚闌探舊跡，何處步虚聲。

孫隆 一首

隆字東瀛，三河人。萬曆中，以太監督織造駐杭州。

題慧因寺

笙歌日日娱西子，爲愛幽閒到玉岑。舊有高人井西宅，沿流且向寺門尋。

《詩話》：寺在西湖南，五代天成二年，吴越武肅王建。面玉岑，背兔嶺，有箕泉流繞寺門。元黄子久曾築室於是。

明詩綜卷八十八

外臣

小長蘆　朱彝尊　録
廣陵　張師孔　緝評

吴徹 一首

徹字文通，崇仁人。爲陳友諒用事，嘗偵太祖軍被獲，命詠《百馬圖》，黥其面目，爲詭譎秀才。又賦《西山夜雨》詩云云。

西山夜雨

莫厭西山夜雨多，也應添起洞庭波。東風肯與周郎便，直上金陵奏凱歌。

周所立 一首

所立號盤谷，臨江人。仕陳友諒，爲草《上梁文》。晚就臨江教授。

哭定位

緑錦池頭舊使君，近傳消息不堪聞。的盧竟死檀溪險，鸜鵒翻成鄂土墳。蒿葉蕭條生夜月，棠陰迢遞起秋雲。陳琳老大頭如雪，無復軍前草檄文。

《靜志居詩話》：定位，字子靜，爲陳友諒守臨江，抗太祖師於鄱陽，被殺。

饒介 一首

介字介之，臨川人。元末自翰林應奉出僉江浙廉訪司事。張氏入吴，杜門不出，自號華蓋山樵，亦曰醉翁。士誠慕其名，自往造請，承制以爲淮南行省參政。吴亡，俘至京師，伏誅。

《詩話》：介之在吴延攬名士，一時如陳庶子、姜羽儀、宋仲温、高季迪、楊孟載、陳維寅、維允、虞勝伯、秦文仲，皆與訂交，自目爲「醉樵」。蓋仕於淮張，非本懷也。

丁未歲論書贈仲温

太白流西荒，音響一何切！蒼精散暘谷，光彩爛昭晰。靈氣垂八芒，雲漢自兹抉。人文既開張，象畫亦區別。冥機不自見，直待智者發。誰能懷遂初，心焉悟皇頡。閉門工造車，出門即合轍。古人有成言，得之盡毫髮。流形歸自然，萬古字不滅。將同造化功，豈獨在書訣。神哉嶽瀆經，鍊石補天裂。

馬玉麟二首

玉麟，海陵人。張士誠據吳，爲參政，城破死。

虎丘和范文正公韻

緑蕪迷四野，空翠擁千巖。風過鶴鳴檜，雲歸龍在潭。雨花翻寶座，積石護僧菴。此地如容我，移家住水南。

又次柳道傳韻

高城落日下，樹擁半山青。野鳥啼還歇，溪雲散復停。微官猶是客，對此暫忘形。爲愛生公石，移尊上小亭。

張憲三十二首

憲字思廉，紹興山陰人。仕張士誠爲樞密院都事。吳平後，變姓名走杭州，寄食報國寺以死。有《玉笥生集》。

顧俠君云：思廉師事楊廉夫，尤多懷古感時之作。成化中，安成劉釪序其集曰：「思廉與鐵崖諸君，同爲一時能言之士，當元季擾攘，志不獲伸，才不克售，傷時感物，而洩其悲憤于詩。」可謂思廉之知己也。

《詩話》：鐵崖諸弟子，才鋒犀利，莫過張思廉，讀其長歌，波瀾橫溢，弟子不必不如師也。元季居大都雙橋里，有火主簿騎騮馬過之，指示思廉曰：「能騎此否？」思廉笑曰：「虎則不能，若馬也，吾則能之矣。」適翰林承旨任闊台從騎三十餘，自西而東，既過，思廉執策就馬，足甫及鐙，則已奮迅馳突入翰林隊中，群馬辟易。于烟塵中，但聞翰林厲聲曰：「好馬。」南馳至雙橋，越塹而過，俯身就轠，轠比及手，已馳過樞密院街矣。遂縱轡，至哈達門而回。主簿訝思廉久不返，騎他馬來追，于天師菴執手大笑，并轡歸飲，漏下初鼓乃散。鐵崖評其《走馬歌》云：「決非驢背詩人語。」洵足異也。

琴操

芒芒禹迹兮，畫爲九州。侯伯牧守兮，職貢是修。其或不臣兮，天討罔偷。胡今世兮，敵國同舟。嗚呼哀哉兮，吾誰與謀！

子夜吳聲歌

朱雀街頭雨，烏衣巷口風。飛來雙燕子，不入景陽宮。

估客行 二首

發舟石頭城，繫舟梅根渚。江月夜寥寥，照見家人語。

割裳製家書，刺指題日月。不知何時到，但記今朝發。

燭龍行

燭龍燭龍，汝居陰山之陰，大漠之野。視爲晝，瞑爲夜。吸爲冬，嘘爲夏。蛇身人面髮如赭，銜珠吐光照天下。天地寬，日月小，烏兔盤旋行不了。窮陰極漠無昏曉，汝代天光補天眇。汝乃不知日被黑子遮，月爲妖蟇食，五緯無精光，萬象盡奪色，下民煩葵皆昏惑。燭龍燭龍代天職，胡不張爾鬣，奮爾翼，磨牙礪爪起圖南，遍吐神光照南極！補缺兔，無損傷，正畸烏，不傾昃，妖蟇黑子紛誅殛，重光重輪開萬國。胡爲藏頭縮尾窮陰北，坐視乾坤黯然黑？乾坤若崩摧，吾恐汝龍有神無處匿。

夏蓋山石鼓謡

臨平石鼓不自鳴，直待蜀桐魚作形。陳倉石鼓載文字，徒有鼓形無鼓聲。夏蓋之石或自鳴，蓋石一鳴三吳兵。嗚呼！三吳十年厭干櫓，不緣夏蓋鳴石鼓。

代魏徵田舍翁詞有序

鐵崖楊先生以殺田舍翁爲文皇根心語，蓋徵好直諫，忤意者數矣，是必有弗堪其直者，故怒曰「會須殺此田舍翁」，不覺其言之出口也。此則是也。然謂徵東宫臣節之虧，故爲太宗所薄，而呼爲「田舍翁」者，此則非也。徵能入夢于太宗，而不能自明其事，故代田舍翁詞補綴諫録云。

臣本山東農，臣誠田舍翁。臣以隋末亂，出仕蒲山公。蒲山愎諫自用，故臣言不用，臣計不從。百萬糧一日盡，百萬衆一夕空，力屈事去歸山東。臣義不忍棄故土事仇充，相隨西來朝真龍。先帝不臣識，大臣不臣通，故臣上書自請安山東。山東歸皇圖，授臣洗馬之職在東宮。東宮多不德，兄弟不相容。臣教太子翦黑闥親元戎。又教太子除陛下，太子不臣庸。太子既死，先帝命臣聽陛下處分，臣安敢效匹夫小諒，自與逆黨同。陛下以臣盡心所事，赦臣死罪，除臣祕書登。臣政府爵位崇，臣於是感激時時進諫開皇衷。陛下幸而時聽臣言，以致四海太平年穀豐。使陛下功德及堯舜則臣心喜，小有過失則臣心忡。是以不四年中，而有三代風。陛下初年，誠心聽諫，故天耳聰。今聽諫不逮昔，故天耳聾。往以未治爲憂，故人心悦，今以既治爲安，故威德隆。往日用臣言，賜臣以黄金甕天廏驄，輟殿材構臣屋與墉。今日以人言，仆臣墓碑，停臣子婚，爲惠胡不終？喜臣則謂臣嫵媚，惡臣則詈臣田舍翁。陛下不宜以喜怒毁譽損厥躬。臣薦侯與杜，謂其才略雄。臣豈阿黨，預知其終凶。臣録諫疏草，前後三百封，欲使後世知陛下能聽諫致時雍。豈欲賣直歸過爲己功？避嫌焚直徒己恭。臣幸丏身先朝露，使臣不幸，恐不免隨比干呂龍逢。獨不記臣言良與忠，胡爲乎會須殺此田舍翁？田舍翁，豈畏死！但惜陛下既殺張亮，又誅劉洎，翦刈大臣如刈蓬！臣不願陛下祠少牢立仆石，但願陛下養氣質除内訌，毋以喜怒存諸胸。大臣無災帝德穹，社稷無虞王業鴻，千秋萬歲爲唐宗。老臣不諱田舍翁，於乎！老臣不諱田舍翁。

聖母神皇詞

東風未燥昭陵土，感業尼稱天下母。則天。唐室山河忽變周，李氏兒郎更姓武。洛水泱泱出寶圖，黄金爛爛鑄天樞。五王不入迎仙院，二豎能忘受命符。君不見漢家元后號文母，廟食從來姪祀姑。

餞梁王

壽春殿，延喜樓。梁王欲歸天子留。樓前百戲俳倡優，百官陪宴酬未休，梁王上馬樓上頭。梁王東歸天子愁。天子愁，梁王喜。鴟梟暗移傳國璽，碭山王氣瓏瑽起。皇后捧金卮，天子歌柳枝，家亡國破無多時。

楊廉夫曰：讀此不覺涕泗横流，恨不剸刃賊臣以快其心。

發白馬

朝發白馬津，暮及陳留縣。兵事急星火，驛程疾雷電。左挾弓，右擎箭，獨飛一騎報軍書，百里王城馳急變。丞相鎮靜材，清談白羽扇。天子蔽九重，張樂絳霄殿。内門三日不得朝，咫尺天威意徒戀。三十萬衆解兵降，錦繡封疆成廣箭。明日腥風獷騎來，背城借一誰堪戰？嬖倖竊魯弓，姦諛齎紀甗。

街璧牽羊事已非，束手藩臣忘入援。收淚踏邊塵，含悲別宫院。回首東南漢月高，淅瀝風沙破顔面。白草黄雲望莫窮，西樓尚隔湯成淀。木葉山前下馬時，青衣始悟降王賤。使者來，君不見。

怯薛行

怯薛兒郎年十八，手中弓箭無虚發。黄昏偷出齊化門，大王莊前行劫奪。通州到城四十里，飛馬歸來門未啓。平明立在白玉墀，上直不曾違寸晷。兩廂巡警不敢疑，留守親姪尚書兒。官軍但追上馬賊，星夜又差都指揮。指揮宜少止不用，移文捕新李賊魁，近在王城裏。

夜坐吟

蜻蜓頭落鐙花黑，瓦面寒蟾弄霜色。玉壺水動漏聲乾，夜冷蓮籌三十刻。蓬頭兒子凍磨墨，欲拾羈懷尋不得。起看庭樹響風箏，斗杓墮地天盤側。

吕梁洪彭越廟

黄河東南奔，吕梁屹相向。蕭蕭彭王廟，淒然據其上。空山藐秋色，衰草蔚長望。荒烟薄殘陽，柔櫓破寒浪。彭王古壯士，志節素豪宕。徒成百戰功，不獲寸土葬。哀哉虎兕軀，竟作梧中醬。可憐黄金甲，采繪泥土像。佇想忠壯魂，陰風幾悲悵。憂來不忍去，駐馬更悽愴。

任城道中

客行魯橋道，路出毒山驛。驅車上峻坂，歇馬道旁石。雨來松樹暗，風起荷葉白。一笑歎浮生，胡爲倦行役？

冬夜聞雷有感

陽氣渙不收，棃花開九月。無何玄冬夜，火靈飛列缺。疾雷放訇訇，大雨久不輟。頑雲聚不散，淫風赤如血。蟲豸不入藏，龍蛇競出穴。寒威變融燠，四序失故節。胡爲數歲中，雷向盛冬發。委靡不執柄，遂爲群陰竊。及其不可忍，奮迅始一決。乃於涸寒時，礮礰未肯歇。龍戰久不解，險難紛糾結。既乖長養意，愈使威權褻。天怒不終朝，王綱有時裂。何能堯吾君，調理繼稷契。先事誅權姦，以次及群孽。假爾霹靂車，爲吾左黄鉞。普天新號令，坐使萬國悦。煌煌世祖業，中道復光烈。

自臨安往富春過芝泥嶺示隨行李巡檢

平明升肩輿，相與東西征。浮嵐翳遠道，宛在雲中行。連山互低昂，曲折如送迎。接天蔽喬木，澗與風爭聲。前登芝泥嶺，雨意漸覺晴。曈曨日色薄，蕭瑟衣裳輕。畏塗見鹿角，高砦屯鄉兵。綵旗病目眩，嚴鼓羈魂驚。憑軾若夢寐，撫髀傷浮生。顧謂李飛尉，我行猶幾程？

臨安道中先寄賽景初

朝入臨安山，莫上由拳嶺。周道無行蹤，晴空斷飛影。嚴關固高柵，疊嶂列危屏。荒坰斜日淡，虚市野烟冷。息肩坐茂樹，瞑目發深省。何庸（一作事。）馬蹄塵，兵鋒迭馳騁。

秋日山寨校兵呈同列

露下草木空，四山秋色峻。起持餓鴟弓，習作長蛇陣。旅分貙虎徒，翼若鷹隼奮。文成牙既禡，血祭鼓亦衅。日光耀旗影，霜威肅兵刃。翕張更坐作，勇怯失退進。徐如磨蟻沿，忽若奔馬迅。向背月輪偃，孤虚斗杓運。渭原識諸葛，泜水見韓信。雖非勍敵遇，敢忘出門慎。堂堂臣其遏，整整孰敢近？哀哀白骨堆，纍纍黄金印。縱無東可平，豈息西難鎮？誰爲人中雄，往雪天下憤。盡取羈縻域，帖然作州郡。

主家貓

主家畜一貓，文采玳瑁光。晨餐溪魚飽，午睡花陰凉。營營溝中鼠，白日亢我牀。鼠東貓却西，所恨不相當。一朝忽相當，反爲鼠所戕。淋漓兩脣紐，踻促四足僵。呼奴起擊鼠，鼠去貓倉惶。作炊實貓腹，割裳裹貓瘡。愛貓心雖仁，敗事流毒長。所媿主家闇，貓駑庸何傷！

白頭母次徐孟岳韻

道旁哀哀白頭母，西馬塍上花翁婦。數莖短髮不勝簪，百結鶉衣常露股。自言夫本業種樹，一朝棄業從戎伍。荷戈南征竟不歸，不知被殺還被鹵。屈指十年音信斷，獨宿孤房誰共語。家在錢唐古蕩東，門前正壓官橋路。却憶夫在種花時，春來桃李下成蹊。自從夫死花樹折，錦繡園林成馬埒。縱餘棃杏與梅茶，無力入城供富家。富家遭兵亦銷歇，金錢誰復收名花。何況邇來新將相，一體好儉不好奢。兵餘城市化村塢，亂後名園作軍府。年年寒食杜鵑啼，人家上冢西湖西。時光荏苒易飄忽，可憐誰拾花翁骨。君不見，海棠風，楊柳雨，牢落錦紋箏，凋零金雁柱。黄四孃家客漸稀，蛺蝶飛來過牆去。

爲隱師題林若拙畫

阿師堂上生雲霧，突兀峰巒起縑素。玄雲霎靆濕丹青，積翠斕斑落庭戶。漲空嵐起湧波濤，噴石寒光飛瀑布。鐘昏烟寺僧未歸，澗跨板橋人不渡。黄茅幾簇尖頭屋，緑林一帶無根樹。茸茸碧蘚雨乍晴，恰恰黄鸝春欲暮。新水桃花溪上舟，閒亭芳草沙頭路。意匠潛移造化機，筆端想有神靈助。尚書在昔已擅場，弟子如今稱獨步。抵須指畫索我題，不惜長篇爲君賦。

贈鐫碑王生歌

太湖之水通吳淞，緑波冷浸青芙蓉。巨靈神斧斫不去，帝命留與歷代賢聖鐫奇功。奇功曠世信希有，至德乃可齊不朽。嗟哉王生習此藝，功德不逢長袖手。虞黄歐揭牛毛多，筆端佞語如懸河。銀鈎鐵畫衒奇麗，天下匠石勞礱磨。王生手握三寸鋼，肥深瘦淺能自量。神椎輕重心應手，白蝨食鐵森成行。詞嚴筆勁逼晉漢，學士何人美詞翰。窅亭五采護龜趺，峙立通衢人不看。人不看，恐淚垂，晉朝羊公今爲誰？高山深水苦自置，後世誰人想見之。王生王生女當知，功德豈在多文辭？君不見，延陵季子碑上僅十字，千載萬載生光輝。

青山白雲圖

青山青青白雲白，一尺小溪千里隔。扁舟艤岸不見人，雞聲何處秦人宅。桃花流水春粼粼，不識人間有戰塵。待得紫芝如掌大，歸來甘作太平民。

答問湖源風土

湖源源上路，東與浦陽連。地勝藏春塢，民居小有天。秋山紅入畫，晴野白浮烟。一道桃花水，如今泊戰船。

聞説

聞説江城破，歸心夢裏驚。肺肝從此熱，手足近來輕。春事愁花朵，晨齋怯鼓聲。平生慕王猛，今日莫談兵。

聽雪齋

萬籟入沉冥，坐深牕戶明。微于疏竹上，時作碎瓊聲。撲紙春蟲亂，爬沙夜蟹行。袁安政無寐，攲枕漏三更。

大都即事二首

三月西山道，春風平則門。繡鞍紅叱撥，氈帽黑昆侖。衣襆分香裹，壺缾借火温。醉歸楊柳月，緑霧掩黄昏。

千步廊前月，朦朧照御街。風簷鳴寶鐸，雷板耀金牌。城影平鋪地，樓陰半上階。誰家吹短調，一夜亂春懷。

投贈周元帥

玉帳臨江近，金城鎮海遥。鼓聲秋動地，劍氣夜衝霄。露下星河白，風高草木凋。山寒旗獵獵，沙静馬蕭蕭。左廣初傳駕，西船已畏燒。五離纔散鼠，六博又成梟。豪傑乘時奮，賢材早見招。紫樞虚上座，黄閣待清朝。會見擒姦操，歸來醉小喬。恩波門外柳，長拂富春潮。

書憤

離宫金翠化爲烟，土宇凋零舊幅員。豈是相君酣醉日，况逢天子中興年。武關兵馬全無信，涪水文章久未鐫。白髮詩翁憂帝室，長歌泣血拜啼鵑。

畫扇

渴龍飲清江，江水皆倒立。風雨滿山來，石楠半身濕。

湖上

紅杏牆頭粉蝶，緑楊牕外黃鸝。何處春光最好，蹋青人在蘇隄。

陳秀民五首

秀民字庶子，温州人，徙居嘉興。仕張士誠爲江浙行中書省參知政事，翰林學士。有《寄亭集》。

《詩話》：庶子僑居于禾，朱漢翔箟《檇李英華集》，以其詩壓卷。

灤陽道中

晨出建德門，暮宿居庸關。風鳴何蕭蕭，月出何團團。短轅駐空野，悲笳生夕寒。我本吳越人，二年客幽燕。幽燕非我鄉，而復適烏桓。前登桑乾嶺，西望太行山。太行何盤盤，欲往愁險艱。寓形天壤間，忽如水上船。役役何所求，吾將返林泉。

送遠曲

誰令車有輪，去年載客西入秦。誰令馬有蹄，今年載客過遼西。車輪雙，馬蹄四，念君獨行無近侍。婦人由來不下堂，側身西望涕沾裳。恨不化爲雙玉璫，終日和鳴在君旁。

至武岡

家居猶旅食，兒子復南征。婁縣千江隔，都梁百日行。雁書天外遠，馬角夢中生。食禄非吾願，何時復舊耕？

邳州

青山一髮見邳州，落日雲迷故國愁。父老空傳黄石在，仙人已伴赤松遊。乾坤不信無清氣，河水胡爲尚濁流？野樹昏鴉棲未定，數聲哀角起高樓。

姑蘇竹枝詞

吳門二月柳如眉，誰家女兒歌柳枝。歌聲嫋嫋嬌無力，恰如楊柳好腰肢。

劉仁本 二首

仁本字德玄，天台人。元進士，歷官江浙省左、右司郎中。佐方谷真謀議，朱亮祖克温州被獲。有《羽庭詩稿》。

錢受之云：方氏盛時，招延士大夫，折節好文，與中吳爭勝。文人遺老，如林彬、薩都剌輩，咸往依焉。至正庚子，仁本治師會稽之餘姚州，作雩詠亭于龍泉左麓，仿佛蘭亭景物，集名士趙俶、謝理、朱右、天台僧白雲以下四十二人，修禊賦詩。仁本自爲之敘焉。

續蘭亭會補參軍劉密詩 并序

庚子春，仁本治師會稽之餘姚，乃相龍泉之左麓，州署之後山，得神禹祕圖之處。水出巖罅，瀦爲方沼，疏爲流泉，卉木叢茂，行列紫薇，間以竹篁，仿佛乎蘭亭景狀，因作雩詠亭以表之。

合甌、越來會之士，得四十二人，同修禊事，取晉人《蘭亭會圖》，詩缺不足者，各占其次，補四、五言各一首，因曰「續蘭亭會」云。

陽春沐膏澤，草木生微暄。靈圖發幽祕，感此禹迹存。衣冠繼芳集，臨流引清樽。性情聊自適，理亂復奚言。

《詩話》：左司結「續蘭亭會」，與者四十二人，今名氏未能悉考，詩僅存者，左司而外，都事謝理補晉侍郎謝瑰，鄉貢進士趙俶補參軍孔盛，蕭山主簿朱右補餘杭令謝滕，帥府都事王霖補王獻之，蕭山教諭諸絅補府曹勞夷，平江儒學正徐昭文補府主簿后緜，祕圖隱者鄭彝補山陰令虞國，嘉興路經歷張溥補鎮國大將軍掾卞迪，天台僧自悦補任城呂系，四明僧如皐補任城令呂本，東山僧福報補彭城曹諲。詩皆醇雅，絶類晉人。特事在至正庚子，後九年始建元洪武，諸君惟俶及右仕明，故其詩不悉録。

再往三山

去歲才從上海還，今年又復戴南冠。榕陰巷陌春風老，荔子樓臺宿雨乾。幾處舊游重載酒，十年往事一憑欄。回頭却羡天台道，有客吹簫跨玉鸞。

方行三首

行字明敏，黄巖人。谷真子。有《東軒集》。

錢受之云：宋濂序曰：「明敏仕于元，嘗參知政事于江浙行中書省。」按方谷真據慶元，姪明善據温，授江浙行省平章。又有明鞏、明謙者，明敏或其群從也。復見心《蒲菴集·夜宿東軒柬方明敏大參》詩云：「重來濠上得盤桓，翦燭東軒坐夜闌。」國初元臣例安置濠，見心奉詔住鳳陽，與明敏數倡酬，知明敏亦徙濠也。沐景顒《滄海遺珠》，多載國初戍滇之詩，而明敏與焉，知徙濠後，又謫滇也。余之初考如此，及觀袁忠徹《古今識鑒》云：「方明敏，國珍子也。柳莊相之曰：『君邊庭赤氣如刀劍紋，二九日有陞進。』隨從父克太倉，授分省參政，調江西。」乃知明敏爲谷真之子。前元之陞授，實以谷真奇子之役，而余初考爲未詳也。袁記又云：「洪武戊午，國珍已没，明謙受剝膚之刑，舉族累禍。」則明敏或於此時，得以從輕典戍滇也。《洪武實録》載谷真質子曰關、曰元，後與其子明完、明則俱降。完小名亞關，關即完也。宋濂神道碑載子男五人，其二則禮與完。谷真病亟時，授官以慰之者；其三曰本、則、安。則未知此五人者，孰爲明敏者也。谷真諸子姪内附，前後名字竄改更互，不可考覈。史家闕誤若此者多矣，豈獨杞、宋無徵爲可歎哉！谷真竊據時，招延文士，薩天錫、朱右輩，咸往依之，劉仁本、詹鼎則親近用事。瀦溪盛稱明敏襟度瀟灑，善談名理，于書無所不讀，古詩俊逸超群，律詩婉麗清切，則明敏于國初，居然勝流，未可以揚山遺種而誚之也。慶元之父子，淮張之兄弟，右文好士，皆有可書，志勝國群雄者，無抑沒焉。

題吳彦嘉所藏張秋蟾龍圖

張公畫龍人不識，筆法遠自僧繇得。挂向高堂神鬼驚，怳忽電光來破壁。想當渤海開筆力，元氣淋淫浸無極。吞吐日月天地昏，摩蕩雲雷太陰黑。江翻石轉窈莫測，雪濤卷空銅柱側。洞庭扶桑非爾誰，顛倒滄溟爲窟宅。乃知前圖只數尺，坐令萬里起古色。何當置我君山湖上之高峰，聽此老翁吹鐵笛。

楊柳詞二首

韶華無限暗中消，摇蕩春光幾萬條。却怪晚來風定後，雪花飛滿赤欄橋。

曲江南陌亂垂烟，勾引春風入管絃。惆悵幾株憔悴盡，與人長繫別離船。

明詩綜卷八十九

小長蘆　朱彝尊　録
休陽　吴元鉉　緝評

羽士

張宇初八首

宇初字子璿，廣信人。嗣漢四十二代天師，賜號無爲真人。有《峴泉集》。

王仲縉云：　峴泉詩冲邃幽遠，篇章翰墨各極精妙。

錢受之云：　宇初五言古詩，意匠深秀，有三謝、韋、柳之遺響。唐宋以來，釋、道二家并重。明初，名僧輩出，而道家之有文者，宇初一人。厥後益寥寥矣。

《靜志居詩話》：　古今詩僧傳者不少，黄冠率寥寂無聞，唐惟上官儀、吴筠、曹唐稍能詩。然儀、唐皆不終于黄冠，則不得以黄冠目之矣。惟元時道教特盛，所稱丘、劉、譚、馬、郝、王、孫七真者，大半有集。迄于至正，如張雨伯雨、馬臻志道是皆軼倫之才。明初，僅張宇初、余善二人無戾風雅已爾。餘皆卑卑，鮮足當詩人之目。此外，龍虎山人張留紳有詩，見臨川胡琰《大明鼓吹》，又黄徵君俞部編《明史·藝文志》有佘和叔《同亭詩帨》一卷，武夷道士張蚩蚩《適適吟》一卷，安仁沖虚山道士顔服膺《潛菴詠物詩》六卷，訪之未得，附載之。

擬古

朝陽生東樹，微月流西岑。清泉活活流，好鳥交交吟。春夏氣候殊，凉燠自駸尋。美人崇蘭佩，芳香襲衣襟。邈然與世隔，空睇瑤華音。謇修曷爲言，感慨投吾簪。

養疾

濯足山澗中，杖策暝乃還。寒蜩鳴疏樹，落日下西山。灌園露已濕，倦息衡門間。寠空非苦疾，鶉衣畏早寒。寧貽榮叟誚，齒落無衰顔。

冬日還峴泉

郊墟物候和，野逕抱溪曲。言旋白雲岑，烟樹澹餘緑。淺瀨引寒流，崇巒披秀木。荒疇已農穫，隱構藏林屋。深窟想兔脱，危機絶羝觸。毋爲弓旌招，静言抱松菊。

題夏山過雨圖

夕雨過凉樹，流雲吐層峰。横橋蔓緑翳，杖策宜丘中。煩溽意俱滌，邈然塵外蹤。鍾山豈竟卧，清瀨聞高淙。

乙亥季夏還山居偶興

末夏熾餘暑，幽期諧素衿。川源蔽繁緑，溪渚澄深潯。田舍静雞犬，荒蹊抱深林。圓淵敞靈構，疊嶂羅高岑。荷氣薄朝露，魚波依重陰。披襟遂恬息，濯澗清閑心。遺世非塵傲，養真宜自任。秋風動早思，寫我丘中琴。

過錢塘

越上曾游地，年深感寂寥。山光隨浦盡，海色共天遥。古刹藏秋樹，寒江送暮潮。故人渾不見，愁緒酒難消。

望吳山

吳越游程熟，溪平驛路分。夕陽回浦樹，秋色滿湖雲。曲漵船孤放，淒風雁獨聞。浣花茅屋小，別思夢紛紛。

山行晚眺

縱目郊原趣，依稀物候新。溪寒回返照，林暝促歸人。山逕松陰雪，漁家柳色春。盡拋江海興，期此坐垂綸。

余善四首

善字復初，玉峰清真觀道士。

楊廉夫云：方外生余善《追和張外史游仙詩》，讀至「長桑樹爛金雞死」，有客遶牀三叫，以爲老鐵喉中語。又如「一壺天地小於瓜」，雖老鐵無以著筆矣。

追和張外史游仙詩

城闕芙蓉曉未分，身騎金虎謁元君。青童不道天家近，笑指空中五色雲。
溪頭流水飯胡麻，曾折璚林第一花。欲識道人藏密處，一壺天地小於瓜。
不到麟洲五百年，歸來風日尚依然。穉龍化作雪衣女，來問東華古玉篇。
春宴瑤池日景高，烏紗巾上插仙桃。長桑樹爛金雞死，一笑黄塵變海濤。

席應珍 一首

應珍字心齋，號子陽子，常熟人。提舉致道觀。

錢受之云：子陽子嘗居相城靈應觀，與沙門道衍爲忘形交，道衍因師事之。衍即姚少師廣孝。或云少師兵法，半是心齋所傳。

題章復畫碧桃

憶昔瑤池侍宴時，碧桃花下酒盈卮。今朝醉裏看圖畫，羞對東風兩鬢絲。

鄧羽 一首

羽，南海人。明初知青陽縣事，後爲道士，隱居武當之南巖，自號松石道人，不知所終。有《觀物吟》。

絶句

人生天地長如客，何獨鄉關定是家。爭似山翁隨所寓，年年處處看梅花。

盧大雅 一首

大雅，貴溪人。龍虎山道士。有《石矼樵唱》。

顧玄言云：大雅爲張外史所知，定非庸人。

舟中寄散木張外史

櫂郎催踏春溪舫，阻我辭君散木亭。江水未應春去漲，鄉山偏向別時青。烟波釣艇新衝雨，河漢仙查舊犯星。輸與仙都吉居士，一簾山雨聽鵝經。

周思得 一首

思得字養真，別字素菴，錢塘人。有《弘道集》。

俞汝成云：真人扈從成祖北征，恩寵甚厚。歷事五朝，晉秩二品，享年九十，諭葬賜塋，亦古今所希觀者。

顧玄言云：養真羽流高逸，被文皇之眷，游仙諸詩，殊有思致。

夢游仙詩

翩翩鶴羽拂重雲，仙樂嘈嘈世未聞。一虎借騎何處去，定應月下訪茅君。

林復真 一首

復真字剛伯，常熟人。入龍虎山爲道士。預修《永樂大典》，歸居致道觀之來雲堂。有《止菴集》。

送東白副綱還雲間

三年客裏惜居諸，此日功成貝葉書。幾度賜衣沾湛露，滿懷歸興載籃輿。山横齊魯吟情好，月落秦淮雁影疏。若過吳門煩問訊，故園松竹近何如。

章志宗 一首

志宗字清源，號逍遥子，松溪文昌觀道士。有《逍遥集》。

閒述

天無一片雲，萬里清如水。孤月自空明，我心亦如此。

錢月齡 二首

月齡字鶴山，無錫人。居洞虚宫。有《丹丘漫稿》。

俞汝成云：鶴山吴越王鏐二十一世孫，吟亦成章。

顧玄言云：道人詩如盆涵魚藻，小有幽致。

花前

有酒當醉花前人，莫敎啼鳥傷殘春。流光轉盼赴壑水，好花回首飛成塵。請看自古繁華地，年年惟見蓬蒿新。

訪僧田舍

出郭尋僧舍，青山隔水田。扁舟孤墅入，紅樹碧溪連。菰米炊香積，茅茨帶夕烟。相留無限意，我亦愛逃禪。

吴隱玄 一首

隱玄，自號琴樂翁，南昌鐵柱宫道士。

漁父詞

扁舟一葉蘆花外，短笛數聲楊柳陰。隔浦樓高看不見。夜分何處得相尋。

周休休 一首

休休，正德間居建昌隆道觀。

題院壁

陌上紅塵撲面飛，近來覺得世情微。白雲深處招黄鶴，不識人間有是非。

汪麗陽 一首

麗陽，鉛山人。嘉靖初，武夷接笥峰道士，遺蜕葬于石壁。有《野懷散稿》。

答葉東林

柴扉終日對雲關，何事游人興未闌。一榻枕泉眠竹影，茶烟初歇鶴聲殘。

林運素 一首

運素，南都道士。

登天壇

我覽圖經尋岳瀆，東至太行入王屋。崎嶇千里不敢辭，手策桃枝九節竹。舉頭貪看華蓋峰，驀然身入翠微谷。上方樓閣與雲齊，金碧交光射林麓。探奇直度瘦龍脊，千仞斷厓横獨木。虚皇之觀紫金堂，絶勝洞天三十六。日精月華左右分，黛色參天如削玉。厓下飛流太乙泉，自是天關通地軸。巡山使者持赤刀，咫尺蛟宫誰敢黷。或聞仙犬吠仙燈，或睹仙人跨仙鹿。林泉處處愜予心，摒擋琴書將卜築。藥櫃蘇籠春復春，蟠桃畢竟何年熟。

吴孺子 三首

孺子字少君，金華人。嘉隆間，以黄冠游吴、楚間。有《吴少君集》。

鄒彦吉云：山人雅好杜詩，而其詩不專學杜，外枯中腴，韻短意長。詩不多作，一歲不過二三十篇而已。

《詩話》：少君周游吴、楚間，留檇李獨久。性至巧，工于製器。一瓢精絶，過荆溪爲盜所擊，王元美爲作《破瓢歌》。嘗煉白堊爲竈，名玉雪廚。以白米置冬春囷中，令微黄，號檀香米。一杖用緑蓴枝條爲之，名紫玉杖。最愛青苔，天新雨，輒尋牆陰階面，得一苔塼必詫人。對客言，每稱荀卿性惡之説。詩六卷。沈嘉則、趙汝師爲作序，鄒彦吉爲作墓銘，佘仲房、王伯穀爲作傳，姚叔祥爲述遺事，均未嘗言其爲道士。獨顧玄言輯《國雅》，目爲黄冠，今從之。

吕家曲水寄别錢懋穀

曲抱孤村水，長流斷岸陰。借居方避地，言别又沾襟。客久衰偏易，鄉遥恨轉深。把君書在手，侵曉到如今。

倚杖

貧病吾將老，江湖度歲華。艱難惟有淚，飄泊更無家。倚杖慚歸鳥，臨池惜落花。秋風何太早，瑟瑟向蒹葭。

欲製羽衣

野服前年製，羽衣今日無。忽見白鷺鷥，遠在青草湖。

徐淵二首

淵字湛虛，一字月汀，又字秋沙，海鹽人。萬曆中，棲真觀道士。一作文始道院。有《水月軒稿》。

舟中

遠水浮高漢，扁舟載夕暉。人家隨岸斷，沙鳥背帆飛。旅況消村酒，新寒戀布衣。片雲何處起，先我向南歸。

書竹溪僧扇

寒玉千竿水一溪，風光絶勝瀼東西。山僧定起不知午，滿地緑陰沙鳥啼。

吴道隆二首

道隆字易水，桐城太霞宫道士。有《蟲吟》。

潘蜀藻云： 易水居郭西太霞宫，崇禎末，秦寇躪桐城，宫毁，會黄虎山將軍來援，桐人德焉，構生祠祀之，屬易水主其祀。易水有《蟲吟》一函，自序而録之。

虎山黄公祠二首

羽檄轅門至，將軍不願生。雷霆初下擊，風雨但聞聲。死賊退三舍，生靈全一城。至今遺老祀，俎豆萬年情。

英雄經百戰，忠勇實無雙。浩氣今猶壯，丹心矢不降。虞淵爭墮日，楚些哭長江。薄暮烏啼急，陰雲繞法幢。

徐穎四首

穎字渭友，更字巢友，海鹽學生。以詿誤逃于僧。自楚歸，入茅山爲道士。好談兵，以徐鴻客、姚廣孝自許，後不知所終。

葛震甫云： 巢友詩，不多作，不苟作，不爲應酬之作。

《詩話》： 巢友汗漫之游，投軀嶺海，其詩間入貝編雲笈之中，拾孔翠一毛，足勝凡鳥累百。

宿何氏山居

日南氣多燠，草樹冬未黄。山行不山宿，愛君溪上堂。村居百事集，異書探石倉。香秔初脱杵，嘉魚出寒塘。既觴復就弈，明月登我牀。野田犬驚睡，每吠燈燭光。乃知靜者意，所遇皆故鄉。

西嶽

拔地蓮花在，多年玉井湮。黄河西有影，雲棧四無鄰。冰窟難成水，楓香漸化人。夕陽不易落，閒立數三秦。

嚴陵

石几朝朝立鷺鷥，苔檐露折野棠枝。雙臺占得高千尺，不許他人下釣絲。

古墓

草中斷碣先朝敕，山下荒池舊祭田。往往磨刀人上隴，石函掘得五銖錢。

徐斗支二首

斗支字梁父，嘉興萬壽宫道士。有《蜀道吟》《荆南雜詠》。

敘州逢鄉客留飲

南溪古僰國，信宿也相宜。月白山當戶，風輕水滿陂。鳥呼秦吉了，藥咀五加皮。萬里逢鄉客，銜杯話所知。

歸舟寄朱子蕃

春江自蜀來，半是岷峨雪。千里下江陵，山山響䳏鴂。

李延昰十九首

延昰初名彦貞，字我生，一字期叔，後更今名，改字辰山，上海人。隱于醫，晚居平湖佑聖宫，自稱道士。有《放鷴亭集》。

《詩話》：辰山生長士族，人不知其門閥；策名仕版，人不知其官資；博綜圖籍，人不知其儲藏；潔治酒肴，人不知其庖爨。所撰《崇禎甲申録》《南吳舊話》，足以裨國史之采擇。及疾革，平居玩好，一瓢一笠，一琴一硯，悉分贈友朋，而以儲書二千五百卷畀予。誦其詩，知爲徐孝廉闇公之弟子，然其出處本末，終莫得而詳也。詩亦伯仲「幾社」諸君，人之黄冠中，翹翹束楚。

和陶飲酒詩

寄此一椽下，日遭群動喧。我自飲吾酒，勿覺日影偏。終身在城市，仍不異雲山。清風與明月，有時相往還。昨者事已往，今者又何言。

齋中讀書

結廬西漾陂，披雲攬丘壑。絶塵自奔軌，翰墨欣有託。寤言聊獨賞，古人良可作。非必琴酒娱，頗得詩歌樂。達生貴知命，引興在寥廓。微陽明夕扉，窈窕青山郭。

蜜蜂投蛛網救之遭螫痛定後示道士閬風

天地孕萬物，而各具殺機。大小互爲忍，其事嘗因依。蜘蛛尤巧惡，以坐而制飛。蜜蜂翩翩來，含芳昧所歸。忽在羅網中，蛛喜逞其威。但肆齒牙利，不嫌軀體肥。舉頭乍見之，手與解其圍。蛛既患得失，蜂詎解從違。賈勇螫吾手，負痛心力微。吾病蜂得生，兒童任相非。善且不可爲，斯言識者希。

緣溪行

瘦筇不老芒鞵輕，青錢三百隨我行。溪橋數折入人境，日落更喜群山青。酒壚遥對菊花好，東籬豈有陶淵明。

中秋夜半對月

準擬中秋月，歸來撥悶看。星流懸海嶠，風細駐林端。老子興不淺，清宵眠未安。呼童重漉酒，舊事話團圞。

鉏草次張元岵孝廉韻

造化無私澤，誅鉏有獨勞。落花分徑闊，迸筍出籬高。滋蔓非吾意，爲螢任爾曹。何如張仲蔚，門外滿蓬蒿。

永安湖送戴集之歸婺州

一片滄浪水，南湖與北湖。柴扉明落日，漁艇暗春蒲。聚散當佳節，悲歡屬老夫。戴顒棲隱處，風物滿長塗。

慰孝先

東湖一片水，喜汝暫停舟。既有故人在，能無十日留。殘花仍滴露，新漲正浮鷗。生計安垂白，從人笑直鉤。

偶成

早歲辭鄉國，歸來鬢已華。朔鴻乘雪起，海燕受風斜。興起因鱸膾，饑還倚蕨芽。故交零落盡，不敢歎無家。

送邵漢旬歸蘭溪

屈指蘭溪路，乘風四日程。江聲欹枕急，山色滿船輕。汝自謀行止，人誰解送迎。金華仙洞裏，瑶草石臺生。

上海

萬里朝宗水，喧豗滬壘東。稽天新漲碧，浴日曉雲紅。地控三吳盡，潮分兩浙通。春申遺廟在，社鼓賽村翁。

憶亡兒漢徵

自汝云亡後，蕭條恨不禁。笑啼猶在眼，出入總經心。書帙憑魚蠹，琴囊任鼠侵。徒將老年淚，點滴透衣襟。

羊叔子墓

叔子名垂久，荒碑夕照多。功還存俎豆，意不在干戈。烟火三家市，魚龍九曲河。我來搔白首，何事亦悲歌。

過宣和嶺至義烏界追憶先師孝廉徐闇公先生相期卜居處

聞説烏傷界，前期似夢中。四圍青嶂合，一道白雲通。棲隱終難遂，飄零轉易窮。先生沒於潮州。門生頭白盡，無路哭遺蹤。

古意

千金買緑綺，一彈不再彈。借問此何意，欲言良獨難。

半山聞鶯

一路籃輿穩，山行日欲西。藤花開未盡，隨處有黄鸝。

言別

夜值芭蕉雨，時當鄠杜秋。匆匆無一語，相視上孤舟。

大報恩寺別張南村

垂柳絲絲挂夕陽，百花春映遶回塘。他鄉杯酒前朝寺，一曲相看各斷腸。

最憶

年年作客不歸家，緑遍平蕪一望賒。最憶竹堂西畔坐，茶烟吹過紫藤花。

陳泓 二首

泓字白浮，嘉興萬壽宮道士。有《榔梅居詩稿》。

寄鄭子擴

暇日相期蕭寺東，别來三月已秋風。朝來載鶴船人報，極浦芙蓉幾處紅。

聞笛

塞垣高柳暮毿毿，倚杖巡簷月已斜。戍古無鄰霜易冷，莫教吹落小梅花。

明詩綜卷九十

釋子上

小長蘆　朱彝尊　録
玉峰　徐　炯　緝評

梵琦三十首

梵琦字楚石，小字曇曜，象山人。居海鹽天寧寺。明初，徵至京，建法會賜座第一。有《北游》、《鳳山》、《西齋》三集。

錢受之云：誦西齋詩，如游珠網、瓊林、金沙、玉沼間。

《靜志居詩話》：楚石，僧中龍象，筆有慧刃，《淨土詩》累百，可以無譏。和寒山、拾得、豐干韻，亦屬游戲。讀其《北游》一集，風土物候，畢寫無遺，志在新奇，初無定則。假令唐代緇流見之，猶當瞠乎退舍，矧癩可、瘦權輩乎？愚菴智及輓章云：「麻鞵直上黄金殿，鐵錫時敲白下門。」誦之足以豪矣。當日孝陵所賜袈裟及鉢，至今尚存海鹽天寧寺中，即上人所築西齋也。

擬陶

新蟬何處來，鳴我高槐陰。流水欲入屋，好風自開襟。牀頭一束書，壁上三尺琴。琴以散哀樂，書以通古今。所幸車馬稀，非邀里人欽。虛名如北斗，有酒不能斟。縱洗爰居耳，寧知鐘鼓音。

西津

月滿潮來盛，天空野望低。樹侵吳甸北，帆入楚江西。俊鶻秋方下，慈烏曉更啼。即看霜露及，風景已凄凄。

贈江南故人

煑茗羮羊酪，看山駐馬檛。地椒真小草，芭欖有奇花。塞月宵沉海，邊風晝起沙。登高望吳越，極目是雲霞。

上都四首

突厥逢唐盛，完顏與宋鄰。君王饒戰略，公主再和親。異域車書會，中天雨露均。皇朝真一統，御曆正三辰。

塞外疑無地，人間別有天。宫墻倚樹直，御榻愛花偏。正想爐熏滿，遥知漏點傳。輪臺方奉詔，版築更求賢。

夜斗低垂地，秋河近著城。有灰開月暈，無扇減風聲。角奏梅花早，杯傳竹葉清。尚衣綿欲折，高殿雪初晴。

萬國初無外，諸羌更在西。閤門朝見雪，亭障晚開鞞。天子黄龍府，將軍白馬氐。錦袍凉似水，銀甕醉如泥。

開平書事六首

射虎南山下，看羊北海邊。築城侵地斷，居室與天連。墨黑沾衣雨，沙黄種黍田。自從爲帝里，無復少人煙。

地勢斜臨北，河流穩向東。龍庭行萬里，虎路遶三峻。羌女裁皮服，奚兒挽角弓。長吟對落景，獨坐感飛蓬。

舊俗便弓馬，新霜稱綺羅。平原芳草歇，古戍暮雲多。翠袖調鸚鵡，金鞭制駱駝。上樓看月得，無酒奈君何。

北海何人到，西天此路通。尋經舍衛國，避暑醴泉宫。盛夏不揮扇，平時常起風。遥瞻仙仗簇，復有綵雲籠。

夜雪沙陀部，春風敕勒川。生涯惟釀黍，樂事在彈弦。不用臨城將，何須負郭田。雙鵰來海外，一箭落天邊。

孤城横落日，一望暗銷魂。天大纖雲卷，風多積草翻。有田稀種粟，無樹強名村。土屋難安寢，飛沙夜擊門。

漠北懷古十首

世祖起沙漠，臨軒銷甲兵。羌中一片地，秦後幾長城。象膽隨時轉，駝蹄入夜明。何須待秋獵，不必問春耕。

曠野多遺骨，前朝數用兵。烽連都護府，柵遶可敦城。健鶻雲間落，妖狐塞下鳴。却因班定遠，牽動故鄉情。

北向無城郭，遥遥接大荒。舊來聞漢土，前去是河隍。野蒜根含水，沙葱葉負霜。何人鳴觱篥，使我涕霑裳。

無樹可黄落，有臺如白登。三冬掘野鼠，萬騎上河冰。土厚不爲井，民淳猶結繩。令人思太古，極目眇平陵。

吾聞窮髮北，此地即天涯。夏有九河凍，春無三月花。清凉非枕簟，富貴是雲沙。愛爾捐居室，長年到處家。

曠望重關外，蕭條萬里餘。未嘗營粒食，終不好樓居。謬甚英雄事，茫然草昧初。大人饒畜牧，隨分有穹廬。

漢使騎高馬，唐兵出近關。前臨蒲類海，却上浚稽山。帝號垂千古，軍聲蓋百蠻。初無功可紀，只有劍須殷。

每厭冰霜苦，長尋水草居。控弦隨地獵，刳木近河漁。馬酒茶相似，駝裘錦不如。健兒雙眼碧，慣讀左行書。

北入窮荒野，人如曠古時。天山新有字，耶律晚能詩。地坼河流大，峰高月上遲。自言羊可種，不信繭成絲。

遠客停驂處，平沙落日時。塞蓬穿土早，河柳得春遲。欲乳羊求母，頻嘶馬顧兒。朔方多雨雪，南望是京師。

烏桓

烏桓第一州，白雪亂三秋。不盡邊雲起，無情塞水流。兔銛蒙氏筆，狐潔檜君裘。自笑成癡坐，何期作遠遊。

黑谷

北去終無極，南還未有期。猶嫌江路遠，不與土風宜。晚翠看盧橘，春香憶楚葵。兹山吾可老，飲水噉棠梨。

當山即事

水草頻移徙，烹庖稱有無。肉多惟飼犬，人少只防狐。白氎千縑甦，清尊一味酥。豪家足羊馬，不羡水田租。

曉過西湖

船上見月如可呼，愛之且復留斯須。青山倒影水連郭，白藕作花香滿湖。仙林寺遠鐘已動，靈隱塔高燈欲無。西風吹人不得寐，坐聽魚蟹翻菰蒲。

贈王使君

君持使節過繩橋，已遣蠻方感聖朝。良將未誇班定遠，大臣猶數蓋寬饒。川香野馬銜青草，雪暗天鵝避皁鵰。西出陽關九千里，歸來莫惜鬢蕭蕭。

燕京 二首

高昌王子出京師，手把春風軟柳枝。贈與臨洮遠行客，雲沙漠漠見何時。

西山水落甕山浮，無數人煙簇上頭。好種荷花三十頃，中間更著采蓮舟。

宗泐 三十七首

宗泐字季潭，臨海人。洪武初，舉高行沙門居首，命住天界寺，尋往西域求遺經，還授左善世。有《全室集》。

徐大章云：季潭學博才瓌，詩不淪於枯寂。在江湖，則其言蕭散悠遠，適行住坐卧之情；在山林，則其言幽敻簡澹，得風泉雲月之趣；在殊方異域，則其言慨而不激，直而不肆，極山川之險易，風俗之媺惡。其詩，衆體具矣。

朱伯賢云：泐公識地高邁，調趣清古，風度悠揚，昂然若霜晨老鶴。聲聞九皋；澹乎若清廟朱絃，曲終三歎。

王達善云：潭公詩章，渾涵汪洋，千彙萬狀，而一以理爲主。

顧玄言云：泐公博遠古雅，詩從陶、韋乘中來，當代弘秀之宗也。

《詩話》：洪武十四年六月，開設僧録司，掌天下釋教事，曰善世，曰闡教，曰講經，曰覺義，左右各一員。府設僧綱司、都綱，有副。州設僧正司、僧正，縣設僧會司、僧會。明年四月，以戒資爲左善世，宗泐爲右善世，智輝爲左闡教，仲羲爲右闡教，玘太朴爲左講經，守仁爲右講經，來復爲左覺義，宗鬯爲右覺義。先是九年春，孝陵幸天界，泐公住持斯寺，賞其識儒書，知禮義，命畜髭髮，髮長數寸矣。欲授以官，固辭，帝親作《免官説》。時宋學士景濂好佛，帝目爲「宋和尚」，泐公好儒，帝呼以「泐秀才」。嘗奉詔製讚佛樂章，帝嘉歎，賜和平日所作詩。晚奉旨佚老，歸鳳陽之槎峰，帝降書曰：「寂寞觀明月，逍遥對白雲，汝其往哉。」其後僧智聰坐胡惟庸黨，詞連泐及來復，謂「泐西域取經，惟庸令説土番舉兵爲外應」，有司奏當大辟，詔免死。孝陵御頒《清教録》，僧徒坐胡黨者六十四人，咸服上刑，惟泐得宥，蓋受主知者深矣。止菴讀其《西游集》賦詩云：「一字一寸珠，一言一尺玉。」其推重若此。

襍詩三首

我自來涇川，星歲已再周。託兹山水勝，謂可成遲留。奈何物外牽，撫事心悠悠。久知世道惡，奚事仍夷猶。璚林有奇鶴，未嘗識羅罦。翩然覓靈鳳，接翅崑崙丘。

夜久無與適，塊然坐空堂。白鳥一何多，營營來我傍。靜言聊假寐，遂以襲單裳。噆膚猶可忍，聒耳諒難當。晨星耀東廡，明月墮西廂。念爾能幾何，滅跡於朝陽。

落葉委通衢，紛然無人掃。但覩新行迹，不見舊時道。古木倚道旁，亂藤絡其杪。歲暮雖青青，終非本容好。世人懷往途，悟此苦不早。振衣無後期，來從漢陰老。

送裕上人歸天台

我家赤城東，不識華頂嶠。遠道送君歸，昨夜夢中到。崖泓有泉瓢，竹室留茶竈。珍重山中人，拂衣願同調。

冬夜憶清遠道初二兄

夜深霜氣寒，窗月皎如燭。鳴鴻尚遐征，孤鶴亦驚宿。念我平生親，悵焉動心曲。四明是何處，苕溪如在目。異方詎能通，遠道何由縮。十年無一字，嗣音如金玉。白髮漸欺人，晤言安可卜。

辛亥新歲程處士見過常熟別墅臨別賦詩

獻歲春未回，風雨連十日。荒村少朋朧，窮巷絶人跡。程君汎扁舟，茅齋破幽寂。遠來見真情，疑言忘永夕。顧惟艱難際，出處各有役。世紛日相纏，誰能念疇昔。因君尚道誼，臨別增太息。獨棹去茫茫，空瞻海虞碧。

暮過賞溪

日暮衆鳥歸，孤雲亦還山。市人爭渡息，小舟沙際閑。我屋西峰下，半出青林間。鐘聲動深念，無爲尚塵寰。

答夏景瞻

昔居賞溪曲，詠迫靡所侵。衲衣挂石壁，燕坐長松陰。子來慰幽寂，語合相知深。孤雲十年別，明月千里心。而我亦何事，投迹此禪林。向來結茅地，回首空青岑。寧知江海遠，遇子復在今。百挫志矯矯，猶能發狂吟。清辭入古調，一鼓熏風琴。吁嗟衆響作，過耳無留音。

出峽圖

瞿塘水如馬，五月不可下。兩舟何處來，披圖一驚詫。前行稍趍平，勢若閒暇者。後來方履險，衆篙不停把。巖回古木披，峽束哀湍瀉。嗟爾駕舟人，安危在捻舍。

雨花臺送客

梁日雨花臺，近在城南陌。不見講經人，空林澹秋色。登高俯大江，目送千里客。白鳥下滄波，孤帆遠山碧。

焦山寺鑑師臨江軒

一峰如鉅石，屹立江水中。寶刹蔚崇構，勢與山爭雄。若人於此住，超然塵外蹤。開軒當水面，下瞰馮夷宫。魚龍近几席，波濤蕩襟胸。有時天宇淨，倒影清若空。燕坐觀衆有，起滅殊無窮。一念寂不動，嗒焉心境融。焦先邈千載，遺丹射林紅。浩歌倚闌夕，明月生海東。

送瑄上人

揚舲下大江，江寒欲飛雪。高帆天際遥，獨雁雲邊没。煙波渺何之，倐忽成楚越。遂令白首人，年華感消歇。

不羈行贈吴客

倜儻不偶世，落魄江海游。雖來京國久，不謁公與侯。仙人五城高，彩雲十二樓。天街看明月，一身風露秋。翩然下楊子，棹歌發吴謳。太湖三萬頃，鳬雁中沉浮。且作拍浪兒，赤脚坐船頭。笑指闔閭墓，千古成荒丘。

墨竹行

平生不識雲心子，墨妙通神有如此。眼中何處修竹林，湘水邊頭煙雨裏。長林蔽虧天爲陰，鷓鴣啼斷江沉沉。六月南風晝不熱，人家住在叢篁深。九疑山帶蒼梧野，翩翩帝子雲中下。鳳鸞飛舞虯龍驤，羽葆毿毯翠堪把。我昔曾行賞溪曲，兩岸波光漾寒緑。萬玉森森一徑遥，溪口清陰到山麓。今朝看圖政自憐，畫圖身世俱茫然。雲心骨化丹陽土，吁嗟墨妙何人傳。

短歌寄魏仲遠

夏蓋湖吞上虞浦，魏君家在湖邊住。岸花磴草幾春秋，白鳥滄波自朝暮。知君愛客仍好奇，畫船載酒如渼陂。櫂歌中流日將夕，璧月湧出青琉璃。嗟哉隱居端有道，世上無如閒處好。王充遺蹟尚可尋，賀老風流良不少。去年聽詔來京國，識君臉紅頭半白。别懷空與水東流，海燕江鴻斷消息。今朝聞有東州船，尺書欲寄心茫然。福源精舍地最偏，安得與君湖上相周旋。

賦一曲亭送趙本初待制致仕歸越

鑑湖一曲亭猶在，風物千年長不改。賀公去後趙公來，山水無情若相待。當時季真得賜歸，黄冠未必全忘機。爭似今朝玉堂老，還鄉仍著宫錦衣。鑑湖水闊吞平野，酒船直到亭堦下。荷華晚日照尊罍，楊柳春風拂簷瓦。

題天童萬松圖

小白市，太白峰，二十里松居其中。一徑陰陰翠羽蓋，半空矗矗蒼髯龍。太白之峰分九隴，壯哉千古之佛宫。香雲不動梵唄合，樓閣倒影清池空。左菴昔年此説法，山谷答響撞鉅鐘。只今九重城裏住，夢魂夜夜鄞江東。錢塘有客曰王蒙，爲君寫此千萬松。座間慘慘起陰霧，屋底颯颯生清風。何來禪子松下度，長衫大笠攜一筇。亦有緇徒三四公，青林路口衣裳紅。我初展卷欲大叫，海上湧出高巃嵸。雲端縹緲下玉童，有路似與天相通。自憐平生不一到，吁嗟老矣將焉從？還君此圖袖手坐，有目只送南飛鴻。

聽泉軒爲藏無盡作

若人有耳唯聽泉，泉聲入耳長涓涓。穿林出澗度妙曲，萬古不斷冰絲弦。此聲不來耳不往，中自寂然遺外響。青燈照壁夜沉沉，獨倚軒窗月東上。

送瀾法師歸雲門

故山從此去，何日更相逢。獨倚千峰閣，閒聽六寺鐘。石牀流水繞，蘿逕落花封。會有東歸興，來尋雲外蹤。

故涇縣徐典史挽歌

白髮神仙吏，黄塵八十齡。竟同華表鶴，俄失老人星。甕盡牀頭酒，埃生案上經。今朝來哭處，墓草未全青。

與徐伯廉再往南陵

又向南陵去，復攜良友同。人煙千嶂裏，客路百花中。雉雊初晴日，鸎啼滿樹風。漸知精舍近，清磬出林東。

登多景樓

水際一峰出，飛樓倚泬寥。煙雲連北土，風物見南朝。山勢臨淮盡，江聲入海消。偶來閒眺客，憑檻興偏饒。

送王叔潤

平涼來又去，官滿復之官。塞晚黄雲合，邊秋白草寒。有儲諸將喜，無訟遠人安。萬里關山月，吟詩獨自看。

登相國寺樓

冬日大梁城，郊原四望平。雲開太行碧，霜落蔡河清。欲問征西路，兼懷弔古情。夷門名尚在，無處覓侯嬴。

發扶風

曉發扶風縣，雲低欲雪時。長河王莽寺，獨樹馬超祠。營窟炊煙早，牛車度坂遲。非熊無復夢，渭水自逶迤。

過鳳翔

驅車過鳳翔，驛路入汧陽。地接戎羌遠，山連蜀隴長。平岡秋樹緑，重谷晚風凉。明日關山道，登高望帝鄉。

到河州

自發烏思國，於今數月過。雪中臨黑水，冰上渡黄河。裘覺青貂敝，經煩白馬馱。玉關生得入，定遠喜偏多。

和徐大章登南天竺山樓韻

徐君爲愛南竺幽，登此塢口之飛樓。鄉山數點海東際，客路十年湖上頭。澗泉脩脩落靜夜，風葉淅淅吹高秋。便當倚檻和新作，爲報主人須少留。

錢塘懷古

欲識錢塘王氣徂，紫宸宫殿入青蕪。朔方鐵騎飛天塹，師相樓船宿裏湖。白雁不知南國破，青山還傍海門孤。百年又見城池改，多少英雄屈壯圖。

偶作一首

新作方池水未平，晚晴獨自繞池行。好花都向雨中盡，幽鳥忽來林外鳴。科斗黑時初種藕，鴨頭緑處欲生萍。匡山舊業閒料理，更結茅亭此計成。

偶作次王以中韻

拄笏高人塘外居，作詩直與古人如。偶從荷芰香邊得，閒向篔簹節上書。白露濕堦涼氣早，青燈照壁雨聲疏。曉來不署金吾事，帶劍承明去直廬。

湘皋煙雨圖

翠袖湘江曲，秋林淚點斑。冥冥煙雨裏，不見九疑山。

次白以中西塘即景

落日雞鳴埭，何人射雉回。北湖山月上，相送暮鐘來。

山中小景

四山一片秋色，野客獨坐茅亭。渡頭紅葉如雨，石上長松自青。

送人歸南昌

紅顔緑髪暎春袍，三十年前白下橋。亂後重逢天竺寺，相看如夢説前朝。

秋塘小景

西風昨夜到南塘，楊柳蒹葭色轉蒼。飛鳥獨來荷柄立，不教涼露滿蓮房。

觀吾子行別仇山村詩作絶句弔之

子行詩云：劉伶一鍤事徒然，胡蝶飛來別有天。欲語太玄何處問，西泠西畔斷橋邊。

吹簫人去竹房空，海内猶憐翰墨工。最是西泠橋畔路，淡煙疏柳夕陽中。

來復九首

來復字見心，自號竺曇叟，豐城人。元季航海至鄞，止定水寺。洪武初，召至京，太祖覽其詩褒美，賜金襴袈裟，授僧録司左覺義，詔住鳳陽圓通院。坐胡黨，凌遲死。有《蒲菴》《澹游》二集。

顧玄言云：　復公富於題咏，并多感慨，所乏幽淨。

錢受之云：野史載，見心應制詩有殊域字，觸上怒賜死，遂立化於堦下。田汝成《西湖志餘》則云：「逮其師訢笑隱，旋釋之。」見心應制詩，載《皇明雅頌》，初無觸怒之事。而笑隱爲全室之師，入滅於至正四年，俗語流傳，可爲一笑也。

《詩話》：蒲菴與全室齊名，然不及全室遠甚。蓋全室風骨成削，而蒲菴未免癡肥也。

胡侍郎所藏會稽王冕梅花圖

會稽王冕雙頰顴，愛梅自號梅花仙。豪來寫遍羅浮雪千樹，脱巾大叫成花顛。有時百金閑買東山屐，有時一壺獨酌西湖船。暮校梅花譜，朝誦梅花篇。水邊籬落見孤韻，恍然悟得華光禪。我昔識公蓬萊古城下，卧雲草閣秋瀟灑。短衣迎客嬾梳頭，只把梅花索高價。不數楊補之，每評湯叔雅。筆精妙奪造化神，坐使良工盡驚詫。平生放蕩禮法疏，開口每欲談孫吳。一日騎牛入燕市，嗔目怪殺黄髯胡。地老天荒公已死，留得清名傳畫史。南宫侍郎鐵石腸，愛公梅花入骨髓。示我萬玉圖，繁花爛無比。香度禹陵風，影落鏡湖水。開圖看花良可吁，咸平樹老無遺株。詩魂有些招不返，高風誰起孤山逋。

赤壁圖爲胡允中賦

江空水落寒無波，倚天赤壁高嵯峨。雪堂老蘇從二客，攜酒夜載扁舟過。中流扣舷發櫂歌，有酒不飲當如何。鱖魚三尺鱠白雪，臨風細酌金叵羅。酒酣耳熱歌再起，直遡空明三百里。一聲孤鶴橫江來，明月在天天在水。酹月呼嫦娥，仰天聽天語。洞簫吹徹廣寒秋，却挾飛仙共高舉。人生行樂須及時，昨日少壯今日衰。功名自昔等炊黍，英雄徒爲曹瞞悲。畫史獨何心，丹青託千載。江雲山月想登臨，彷彿圖中見風采。後來游賞豈乏賢，文章不如元祐前。萬金詞賦爛星斗，追逐騷雅光聯翩。先生別去陵谷遷，漠漠宇宙迷荒煙。臨皋鶴夢骨可仙，誰同此樂消閑年。

游石湖蘭若二首

荷花蕩西湖水深，上有蘭若當高岑。客吟時見猨鳥下，僧定不聞鐘磬音。雨香秋林橘子熟，雲落空磵棠梨陰。閒來掃石坐竹裏，靜與山人論素心。

五龍之峰雲作屏，雙崖削出芙蓉青。何人磵裏拾瑤草，有客松間尋茯苓。林風不驚虎卧石，山雨忽來龍聽經。吳王臺榭今寂寞，秋香薜荔花冥冥。

次韻王敏文待制燕京雜詠

南風吹到運糧船，萬斛香粳倍上年。傳敕漕臺添氣力，賜金多辦太平筵。

鴨緑微生太液波，芙蓉楊柳受風多。日長供奉傳新譜，敎舞天魔隊子歌。

秋滿龍沙草已霜，射鵰風急朔雲長。内官連日無宣喚，獵取黄羊進尚方。

西湖褉詩二首

芙蓉灣口緑陰斜，吹笛何人隔彩霞。驚起沙頭雙翠羽，銜魚飛上刺桐花。

流觴亭子鳳山阿，都護行春小隊過。笑擲金錢花底醉，玉簪彈出白翎歌。

守仁二十八首

守仁字一初，號夢觀，富陽人。四明延慶寺僧，住持靈隱。洪武中，徵授僧録司右講經，升右善世。有《夢觀集》。

《詩話》：明初，詩僧有二南洲，一温州人，名文藻；一山陰人，名博洽。有二無言，一越人，名明德；一不知何許人，名至訥。夢觀道人亦有二，一晉江人，名大圭；一富陽人，名守仁。石倉曹氏乃誤合爲一。仁公詩諸體皆合，有云：「盡抛身外無窮事，遍讀人間未見書。」可謂有志者也。相傳南粤貢翡翠，仁公進詩云：「見説炎州進翠衣，網羅一日遍東西。羽毛亦足爲身累，那得秋林静處飛。」太祖怒曰：「汝謂我法網密，不欲仕我耶？」幾不獲免。按此詩不載集中，當出好事者附會。使誠有之，必不敢進呈也。

待月軒爲式藏主作

月出青松林，照我松下戶。牀前光未滿，裴回更延佇。蓮漏下初更，緑煙散東塢。浩歌步中庭，衣露濕如雨。

秋夕病中

夕雲斂中天，月出萬象正。九野聲影消，平湖湛寒鏡。驚風著露草，栖螢光不定。嘗新感時物，金氣颯已應。扶羸捲前幔，銷肌怯虚静。憂來復就枕，蕭條發孤詠。

題錢選畫

太華青蓮高，千仞苔壁古。招提隔層雲，孤逕入深塢。鐘鳴谷口風，木落溪上雨。何處夜猿啼，歸帆下秋浦。

弘上人蓄秋山圖

萬峰霜晴翠如洗，峰底行雲度流水。西北高樓爽氣邊，江南落木秋聲裏。蒹葭潮長魚在梁，白鷗飛盡天茫茫。松根丈人讀書處，時有疏鐘來上方。仙槎影没銀漢遠，木末芙蓉爲誰剪。何處凉風送客船，歸來似是東曹掾。東曹頗笑未識機，挂帆直待鱸魚肥。山川揺落已如此，不信草露沾人衣。平生畫手不可遇，坐閲新圖得真趣。題詩寄與沃州僧，吾亦買山從此去。

題方方壺畫

方壺老人年九十，醉把金壺傾墨汁。染得蓬萊左股青，煙霧空濛樹猶濕。危橋過客徐徐行，白石下見溪流清。仙家樓館在何處，雲中彷彿聞雞聲。古苔蒼蒼煙景暮，藥草春深滿山路。招取吹笙兩玉童，我欲凌風從此去。

題趙希遠畫蟠松玉兔圖，子昂趙公鑑記

天水王孫重豪素，愛寫蟠根萬年樹。上有徂徠五色雲，下有中山雙白兔。清陰散作秋滿林，咫尺高堂起煙霧。丹桂吹香野菊黄，玉葉金枝亂無數。迢迢錦水泛蒼梟，漠漠青天飛雪鷺。人間畫手非不多，自是王孫得真趣。浮玉山人列仙侶，雅與王孫同出處。妙畫題來字字真，兵後收藏乃奇遇。宣和遺譜世莫傳，艮岳荒凉風景暮。眼中人事已非前，畫裏山川尚如故。老我披圖一愴然，落日長歌弔南渡。

金山寺

神禹開天塹，中流碣石存。蓬萊分左股，灩澦失孤根。驛騎催官渡，風帆拂寺門。甕城燈火近，鐘鼓報黄昏。

寄鐵厓先生

先生謝客居東里，使者傳宣拜下牀。樂府謾推梁子範，禮經須問魯高堂。酒須挏馬來光禄，賦到龍旗説太常。賜老鑑湖猶有待，山陰茅屋未凄凉。

答倪元鎮

禪榻清談屢有期，茶煙想見鬢絲垂。春風水榭停蘭槳，夜雨何山寫竹枝。甲煎沉香都入夢，新蒲細柳總堪悲。鷓鴣飛處重相憶，擬和樊川五字詩。

過張侯舊宅

畫戟門開宿草新，一過此地一沾巾。歸來燕子驚新主，開到梨花又暮春。雨榻無因連海曲，星槎何處泊天津。夢中相見猶平昔，翻訝傳來信未真。

題耕隱爲王子安作

讀殘書卷雨聲稀，耕破春雲晚色微。瓦缶自傾蒼朮酒，金貂不換緑蓑衣。江花未落秧針短，隴草初深繭栗肥。翻笑義熙陶縣令，田園荒後始知歸。

次韻沈文舉忽見梅花

看梅曾感故園情，每到開時别恨生。舊樹已從兵後盡，新枝忽見水邊横。夢回山閣梨雲白，月滿江城畫角清。欲寄西湖早春信，楚天霜冷雁無聲。

題畫

積雨平原煙樹重，翠厓千丈削芙蓉。招提更在秋雲外，只許行人聽曉鐘。

懷友

湖草青青上客舟，辛夷花老麥初秋。一春多少懷人夢，半在鄉山雨外樓。

題柯博士竹

元統才人總寂寥，奎章遺墨尚風標。鈞天夢落江南遠，腸斷雲中紫玉簫。

風雨歸莊圖

濕雲漲斷隔溪山，依約茅堂碧樹間。好是鏡湖秋雨裏，陸家莊下載書還。

書珉上人壁

五年一度見西崑，舊雨來人半不存。只有高梧三十本，春風依舊長兒孫。

題杜少陵像

關山雲冷笛聲秋，一曲南征感舊游。滿地月明雙鬢雪，斷腸今夜望鄜州。

陳檜

吳楓楚柳逐煙空，陳檜依然護梵宫。可惜禎明歌舞地，後庭無樹著秋風。

蘆子渡

百里晴沙江水長，蘆花風起碧天凉。客舟會泊西城下，滿地砧聲兩岸霜。

万金 一首

万一作力。金字西白，吴人。元末，住持瑞光寺。洪武初，召入禁庭，奏對稱旨，總持法會事，住天界寺。有《澹泊齋稿》。

乙巳清明泊舟柳胥浦

柳胥浦上緑楊邊，客裏清明繫客船。莫遣桃花作紅雨，且看榆火散青煙。笙歌漫説承平日，耕稼深期大有年。邂逅農人且相慰，軍儲無限望吴天。

夷簡 一首

夷簡字易道，號同菴，宜興人。住持杭州淨慈寺，又主南京天界寺，除僧録左善世。

鍾山法會詩

千騎東華玉輦來，春官詔許五王陪。近臣共説天顔喜，收得桫欏樹子回。

《詩話》：洪武四年冬十有二月，詔徵江南高僧十人詣京師，命欽天監筮日，就鍾山太平興國禪寺建法會，以薦國殤泰厲。御製文宣諭天下，禁屠宰，明年春正月辛酉昧爽，帝服皮弁，臨奉天前殿，以表授禮部尚書陶凱，出午門，鼓吹前導，至寺，用梵法白而焚之。癸亥，帝搢圭面佛，初奏《善世》之曲，再奏《昭信》之曲，三奏《延慈》之曲，舞以應節，四奏《法喜》之曲，五奏《禪悦》之曲。夜半，六奏《遍應》之曲，徹豆，七奏《善成》之曲。諸樂章皆出宗泐所撰。勑僧寶金施摩伽陀斛法食。十高僧者，宗泐、來復、梵琦、守仁、万金、清濬、曇噩、慧日、居頂及夷簡也。建會之日，天雨桫欏子於山中，次日有詔皇太子諸王同觀。故夷簡詩及之。清濬字天淵，居頂字玄極，俱黄巖人。濬徵授右覺義，頂亦徵授僧録司。慧日號東溟，住天竺山。曇噩字無夢，主國清寺。噩《題華頂》云：「山翠濕衣晴亦雨，井華寒齒夏猶冰。」《曹娥江》云：「去越王城三十里，到曹娥渡八分潮。」詩頗磊落，惜無全篇合格者。

良琦三首

良琦字元璞，吳人。住天平山之龍門，又主檇李興聖寺。楊廉夫云：琦公既究禪理，兼通儒學，能詩其餘技耳。

七月既望玉山草堂分韻得爽字

草堂凉夜延清賞，石徑楓林秋颯爽。鄰屋不同南北院，稻畦真似東西瀼。彈琴石上風生衣，載酒船來月蕩槳。青山自與白雲期，莫遣移文謝來往。

月浦道中

江似三巴曲，星隨獨樹斜。客行猶轉柁，秋盡尚迷家。白漲寒沙霧，紅生曙海霞。故人驚會面，老大惜年華。

口占

柳陰新月上銀盤，入坐清輝落酒寒。莫把閒情聽絡緯，露華已濕玉闌干。

法智 一首

法智，吳山僧。

過安慶弔余忠宣公

浮屠高出暮雲低，雉堞遥連碧樹齊。茅屋人家兵火後，樓船鼙鼓夕陽西。大江千里水東去，明月一天烏夜啼。欲酹忠魂荒冢外，白楊秋色轉淒迷。

《詩話》：余忠宣輓詩，方外作者四人，非空、惠恕、祖瞰、法智，惟智詩爲佳。

廷俊二首

廷俊字用章，號嬾菴，鄱陽人。一云樂平人。至正末，主西湖淨慈寺。洪武元年，示寂於鍾山。有《泊川集》。

錢受之云：用章善記覽，於前人出處言行，雖千百年若指掌，尤詳宋事，宿儒俱服其博洽。葬南屏山，危素著塔銘，黄溍、杜本、李孝光、張翥、周伯琦皆爲序其集。

送僧歸洞庭

每憶華山寺，高居俯洞庭。煙中飛鳥白，波面亂峰青。賈舶朝依岸，禪房夜不扃。最憐霜後橘，金子爛熒熒。

有渡

有渡方舟小，無家道路長。大荒天渺渺，滄海日茫茫。水母浮還没，風鴛出復藏。不須寒雁叫，客意已凄涼。

懷渭 二首

懷渭字清遠，南昌人。洪武初，奉詔至鍾山，退居錢塘。有《竹菴外集》。

送一初上人遊武林

舞鳳飛龍若箇邊，天涯送遠獨淒然。江山南渡降王宅，風雨西陵過客船。蹋雪馬塍春買樹，鬬茶龍井夜分泉。落花寂寞東歸日，煙嶼冥冥叫杜鵑。

寫扇贈明上人

太湖六月暑氣微，龍宮佛屋相因依。蜃噓翠霧作樓閣，鮫織冰綃鳴杼機。鍾磬無時空外發，笙簫幾處月中歸。投閒擬向上方住，共看滄波白鳥飛。

克新三首

克新字仲銘，自號江左外史，鄱陽人。元末，住嘉興水西寺。洪武初，召至南京，奉詔往西域招諭吐蕃。有《雪廬南詢稿》。

初至檇李

通越門中逢故人，爽溪橋上送餘春。燕飛官巷桃花老，鷺囀江亭楊柳新。行李風塵千里道，緼袍天地百年身。未聞淮海休兵甲，回首關山一損神。

次韻方推官感興

鴛湖風雨曉吹晴，野曠天高秋氣清。鳳詔早頒南國使，龍旗新動朔方兵。關河千里民初息，吳越三年賦始輕。戮力邦家戡禍難，釣灘何處濯吾纓。

西湖景

蘇子隄邊楊柳春，湖中簫鼓畫船新。誰知歌舞繁華地，回首東風戰後塵。

自悦 一首

自悦號白雲，天台人，居餘姚之燭溪。洪武初，徵至南京，賜歸住杭州靈隱寺。

續蘭亭會補任城吕系詩

崇阿撫神秘，微風扇和淳。靈雨旣云沐，品彙區以陳。蘭茗擢中沚，葩萼媚芳辰。散懷得真契，引觴答熙春。

福報 一首

福報字復原，臨海人。住四明智門寺。洪武初，被召賜還。

續蘭亭會補彭城曹諲詩

柔條扇微風，輕波漾晴旭。群彥此委蛇，鳴條集中谷。列席依巖隈，飛觴隨水曲。緬懷古先哲，庶以繼遐躅。

如皋一首

如皋字物元，餘姚明真院僧。洪武初，徵至南京，卒於天界寺。

《詩話》：物元居雪秘山，自營精舍，宋无逸述其略云：「吾鄉雪秘山，物元上人所營，有軒曰入翠、曰逍遥，有室曰觀樹，有篷曰雪蓬，有閣曰怡雲、曰西閣。西閣之前有隙地，植茶，曰苦茶原，植薇，曰紫薇坡、曰離卉林、曰芭蕉亭。閣之右偏有大沼，瀦山泉，而溢竇垣下入溝。溝廣四尺，泉流紺而潔，經閣前不絶。通溝植蓮，有小木梁跨其上，曰白蓮港。港之前有地可遊息，曰琅玕塢。塢之左偏有小屋可宴坐，曰桐陰舍。其流循舍下注石竇以出，而瀦於垣外，曰白鷺池，其曲曰瀉鸂灣。殿閣池館，皆曲盡其妙。」當元之季，隱居之士多治園亭，結文酒之社，方外自師子林外，若皋公者，可稱好事矣。

續蘭亭會補任城令呂本詩

禊飲秘圖湖，天氣淑且柔。傳觴際曲渚，濯纓臨芳洲。纖條亂風樹，幽葩落晴溝。衆賓亦以樂，正忘塵世憂。

明詩綜卷九十一

釋子中

小長蘆 朱彝尊 録
長水 胡 瑛 緝評

德祥二十五首

德祥字麟洲，號止菴，錢塘人。洪武中，住持徑山。有《桐嶼詩集》。

錢受之云：吳之鯨《武林梵刹志》稱，止菴與夢觀同參，相與肆力於詩。夢觀因南粤進翡翠，作詩寓諷，止菴亦以《西園》詩忤上，幾不免。《西園》詩云：「新築西園小草堂，熱時無處可乘凉。池塘六月由來淺，林木三年未得長。欲淨身心頻掃地，愛開窗户不燒香。晚風只有溪南柳，又畏蟬聲閙夕陽。」不知所謂忤上者何語？野史流傳，不足信也。集有《句容道中》詩，云「十年三度上京華」，則洪武中嘗應召。又有《爲王駙馬賦清真軒》詩，則永樂中尚存也。田汝成《西湖志》云：「故宋時爲僧，入元屬念舊國，有《風雨》《望月》諸詩。」汝成《志》稱詳博，其疏謬如此。

《静志居詩話》：止菴詩原出東野，意主崛奇，而能斂才就格，足與楚石季潭，巾缾麈拂，鼎立桑門，蒲菴以下，要非其敵。姚恭靖《祥老草書歌》云：「祥師只今爲巨擘，上與閑素爭巑岏。錢塘山水甲天下，秀氣毓子爲靈檀。十年不出筆成冢，中山老兔愁難安。晴軒小試烏玉玦，雙龍隨手掀波瀾。昨將一紙遠寄我，天孫機錦千花攢。願師勿置鐵門限，從他需索來熱官。縉紳相與歎莫及，便欲奪去加巾冠。」然則止菴之草書，更妙絶時人矣。

車碌碌

車碌碌，上山遲，下山速。前車行，後車促，後車不管前車覆。前車已覆無奈何，後車碌碌何其多。

芍藥

春去若亡國，寸紅不可容。一朝兩朝雨，三夕五夕風。萬物不一色，無以全其功。芍藥是何本，落在夏庭中。

月夕看梅

梅花夜開香滿溪，溪上月出風凄凄。開門出溪看花去，落花流水無東西。枝間月落且歸去，明日看花還杖藜。

送僧東游

坐罷南山夏，東游思浩然。與雲秋別寺，同月夜行船。一路鐘聲裏，千峰落木前。西來有祖意，不在普通年。

九月八日旅中夜懷

秋逕花爭發，寒燈客自傷。別家將一歲，明日又重陽。鄉俗誰同與，詩情老未忘。涼風舊池沼，蕭瑟芰荷香。

旅寓

九月尚絺衣，故鄉胡不歸。塞鴻聲一到，江樹葉都飛。路晚逢僧少，門寒過客稀。自慚蘧伯玉，又是一年非。

晏起

宿雨何由歇，春眠不肯醒。燕來猶舊户，花落自空庭。引水平魚沼，燒香繞硯屏。齋中無别事，閑寫幾翻經。

秋塘

獨步秋塘上，其如客思何。蟬聲送風葉，鳥影度凉波。草店三家酒，菱船一道歌。不堪回首處，楊柳夕陽多。

小築

日涉東園上，余將卜此居。草生橋斷處，花落燕來初。避俗何求僻，容身不願餘。堂成三畝地，秖有一車書。

剪燭

風處搖金蛹，煙時閃墨鴉。寸心終不昧，雙淚欲橫斜。漸過分詩刻，虛開報喜花。剪聲初落指，滿席散春霞。

聽雨有懷

灑樹聲兼雪，捎簷力借風。每來寒夜後，多在客愁中。草意閑門共，燈情白髮同。之人天一角，的的似高鴻。

夜歸寄東田隱士

觸熱嫌尋訪，閉門如路窮。手持東野集，思與何人同。候雨坐櫚樹，聽蝖得晚風。医之過杯叟，歸步月明中。

新秋有懷

得秋才一日，秋意已紛紛。涼覺水邊早，聲先樹裏聞。高僧在西嶺，短策不離雲。我欲尋行跡，恐驚鸞鶴群。

題海雲寺

香刹住中流，初疑地若浮。路從沙際入，帆到樹邊收。清磬敲漁夜，新書報橘秋。洞庭西在望，欲去更遲留。

題鎮海樓

斯樓屢易名，一上一傷情。白屋多爲戍，青山半作城。雨中春樹出，風裏晚潮生。亦有歸鴉早，閑啼四五聲。

登富春永安寺

栗葉村前石子溪，青山一掩路渾迷。也知谷裏多猨鳥，未信雲中有犬雞。滿耳只聞諸澗響，回頭方覺衆峰低。平生傾想今朝到，願結茅茨在寺西。

與姪自京還橫塘故居

桑麻田在水村中，千里歸來共阿戎。春水野航天上下，石橋林木岸西東。階除點火兒童喜，兄弟開門語笑同。三載客塵如夢事，明朝溪上看飛鴻。

過湖州

平生只想住湖州，僻性迂情可自由。一片水聲中倚杖，幾重山色裏行舟。東林書卷貧猶買，西塞綸竿老未收。緩得歸程過寒食，杏花村雨聽鳴鳩。

喜友過新居

柴門不向小溪開，西阜山多稱不才。拄杖前村新雨後，故人負郭買舟來。山瓢遠慰何多幸，竹逕相逢第一回。從此熟來溪上路，莫教行迹有莓苔。

古懷

思尋海底人，爲乞珊瑚樹。持栽此庭前，顏色長不故。

答香光居士

山北山南住，雞聲隔一峰。新詩忽寄到，猶勝一相逢。

許起宗見過

雨氣來山北，茶香過竹西。芙蓉花發處，明日約扶藜。

横塘寺

桫羅園裏好僧坊，兵火年來事可傷。白髮老人知舊跡，繞塘樓子十三房。

題明辯之畫春江聽雨圖

歸來雙鬢各蕭然，見畫猶能記昔年。風雨一船曾泊處，借人燈火草堂前。

題綱魚圖

溪頭三月雨昏昏，落盡桃花水正渾。網得魚多滿家喜，賣時應不到城門。

妙聲十二首

妙聲字九皋，吳縣人。居常熟慧日寺。洪武初，被召蒞天下僧教。有《東皋録》。

雨

密雲起崇朝，飛雨灑高閣。蕭瑟傍松檜，逶迤帶煙郭。坐來池水深，吟罷林花落。已知禾黍秋，不奈衣裳薄。

送沈行恕

挾策事行邁，言往五湖濱。陰風結山岳，落葉滿河津。之子忽已遠，我懷將焉陳。志士惜白日，行客念蕭晨。况兹艱難際，奪我心所親。中情苟不移，在遠猶比鄰。毋爲離别苦，庶以道自珍。

水仙詠

百草秋盡死，孤花麗巖阿。芳心太皎潔，歲事成蹉跎。微月步遥夜，輕風生素波。懷人豈無意，路遠欲如何。

題高尚書九江暑雨圖

尚書畫山山巃嵸，九江秀色開森聳。況當五月暑雨交，雲氣滃勃川光動。五峰削出青如蓮，緑樹彷彿聞吟猿。猶瞻謝朓青山宅，不見米家書畫船。何人出門面山立，頭上烏紗翠痕濕。誰喚山東李謫仙，來觀瀑布三千尺。於今戈戟亂如麻，使我披圖一永嗟。欲買沃洲歸共隱，江山如此屬誰家。

新墳行

南山崔嵬青入雲，將軍取山新作墳。方春迫民就工役，路上白日無行人。西家舊墳雙石馬，一日驅來華表下。東家翁仲今尚存，一朝移來在墓門。葬期日薄云最吉，鷄鳴而作夜不息。新墳已成舊墳毁，舊鬼銜寃新鬼喜。新墳舊墳無了期，南山崔嵬終不移。

題商德符山水

左山畫山延祐初，山如何其佳有餘。飛泉高挂白蝃蝀，奇峰爛發青芙蕖。直疑齊東華不注，又似塞北醫無閭。嗟哉好手不復得，藏弆貴比英瓊琚。

題焦元尚山水

淮陽先生愛畫山，下筆萬里須臾間。既開金刹依寥廓，亦有緑樹臨潺湲。竹間鳥啼春雨歇，洞口花落晴雲閒。知君高志在丘壑，著我溪橋相往還。

游石湖

近聞移居湖水頭，蘭若下瞰滄波流。彌猴夜偷錫杖去，鷗鳥日傍闌干浮。揚州月照五湖白，洞庭木落三山秋。相望只隔半江水，安得贈之雙佩鈎。

苦雨懷東皋草堂寄如仲愚

四月淫雨寒凄迷，邊軍夜歸聞鼓鼙。大麥漂流小麥黑，富家歎息貧家啼。書囊留滯北山北，草堂故在西枝西。焚香掃地畨閉户,莫遣袈裟沾燕泥。

發金陵

大船浮江江水清,中流蕩槳駕鵝鳴。楚雲無情自西去,吳山不斷來相迎。坐依北斗近人白,卧見河漢當空横。舟中有客且勿語,聽我竹枝歌月明。

東皋襍興

三高祠西湖水東,浦口水與長橋通。人言此中可避世,來結茅齋如已公。

題畫

目極江南有所思,餘不風雨落花時。錢郎應恨春歸盡,獨倚東風寫折枝。

至仁 二首

至仁字行中,自稱熙怡叟,番陽人。元末,住紹興崇報寺。洪武初,主虎丘寺。有《澹居稿》。

《詩話》：《澹居稿》爲饒州路總管府判官皇甫琮廷玉所編，僧克新序之。嘗撰《楚石行狀》，有云：「浙水東西被召者十有六人，余與西齋琦公、夢堂噩公與焉。」則詩雖刊行於至正中，而寔登明初之法席者也。

吳越兩山亭爲尹本中縣尹賦

蕭然大夫新作亭，吳山越山相對青。天目雲霞耀西浙，石帆風雨來東溟。王霸英雄何足數，句踐夫差兩抔土。喜君亂後蘇蒼生，白晝彈琴如單父。

送厚元載遊會稽

江上楊花落，孤帆度遠汀。潮連滄海白，山擁會稽青。内史籠鵝帖，仙人放鶴亭。登臨有新製，毋惜寄林扃。

元瀞二首

元瀞字天鏡，一云字天覺。號樸隱，會稽人。自稱會稽山樵。洪武中，召至南京，乞歸，主靈隱寺，羅禍謫戍陝西。有《樸園集》。

重九二首

舊日重陽節，唯尋麯米春。忽經時到眼，但覺老隨人。白髮雖多難，黄花不厭貧。登高本無意，蹤跡媿紅塵。

故舊俱淪喪，人情轉寂寥。馳驅逢九日，牢落是今朝。把菊難爲醉，囊萸興自消。江鄉獨無賴，風雨暗蕭蕭。

清㴋一首

清㴋字蘭江，天台人。居天界寺。晚主松江東禪寺。有《望雲集》。

西湖曉行

海角曈曨日欲生，山南山北淡煙横。春風吹斷沙禽夢，人在緑楊堤上行。

溥洽 一首

溥洽字南洲，山陰人。上天竺僧。洪武中，爲僧録司右講經，歷左善世，尋以讓道衍居右，遭讒左遷右覺義，久之復右善世。有《雨軒集》。

錢受之云：鄭氏《今言》云：「金川門開，溥洽爲建文君薙髮，長陵聞其事囚之。永樂十六年，姚榮靖疾革，車駕臨視，問所欲言。榮國於榻上叩首曰：『溥洽繫獄久矣。』上即日釋之。出獄，走大興隆寺，拜榮國床下，白髮長數寸覆額矣。」

楊文貞《塔銘》云：「三四十年間，鉅緇老衲，有文聲者，師與衍公爲首。衍公既進位宫師，晚年於師尤厚，將化之前一日，太宗皇帝親臨視之，問所欲言，獨舉師爲對，不及其他。」文貞於洽公繫獄削髮之疑，皆没而不書，但云「遭讒左遷」，又云「衍公將化，獨舉師爲對」，則又隱桀其事，使讀者習而問之。此所謂不没其實，史臣記事之體也。正統三年，廬陵周文襄公忱譔《鳳嶺講寺記》云：「公嘗入樂間，嘗爲同列所間，太宗皇帝欲試其戒行，幽之於禁衛者十有餘載。」其記洽公下獄，與文貞塔銘，互相證明，其事益有徵矣。壬午遜國之事，國史實録，削而不書，無可考据。觀洽公十載下獄，考其所以被讒之故，則金川夜遁之跡，於是乎益彰明較著，無可疑矣。文貞、文襄身事長陵，服官史館，其所紀載，非稗官野史可比。鄭氏記遜國事，多流聞失真，此其最爲可信者。詳稽洽公之行履，用以參補太孫之本紀，不當以爲浮屠一人之始終，略而置之也。

潘次耕云：遜國之事，因洽公之繫獄，而疑其開剃，猶曰「君子可欺以其方」也。因《從亡》《致身》諸録，而行程歲月，一一以虛者實之，難罔以非其道矣。

《詩話》：遜國之事，國史太略，野史過詳，終成疑案。程濟、梁田玉等，未必有其人。史仲彬官翰林，未必有其事。與其惑於《從亡》《致身》諸録，無寧信鄭端簡《今言》所述矣。

題山深草堂次王適齋韻

聞説平夷堡，高居絶徼山。牽蘿秋補屋，伐竹曉開關。欸塞烽煙静，歸田士卒閒。都門回首處，頻喜寄書還。

普莊 一首

普莊字敬中，仙居人。洪武中，被召入天界寺，歸住徑山，示寂於撫州。

《詩話》：莊公自號呆菴，作歌云：「呆菴呆道人，不識世間秋與春。無榮無辱無疏親，讚亦不喜罵不嗔。」雖以自訟，其矜詡也多矣。

追和歸源老祖山謡

長林悉凋落，刮地霜風吹。道人不出山，終年無所知。一心既空寂，萬法將焉依。海門明月上，冷照枯松枝。

至道 一首

至道字物外，臨海人。住無錫之嵩山寺。洪武中，被召，尋乞還。有《夢室集》。

流翠亭

道人性沉静，置屋層巒間。四檐山溜瀉，萬壑松濤翻。清秋爽氣集，落日衆鳥還。過客坐來久，寂寥誰叩關。

如蘭三首

如蘭字古春，富陽人。住持天竺寺。永樂初，召校讎《經》《律》《論》三藏。有《支離集》。

《詩話》：古春與夢觀同游東維子之門，東維子有送《二上人歸三竺序》，其略云：「余在富春，得山中兩生，曰蘭，曰仁，授之以《春秋》，兵興潛於釋，然皆用世之才。」夢觀爲孝陵尊禮，古春晚出，嘗識于忠肅於彌月時，亦別古崖之流也。

琴清爲胡若思教諭作

微飈灑練衣，空庭夜寥泬。涼葉生露華，澄江上新月。冲襟澹無營，孤桐絃白雪。天秋萬籟鳴，霜清百泉咽。冥鴻度湘雲，威鳳出丹穴。至音聽者稀，幽思自超越。悵然一長吟，烏啼漏聲徹。

殊別峰習静卷

疾雷破山嶽，大風揚波濤。百川相蕩潏，萬竅爭怒號。道人聞自性，六窗鎖猿猱。喧寂兩忘念，月出中林高。

曉發

東風卷雨曉雲收，兩岸雞聲送客舟。柔櫓不驚沙上雁，殘燈猶照驛邊樓。天連野水浮空闊，斗轉銀河拂地流。遥望吴城何處是，青山數點落長洲。

懷讓 一首

懷讓字不虚，天童寺僧。

尋竹隱寺

聞鐘識寺遥，小徑緣雲入。日暮下山歸，秋衣不知濕。

善學 一首

善學號古庭，吴人。出家大覺寺。元末，主崑山薦福。明初，居光福，以寺僧輸賦違期，徙贛州，行至馬當山，示疾而卒。有詩集。

毛子晉云：古庭長於五言，如「雲起猿聲斷，松高鶴夢危」，「人疑天上坐，鷗訝鏡中飛」，「垣倒夜奔鹿，草深秋聚蛇」，「殿空容鳥入，樹老引藤纏」，令元遺山見之，應解頤也。

宿晚村

眺望前村近，桑麻路欲迷。過田衣拂水，緣徑屧沾泥。遠嶠寒煙合，空林夕照低。村翁留我宿，也解說禪栖。

自恢二首

自恢字復初，一作元。南昌人。洪武初，住廬山。

偶成

金沙溪上柳條齊，白鳥群飛落照低。十里荷花紅勝錦，好山多在畫橋西。

題唐子華畫山水

江雲如雪樹高低，竹裹人家傍水西。滿地松陰春雨過，好山青似若耶溪。

無慍一首

無慍字恕中，號空室，臨海人。出家徑山，主明州之靈巖，再主台州之瑞巖，忽謝事入松巖。日本來聘，被召至闕下，以老病辭，留天界寺，尋還鄞之翠山。

松巖襍言

山中十日九日雨，樹頭青子落不住。白犬尋蹤入草間，驚起竹雞飛上樹。

智圓一首

智圓字鑑中，錢塘人。住寶幢寺。

送僧還四明

遠移瓶錫秣陵城，又逐秋風過四明。白石清泉尋舊約，碧雲紅樹動離情。路從朱雀橋邊去，舟自丹陽郭裏行。惆悵客中頻送客，更堪疏柳暮蟬聲。

大本 一首

大本字宅衡，會稽僧，徑山書記。

送徐行正人材之京

鴻雁來時澤國秋，西風潮落大江頭。蒹葭楊柳東西岸，楓葉蘆花遠近洲。鐘阜煙霞千嶂出，蓬萊宮闕五雲浮。丈夫勳業青冥上，莫爲鄉思易動愁。

大圭一首

大圭字恒白，晉江人。泉州開元寺僧。有《夢觀集》。《詩話》：恒白語法侶云：「不讀東魯書，不知西來意。」此逃墨歸儒之言也。嘗《題山居》云：「山色宜茅屋，松風滿鉢盂。」《湖中泛月》云：「偶臨湖坐得嘉樹，欲傍花行無小船。」均饒風致。

夏日同許氏兄弟遊龜山山有大石，下有歐陽詹讀書遺址。

閒情素乖俗，樂彼中林居。林居未云果，幽賞意有餘。出郭多青山，佳木亦扶疏。並游得良友，方駕從所如。翠微薄炎景，蘿風汎凉裾。雲逕步窈窕，石門入清虚。少留席豐草，緑縟綿以舒。叢柯翳鳴鳥，石澗清游魚。形神一蕭散，疲勩亦已祛。路緣龜巖東，遂即歐陽廬。懷賢仰高躅，撫蹟驚廢墟。頹留石中室，畢誦人間書。玆焉忍遲暮，惓惓空躊躇。

浄圭一首

浄圭，住磧里。

游仙詩

縹緲仙山五色雲，玉真飛佩度氤氲。不應名字題仙籍，猶著唐家舊賜裙。

德珉二首

德珉字伯貞，號石窗。洪熙間，虎丘寺僧，後居徑山。

秋懷

江潭葉落雁初飛，又見凉風到客衣。日下浮雲迷北望，天涯孤棹滯東歸。驚看秋草流年換，夢憶青山故舊稀。明日一竿滄海去，白鷗應笑未忘機。

晚泊東湖有懷姚醉雲

水晚雲陰思渺茫，若爲孤棹泊横塘。夢回明月人何遠，愁對殘燈夜更長。别渚沙寒移宿雁，疏林葉響墮微霜。明朝有約新豐道，載酒重過舊草堂。

善啓 一首

善啓字東白，號曉菴，長洲人。主蘇州永定寺，尋主松江延慶寺，授僧綱司副都綱，預修《永樂大典》。有《江行唱和詩集》。

《詩話》：曉菴早負詩名，錢唐瞿宗吉賦《牡丹詩》，師與對壘，用一韻賦百首，獨菴、南洲交器重之。嘗被召纂修《永樂大典》，書成告歸。與上竺完公敬修、北禪瑾公如珪、白蓮車公指南，舟中倡和，有《江行詩》一卷，王汝玉序之。按《大典》共二萬二千九百卷，疑編纂之不易，而敬修詩云：「昔出當嚴冬，兹還及春暖。」蓋不過數月事爾。考當日賜鈔者，二千一百六十九人，則因編脊者多，宜成書之速矣。

十四日歸舟分韻

江黑饒煙嵐，咫尺景難了。臨發棹還停，復恐天未曉。怳然陰翳開，日出雲漢表。旋吳地匪遥，辭闕境云杳。客愁忽若遺，吟緒自縈繞。坐久望東南，斜陽獨歸鳥。

大同 二首

大同字妙止，會稽人。鄞縣延慶寺僧，預修《永樂大典》。

《詩話》：妙止詩格未高，然已脱疏筍氣。

懷友

谷風凄已厲，習習吹我襟。微煙襲芳樹，細雨沾高林。雖有一尊酒，對此誰共斟。迢遥故人遠，矧隔瑶華音。安得駕黄鵠，往論古與今。緬懷思方續，白日苦西沉。

江村夕照圖

江村水國幽，雲樹半含秋。落日曬漁網，凉風吹客舟。香秔黄早刈，碩果熟先收。官税供輸外，民歌樂未休。

懷瑾 一首

懷瑾字如珪，蘇州北禪寺僧。又住嘉定保寧寺，爲僧綱司都綱，預修《永樂大典》。

江行分韻

南徐百里近邦畿，水滿春江一棹歸。回首金焦在何許，落霞紅處白鷗飛。

浄倫 二首

浄倫字大巍，昆明人。正統中，出家。天順間，參善學於浮山，晚住錫五臺，示寂於京師顯通寺。

有《竹室集》。

《詩話》：竹室不以詩名，往往饒中晚唐風韻。五言如「松皮山舍小，石子野溪彎」，「雨苔迷石徑，山氣冷龕燈」，七言如「晴疊青山芳沼上，冷懸紅日畫樓西」，「半竿落日孤城遠，千里分沙一水流」，「到岸舟横流水曲，尋溪路入落花藤」，「樹頭落子銜松鼠，崖畔飛霜叫竹雞」，「原上燒痕初過雨，隄邊新柳未拖泥」，「黄茅恰好三間屋，赤米看收數畝田」，亦可入李和父《弘秀集》也。

次喬武庫縉金山勝覽韻

妙高臺上昔年遊，想徧山中景物幽。出洞白雲含海曙，映窗晴雪湛江流。好音常聽樹頭鳥，相對不飛沙際鷗。西望金陵千古意，葱葱佳氣帝王州。

古佛巖

蒼松蟠古巖，洞門鎖幽谷。但逢掃葉僧，不見銜花鹿。

玄穆 一首

玄穆，淮陽僧。

題焦山寺

獅子峰前放晚參，直登絶頂縱幽探。帆檣遠近迷蒼靄，樓閣高低鎖翠嵐。水色倒涵天上下，山形雄壓地東南。焦先去後巖扉古，樹老碧桃春正酣。

《詩話》：天順中，鎮江同知府事常山張春命焦山寺僧弘慧輯寺中題詠，止存宗泐二首及此詩。

寶明 三首

寶明號月舟，吳人。治平寺僧。

楊君謙云：月舟詩能遠塵，字亦清媚。貧而好客，客至則罄資飲之。

次沈陶菴題石田有竹莊韻

東林煙月舊松蘿，無復君來對酒歌。千葉芭蕉萬竿竹，相思一夜雨聲多。

游山舟中作

舟過横塘酒再沽，行厨烹出四腮鱸。好山都在西南上，一路推篷看畫圖。

戲題

拆了鞦韆院宇空，絲絲楊柳自春風。薔薇不爲人拘束，却過鄰家屋上紅。

恩鏌 一首

恩鏌字古田，號友雲。成化間，蘇州嘉定護國寺僧。有集。

送張逸人

楝子花開香雨晴，乍逢還别若爲情。不知流水將人意，送過南沙第幾程。

明秀十首

明秀字雪江，自號石門子，海鹽人。祝髮天寧寺，晚居錢塘勝杲山。有《雪江集》。

釋冬谿云：石門秀禪師以詩名海上，游心鶩精，力追唐雅，鄭少谷、孫太白諸名流，多所稱許。《詩話》：王伯安謫龍場驛丞，雪江送以詩云：「蠻煙瘦馬經山驛，瘴雨寒雞夢早朝。」一時傳誦之，斯未爲警策，特以清越勝耳。觀其遺集三卷，流轉跌宕，不失清江靈一之遺音。臨終偈云：「一夜小床前，燈花雨中結。我欲照浮生，一笑浮生滅。」亦彼法中所謂解脱者。

田叟贈朱可麓

早起飯牛犢，落花春水渾。雨中青箬笠，溪上白雲村。食力古莘野，全生今鹿門。不知城府外，何處有桃源。

汎舟至桐口

路轉青村合，山連赤岸斜。夕陽飛燕子，茆屋落桐花。晚墅聞孤笛，輕舟閣淺沙。前峰望不遠，林暝欲棲鴉。

送陳墨山還吳淞兼柬胡秋田

五茸城外月，不見十年餘。顧我曾遊地，因君得寄書。津亭然夜火，江市鱠鱸魚。若見秋田叟，還勞問起居。

日暮

西閣日將夕，川原生暮煙。遠林歸倦鳥，枯葉抱寒蟬。野岸漁罾外，秋風戍壘前。故人應念我，定有尺書傳。

楚江秋曉次石田翁韻

山川摇落露華晞，野寺鳴鐘破曙暉。千里人煙江郭静，數聲漁笛水禽飛。寒催刀尺風霜早，日遠關河信息稀。叢菊又開身在客，長沙誰念未成衣。

懷孫太白山人

堦前黄葉堆欲滿，湖上白雲閑自來。千里秋風悲斷雁，兩峰寒日憶登臺。未能明月同移棹，想見黄花獨舉杯。吟遍長松千萬樹，南屏落日寺門開。

勝果山中懷朱陳二翁

西閣暮鐘雲氣陰，南山秋色故宫深。半巖落日照江雨，萬里長風吹桂林。喜見燈花頻入夢，病憐物色獨關心。青天雨夜負明月，黄葉思君祇自吟。

雨中柬金近山

春雨黯黯芳事微，經旬獨掩西巖扉。花枝欲動寒仍勒，燕子初來濕不飛。歲月豈知愁換鬢，江山徒有泪沾衣。病夫起坐正憶汝，混世隨聲同是非。

訪夏雲山

雲山老翁住南村，抱病十日不出門。留客細傾若下酒，遣懷閒弄剎前孫。深林四月筍成竹，古屋百年槐露根。鄉曲别來無限意，白頭相對意忘言。

西巖夏日

窑盤春雨中，筍味殊勝肉。數日不窺園，南風吹作竹。

普泰三首

普泰字魯山，陝西人。住京師興隆寺。有《棲閑集》。

何仲默云：魯山曠懷磊落，善談世務，不獨能演其敎，其詩亦皆自得。

錢受之云：君謙訪魯山於興隆寺，連日夜語不去，沈石田爲作《雪夜談玄圖》。魯山詩經君謙選定，王濟之爲序。

《詩話》：魯山初見賞於楊君謙，復見稱於李獻吉，詩名籍甚，然卑卑無甚高調。

秋晴

幾日豆花雨，玆晨方見晴。寒蟬依樹響，秋蘚上階生。山脱雲尤翠，池涵日更明。西風催萬户，都作擣衣聲。

寄楊君謙

都下聞歸雁，江東憶故人。高山千里夢，芳草十年春。吟苦先催老，心安却耐貧。吴門他日過，書院許誰鄰。

足獻吉秋風南北路相別寺門前之句

身世本如寄，去留俱灑然。秋風南北路，相別寺門前。

永瑛二首

永瑛字含章，號石林，海鹽天寧寺僧。有《石林集》。

釋冬谿云：石林禪餘，景與意會，朗吟自若。其詩意到詞發，類多率爾，而幽冲暇豫，自足陶寫，蓋適其適而不適人之適者。

山居志感

嘉蔬植我園，好鳥巢我樹。樹枯鳥驚棲，園荒蔬委路。寒氣肅山林，新芳颯然故。物理有固然，於何起欣惡。

秋浦

白露下蒹葭，秋汀尚有花。數峰回晚色，一雁落寒沙。菰熟供炊具，鱸肥上釣槎。月明吹笛去，隔水是漁家。

文湛 四首

文湛字秋江，海鹽天寧寺僧。有《蘆葦亭稿》。

《詩話》：秋江詩亦清徹，可云「筆非秋而垂露」，嘗輯《江海群英集》行世者也。

送王景仙

碧梧秋晚葉皆稀，何事行人又遠違。落日天涯千里别，西風江上片帆歸。山城月出聞猿嘯，候館霜清見雁飛。此後定知難會面，相思惟有淚沾衣。

江上

江頭落日明，江上西風起。歲歲芙容花，開落秋江水。

緑楊紫燕圖

紫燕雙雙掠水濱，緑楊嫋嫋不勝春。朱門華屋知多少，認得誰家是主人。

題畫

渡口漁家對碧峰，柴門半掩落花風。釣船日暮不歸去，只在江南細雨中。

明詩綜卷九十二

釋子下

小長蘆　朱彝尊　録

吴下　凌雲鳳　緝評

方澤六首

方澤字雲望，號冬谿，嘉善人。秀水精嚴寺僧。有《冬谿内外集》。

彭子殷云：嘉靖開士，以善詩鳴者三人，谷泉福、玉芝聚、西洲念，冬谿子與之倡和。古體上仿漢魏，而律一以初盛唐爲準。晚乃旁溢，稍及於錢、劉、皇甫諸家。然力以繩墨自維，語涉纖險輒擯去之。猶法吏之慎守三尺，嗜古者不以瓦缶雜鼎彝也。

《静志居詩話》：冬谿詩格清純，不雜偈語，宜爲唐應德、方思道、屠文升所稱。

古意

孟冬風始寒，鴻雁凌晨飛。疇昔嘉樹林，枝葉日以稀。一隨氣運變，誰能覺其非。賢者貴特達，在遠諒不違。君看松柏姿，歲晚長依依。

泖月樓夕眺遲蔣白灘不至

飄風鳴軒欞，落葉辭高柯。薄暮登層樓，伊余心未和。悠悠遠天雲，泛泛清川波。去者曾莫留，來者奄忽過。千秋旦暮事，百歲寧足多。但願狎所親，歡至相與歌。幽人期不來，奈此涼月何。

送范菁山丈之雲南大理

北望雲霄迥，南征道路長。山逢驅象客，地入卜雞鄉。碧海常飛霧，青林不隕霜。聖君勞禦遠，非是漢文皇。

送王翰林柘湖轉比部還京

滄海有才名，青春賦兩京。乍辭金馬署，復作爽鳩行。苑柳深袍色，宮鶯雜珮聲。君王前席問，應是爲蒼生。

寄平野上人

惠朗南歸後，空山兩月過。青春看已暮，白髮近如何。雨外鶯聲遠，風前柳絮多。遥知清夢裏，還繞舊烟蘿。

仇生

仇生有父風，能畫擅江東。縹緲千峰勢，巑岏尺素中。坐增吴苑秀，不謝輞川工。儻寫天台勝，添余補衲翁。

祖福二首

祖福號谷泉，秀水龍淵寺僧。後居無錫九龍山。

雨宿西閣

浩蕩迷方客，人淹江寺隈。旅愁添夜雨，歲事到寒梅。滄海無家問，中峰有夢回。燭花爾何事，更傍客杯開。

人日

鴛鴦湖頭新水生，白龍祠前風日晴。梅花作意開自好，柏葉向人殊有情。南國十年多羽檄，北山此日有柴荆。杖藜物色總春事，回首江湖眼獨明。

正念一首

正念號西洲，秀水龍淵寺僧。

燕京春暮寄山中人

鳥鳴不鳴山靜，花落未落春遲。美人如雲天際，芍藥空留一枝。

法聚二首

法聚號玉芝，嘉興人。始居海鹽資聖寺，後隱武康天池山。有《玉芝内外集》。

吳山秋望呈張侍御

子胥廟前江日晡，越王城頭雲有無。故宮臺榭幾黄葉，南渡寢園今緑蕪。長笛關山瞻北固，清尊魚鳥傍西湖。蕭蕭落木蒼郊外，幾處寒烟破屋孤。

江村

殘陽在木末，遠鳥没孤嶼。漁舟歸未歸，吹笛芙蓉渚。

圓理三首

圓理號雲東，嘉興人。出家天寧寺。有《雲東集》。

林居雜言寄同志

芙蓉謝春華，鴛鴦念匹儔。崇蘭委深谷，杕杜生道周。萬物各有時。百川無倒流。感之傷我懷，端己義所仇。顧瞻遠行客，誰肯結綢繆。請爲林壑交，得與爾同游。終歲混樵牧，聊以忘世憂。

慈雲嶺

仄徑攀蘿轉，空山伐木聞。兩崖危石抱，衆壑細流分。曉竹含蒼靄，春田護白雲。回看萬松裏，唯有鹿麋群。

招友人看芙蓉

一水澄於練，孤芳錦作叢。故將遲暮景，開向寂寥中。夕露垂秋白，江霞媚晚紅。薄言方採掇，持贈故交同。

明周 一首

明周號嬾雲，潞安人。居法住寺。錢受之云：嬾雲《除夕》詩，爲謝茂秦所稱。

送人還壺關

林花未吐怯輕寒，人在天涯送客還。千里好山迎馬首，白雲飛處是壺關。

明曠 一首

明曠字公朗，崇德人。住西林寺。

秋興

大火倏以逝，凉飇動幽林。飛霞騁奇姿，孤桐落秋陰。願言縱芳躅，擥秀歷遥岑。高視破宇宙，曠焉開我襟。靈籟妙徵羽，何必筑與琴。感此事愉悦，聊復送長吟。之子出世者，俯仰增遐心。

戒襄 三首

戒襄字子成，號平野，海鹽天寧寺僧。有《平野集》。

長安壩上河道中

三月臨平山下宿，沙棠一舟帆數幅。清晨鼓枻看山行，兩岸垂楊春水緑。岸上人家挂酒旗，幾樹桃花映修竹。路人問我將何之，我欲尋師向天目。

杜鵑

夜向吳山宿，朝從越嶺飛。年年春欲暮，催客淚沾衣。樹冷悲殘月，川長怨落暉。花時無限好，猶道不如歸。

曉過橫塘

半幅蒲帆九里汀，石湖秋水接天青。舟人指點蘼蕪外，一帶遥山是洞庭。

果斌 一首

果斌號半峰。嘉靖初，住持天界寺。有《半峰集》。

顧玄言云：半峰詩多成於中夕，沉思苦索而後得之，對客揮毫非所能也。正如南能腰石碓，米已熟，但欠篩在。

《詩話》：半峰少從顧華玉游，而詩未得其一體。

王十岳山房

小隱空山絶四鄰，野雲孤鶴自相親。誰知一徑深如許，猶有敲門看竹人。

宗倫 一首

宗倫字性彝，芝溪人。有《覺隱遺風集》。

旅懷

東吳隔千里，歸計尚茫然。忽見梅花發，他鄉又一年。

德榮 一首

德榮，天台僧。

題國清寺

竹院深深近翠微，短簾容易墜斜暉。香殘瓦鼎僧初定，月上松巢鶴未歸。落澗祇供煎茗水，洩雲留伴坐禪衣。客游正值春將半，風落桃花片片飛。

洪恩二首

洪恩字三懷，上元人。居長干寺。有《雪浪集》。

過安民鄉秦淮寓舘

安期東澥至，暫向白門居。緑酒稱從事，紅妝用較書。舟移淮水月，饌出晉陵魚。聞道西林勝，能無一榻虚。

中秋日問主人病

十日佳期踐，山園半畝宫。雨收殘暑盡，月出大江空。背屋一亭竹，當門幾樹桐。我來隣病榻，數問主人翁。

德清四首

德清字澄印，全椒人。出家南京報恩寺，尋入五臺棲牢山。坐劾逮繫，戍雷陽，卒于曹溪。有《憨山》《夢游》《東游》等集。

贈王德操

楚人疑鳳鳥，仲尼愛麒麟。豈不爲世瑞，所遇非所親。耳目素不接，誰能辨其真。之子抱奇思，翩翩邈風塵。迷方日已衆，微言難具陳。撫膺發長歎，衷曲誰爲信。出關豈慕遠，遯世甘沉淪。良由知者希，所以稱至人。

抵雷陽戍二首

舊説雷陽道，今過電白西。萬山嵐氣合，一錫瘴烟迷。末路隨蓬累，殘生信馬蹄。那堪深樹裏，處處鷓鴣啼。

萬壑奔流下，千山積翠連。帆飛五嶺驛，猨挂九秋天。客路浮雲外，鄉心落日前。吾生猶未定，江漢是餘年。

題畫

風雨孤舟夜，微茫，草樹春。茅簷驚犬吠，定是渡江人。

真可 一首

真可字達觀，吴江人。一云句容。世號紫柏大師。有《茹退集》。

《詩話》： 吾郡楞嚴寺，建自宋嘉祐八年，至嘉靖間，爲勢家所占，紫柏特興復之。先從祖君升諱大猷，經營規度，象設皆冶銅爲之，佛書三藏易梵夾爲方冊，鏤板貯之徑山，流通宇内。既而游大房石經山，進隋僧淨琬所藏佛舍利，慈聖太后迎入宫中，特賜紫伽棃。俄而妖書獄起，辭連，入語獄死。集中《吴氏廢園》作，蓋即楞嚴寺基。先叔祖，中萬曆壬子舉人。

吴氏廢園

汾陽門第晉風流，縹緲吴山感勝游。今日松蘿誰是主，斷雲殘月鎖江樓。

通岸 一首

通岸字覺道，南海人。居光孝寺。有《栖雲菴集》。

曹溪雜詩

爲愛溪山好，無人祇自看。萬峰青不斷，三月雪猶寒。乳鹿藏深樹，飛鳧過遠灘。興來誰與晤，長嘯碧雲端。

法生 一首

法生字化儀，崇德人。少林寺僧，後居徑山。

寄雲東

十年滄海共離群，三月風塵信未聞。芳草閉門春苒苒，落花啼鳥暮紛紛。歲華江上看流水，世事人間喻薄雲。雁宕天台何處所，采芝捫葛幸同君。

傳慧 一首

傳慧字朗初，寧波人。居延慶寺。

夜渡揚子

空江信淼茫，月出水生光。入浦潮如雨，沾衣露欲霜。天清沙氣白，夜靜瀣雲黃。漸覺鐘聲動，應知到上方。

智觀 一首

智觀字止先，號蔚然，江都僧雪浪弟子。居吳興雙髻峰。有《中峰草》。

山居漫言

板屋黄茅爛，棲禪已十春。更無孤鶴伴，且免衆狙嗔。天地寧私我，谿山不假人。四分僧律在，吾自率吾真。

大壑二首

大壑字玄津，杭州淨慈寺僧。有《吳詠》。

上方寺遲同游不至

湖光斜遶寺，松影曲藏關。帆過烟中樹，僧歸雨外山。井梧秋更老，橋蘚晚逾斑。目極天涯盡，扁舟不易還。

蓀谷

曲磴餘蒼蘚，危梁度碧雲。山深溪屢合，樹密徑斜分。佛火寒猶見，僧鐘晝不聞。空留爭席處，野老自爲群。

通潤一首

通潤字一雨，吳人。居常熟。有《秋水菴集》。

將歸簡三如學公

曉起春寒甚，思君巖上廬。當門雪幾許，倚杖興何如。不日理歸櫂，無人傳別書。臨行重相憶，先此寄雙魚。

斯學五首

斯學字悦支，號庾山，海鹽慈會寺僧。有《幻華集》。

《詩話》：庾山詩格清圓，句如「薄衾寒入夢，細雨遠沉鐘」，「白雲非舊主，黄葉自前朝」，「客來黄葉雨，鬼嘯白楊風」，「太原山繞中條近，小有天通上界寬」，均有幽致。《禪藻集》載某居士稱之曰：「清冰勵操，栗玉明襟。韻似道林，不屑養馬；才優無可，不愛除官。」可云賞譽之至。

雜詩二首

落日迫西崦，吐月銜東島。逝景故悠悠，人世漫浩浩。所思耿中情，憂愁惄如擣。宴會苦不常，容顏徒自老。子有鼓與鐘，勿伐亦勿考。一委溝壑中，身名同腐草。

披雲卧丘壑，凌風税籠樊。芳節忽已邁，朱明照前軒。嘉樹滋以緑，幽草萋以繁。丹霍耀庭戶，黄鳥啼林園。俯聽石潭響，仰視高崖暾。佳期託縣圃，遐想踰崑崙。臨川有長歎，冀與智者言。

秋夜與羅吉甫同賦

夕露鳴蟪蛄，秋風動楊柳。嘉候苦不常，芳華詎能久。真境總會心，萬理弗挂口。寫此石上琴，醉以山中酒。

寄吴少君山人

知君好芳草，荷芰半衣裳。一别春山緑，幾經秋葉黄。海門生片月，江寺送殘陽。曾有天台夢，相攜度石梁。

邊城晚眺

獨上層樓望欲迷，滿城砧杵更悲悽。河流曲抱内黄北，山勢遥連太白西。落葉亂隨秋雨下，斷鴻斜引夕陽低。自來幽朔寒偏早，繞樹啼烏未肯栖。

智舷十三首

智舷字葦如，號秋潭，秀水金明寺僧。有《黄葉菴詩集》。

吴少君云：舷公出語，烟霞冰雪，殆晝澈之流，貫休、齊己不數也。

李君實云：葦如道壓叢林而不領衆、不立侍者，書記詩名滿天下而無專集，日煨品字柴，支折脚鐺，咿唔黄葉堆中，意古寒山、拾得。再來後身。

陳仲醇云：秋潭老人初居范蠡湖，詩法清癯，屏除一切流俗。晚投黄葉菴，人愈枯，品愈澹，讀其詩，槁木寒灰之意，隱隱見于筆端。清真蒼老，益臻妙境。

《詩話》：上人鉼錫舊地，在金明寺湖天海月樓東，有老梅横牕，日吟咏其下。後移郊西之黄葉菴，村深水曲，物外蕭然，而以善行草書。造請滿户限，上人亦不憚煩，有求者必應也。詩不存稿，好事者就長箋横幅傳抄，輯爲上下卷，刊行之。

題陳仲醇小崑山讀書臺

昨日入山來，今日出山去。去來本無期，眷此來時路。白駒花下泉，殘月松上露。兹廬可息心，丘壑有餘趣。

鷦鷯居

不須太倉粟，滿腹飽即休。何必上林樹，一枝倦且投。却笑叢薄間，爭棲暮啾啾。安知鵲有巢，終焉居者鳩。

寒山訪雪谷

寒山太湖東，二月雪埋塢。時有天耳師，巢居類巢父。春秋未半百，氣骨自高古。清泉湅連底，蹲石怒如虎。此中除梅花，無物入巖戶。

題破牕風雨圖

千山雲頭黑，萬山雨脚白。大風卷却屋上茅，牀頭書卷盡打濕。幽人縮項破牕裏，壁上蘚花長一尺。

若得溪流直到牀，釣竿插向枕頭石。

人日感舊

去年人日游何處，穆家池舘寒梅樹。今年人日勞夢思，穆家池舘非舊時。兀兀頹簷遥倚遍，主人何日還相見。村南村北柳樹邊，烟條弄影青苔面。竹圃衡門池水寒，嗟君夙昔此盤桓。而今細雨生春草，縱有梅花若箇看。

秋日元微邀集水亭同凡上人分得憐字

葉落欲埋徑，萍開爲進船。想懸孤錫處，猶是小亭邊。池水幽相映，芙蓉絶可憐。晤言須竟日，重至恐經年。

秋日寄懷吴少君

不堪鴻雁度寒雲，猶是高林帶夕曛。古路荒臺無過客，秋風落葉獨思君。閒房草色經旬別，遠寺鐘聲入夜聞。可道空山招隱處，却憐野鶴在雞群。

送方同叔游天台

浦樹離離接遠天，片帆遥向赤城懸。春風幾日滄江上，驛路千峰落月前。水冷石梁窺洞壑，花深巖殿宿雲烟。從君此去看霞色，猶是興公作賦年。

秋日山中

落木空殿深，夕陽下山徑。澗户松風寒，獨夜鳴孤磬。

野航

泛艇秋湖漁者稀，船頭船尾雪鷗飛。偶然放到茅菴畔，載得白頭僧共歸。

題周服卿畫

兩岸芙蓉色競紅，蒹葭容易起秋風。翠禽箇箇求魚食，分占枯荷瞰水中。

題寥雲閣

小閣主人豪興偏，日高不起夜不眠。晚來倚醉理絃索，門前剛到賣花船。

題徐春門畫

山頭雲濕皆含雨，溪口泉香盡帶花。此是天池穀雨候，松陰十里賣茶家。

以貞 一首

以貞字純白，海鹽人。居資聖寺。

七夕

空庭疏雨歇，秋思夜來多。一葉初離樹，雙星已渡河。月明花裹露，風動水曾波。乞巧人間事，吾生奈拙何。

法衡 一首

法衡字秋巖，海鹽人。居天寧寺。有《竹西齋稿》。

聞雁

嘹唳天邊雁，哀聲靜夜聞。雨中孤夢斷，空外數行分。北向歸沙漠，南來渡楚雲。人間有矰繳，高舉莫離群。

法杲 二首

法杲字雪山，吳人。居華藏寺。有《雪山集》。

《詩話》：雪山參學於雪浪，與巢松、一雨齊稱。詩如「鳥來迎戶入，花發隔溪看」，「芳樹橋邊盡，春山雨後新」，「野黃潮撼樹，江黑雨藏山」，均饒清韻。有集八卷，一雨所輯，王伯穀極賞之，謂爲近代詩僧領袖。

梁溪道中逢姚孟

十載俱漂泊，驚逢落照前。浮雲本無意，芳草似相憐。春水連平野，人家入遠天。還乘明月色，隨意放吳船。

山居

深山別是一乾坤，春谷烟濃樹樹昏。正好看花立溪口，雨來催我進松門。

欽義 一首

欽義字湛懷，金壇人。南京報恩寺僧。

《詩話》：周吉甫編長干三僧詩，湛懷與焉。其二則雪浪、憨山也。

雨夜泊涇縣

水宿同鷗鷺，平沙晚帶船。山城寒漱浦，溪雨暗蒸烟。漁火深秋樹，河流淺暮天。西風鄉思切，千里獨依然。

寬悦 一首

寬悦字臞鶴，南京人。居普德寺。有《堯山藏草》。

送歐楨伯工部

玩世藉微禄，懷歸驗夙心。一尊霜露冷，三徑草堂深。月是初弦夜，秋當欲暮陰。蛩聲寒咽雨，流入短長吟。

如愚 一首

如愚字藴璞，江夏人。少爲諸生，負俗爲僧，居衡山，尋居金陵碧峰寺。有《飲河稿》《石頭菴集》。

春日龍潭菴對雨

苔蘚空門外，烟蘿夾逕陰。春流一澗急，寒雨數峰深。鳥倦還山翼，雲遲過客心。望中燈火起，人語出遙岑。

弘灝 一首

弘灝字空波，鄞人。傳慧弟子。

屠田叔云：空波詩爾雅而調適。

《詩話》：上人朗初學詩于楊伯翼，侍几杖於五井山，伯翼遺草得傳，皆其力也。朗初以詩法轉授空波及西來、休遠，時人以比支遁、支亮、支纖，謂之一朗三支云。

秋江晚歸

流覽山川幽意多，渾忘落日挂藤蘿。潮催客子還家櫂，風送漁舟入浦歌。深樹煙披連翠幕，遠峰雲在失青螺。臨行笑指芙蓉發，明日還期倚杖過。

佛引 一首

佛引字西來，鄞人。

屠田叔云：西來詩温簡而開暢。

晚晴寄空波空明休遠

前村妝薄靄，舍外雨新晴。竹鼠爭枝墜，檐烏得食鳴。峰開餘日氣，水咽過灘聲。芋熟沙田早，連朝憶友生。

圓復 二首

圓復字休遠，鄞人。

李杲堂云：三支詩以休遠爲第一，此外又有萬詵、希聲、福亮、覺真、道東、起白、宏演、敬中，皆延慶寺僧，俱一時之秀。

山中

槲葉縫衣翠，松花作飦香。全生無長物，卒歲有餘糧。觀瀑衣忘溼，緣流路轉長。偶然逢怪石，趺坐一林霜。

留别念空

問水尋山各自忙，草鞋無底踏秋霜。江南游遍還江北，何日能來共竹房。

廣印 一首

廣印字聞谷，嘉善人。居杭州開元寺。

登毛公壇

黄屋辭仙闕，玄關向此開。驅雞何處去，跨鶴幾時來。殘雪明丹井，清霜肅古臺。寒烟縹緲外，一望一徘徊。

廣潤 二首

廣潤字等慈，吴興人。居雲栖寺，終老虞山之拂水菴。

晚泊南岸有懷吴允兆茅孝若客燕中

孤櫂倚江濆，魚梁浦樹分。北書曾未達，南雁最先聞。碧海生寒月，空山冷暮雲。不堪三徑遠，何以慰離群。

蕪湖道中

江明分采石，柳暗夾横塘。驟雨菱芡亂，輕風禾黍香。秋聲催雁鶩，暝色下牛羊。遠道人烟少，偏令游子傷。

如清一首

如清字石浪，城固人。祝髮紫柏山，尋居匡廬金輪峰下。有《枯木吟》。

答客問小徒到家消息

瓢笠星霜三月周，計程應到錦江頭。縱敎雨雪羈行李，不在嘉州在簡州。

圓鋆一首

圓鋆字心柏，秀水天寧寺僧。有《青蓮居集》。

懷黄山吴仲玉

千里黄山别幾年，冥鴻不見一書傳。昨宵忽共殘燈夢，三十六峰青刺天。

行忞一首

行忞字□擇，號復元，湖州人。有《且止菴詩集》。

馮開之云：忞公詩清真孤迥，如倪元鎮畫遠水疏林，孤雲片石，絶無酸餡氣。

《詩話》：忞公少出紫柏之門，而不相下。居於南潯，與馮開之、朱文寧、董遐周、尤仲弢輩結方外社。遐周稱其「口不談貴介，筆不流凡近」，文寧至謂「字字作金光明色」，譽之未免過實。

吴江道中與陸叔度并載晚至鸎脰湖别

斜日松陵道，扁舟共汝還。不期初握手，旋復動離顔。水積猶餘岸，雲多莫辨山。宵來分寢處，宛在潋沙間。

如觀一首

如觀字藴虚，海鹽人。居雲岫寺。有《夢華》《幻住》《禪餘》等集。

春日胡孝轅過崇福菴

肩輿人病足，村路邈何長。獨步入深院，老梅生暗香。霞飛山欲暝，風急蝶猶狂。相送虎谿外，悠然忘夕陽。

如曉二首

如曉字萍踪，蕭山人。栖隱天台石梁下，晚居湖上，往來嘉禾。有《萍踪道人巖艇草》。

天啓甲子朱廣原居士爲余構巖艇于湖上九月落成以詩招之

心期慧遠山中社，興發張融岸上船。最好鯉魚風信後，東籬無雨菊花妍。

春暮

雨過郊原遍落紅，柳絲無力繫東風。春陰何處栖雙燕，寂寞梨花小院中。

本成 一首

本成字在久，蘇州慧慶寺僧。有《嬾雲詩稿》。

早行

木葉墮寒溪，軒牕月已西。客心驚吠犬，茅店乍鳴雞。漸覺人烟動，相看馬力齊。霜華前路滑，不住亂鴉啼。

實訒 五首

實訒字可南，吳洞庭山人。

傷朱雲從

別君三日前，書來期我顧。別君三日後，書來是君訃。殷殷易簀語，一一見心素。世事無了期，頹陽易遲暮。啼烏竟夜啼，啞啞感行路。梅花手自栽，門前落無數。

蝦蝑嶺

君不見蝦蝑嶺，崔嵬横截日無影。特立太湖烟水中，飛鳥何曾至絶頂。崩崖挂倒樹，日久生莓苔。飛瀑灑石壁，磴道鳴殷雷。百步幾蟠曲，去矣如復回。蝦蝑嶺，何年開，日見行人天上來。

送燕

晚稻花香處，西風送爾歸。路長誰是主，社遠漸無依。故壘殘烟斷，虚檐落葉稀。春來芳草遍，莫忘舊柴扉。

懷葛震父

虎峰言别後，嬾與慢相兼。已過探梅約，翻因病酒淹。孤烟生石突，飢雀下茅檐。昨夜林中雪，看山一卷簾。

曉行

東林初日上，群壑開霽色。樵夫先入山，霜草見行迹。

□明 一首

□明字若昧，廬山開先寺僧。有《空響集》。

堯山余氏溪上納凉

夏館苦煩熱，策杖出東扉。於焉臨曲澗，趺坐憺忘歸。嘉木散清陰，芳華揚素輝。先秋蟪蛄吟，薄暮鵁鶄飛。情忘境自適，心寂理無違。願言與同好，丘壑長相依。

明賢 一首

明賢字履中，常州人。住鶴林寺。有《上方集》。

送僧歸梁溪

峰烟漠漠水雲低，欲挂輕帆日已西。江月照人人不住，隨風一夜到梁溪。

圓信 一首

圓信字雪庭，更字雪嶠，寧波人。初住武康雙髻峰，後居徑山。有《語風稿》。

《詩話》：雪公造詣淵微，與天童悟禪師同爲禹門法嗣。天童以巾拂付弟子一十二人，再傳登獅座者，多至六百七十八人，居士不與焉。雪公終身不付一弟子，手攜藤杖甚奇古，或見之以爲難得。雪公笑曰：「小大魔王，動以拄杖拂子付人。十年之後，此物不中打狗。」謂悟公暨通容也。將示寂，坐高齋，俛見擔糞者過其下，呼至，授以拂子曰：「拏去趕蒼蠅。」可謂獨立不懼者已。其居徑山，書亭柱云：「孤雲游此中，萬山拜其下。」臨終偈云：「三間茅屋傍溪住，兩扇竹牕關月眠。」均瀟灑有致。《早秋對雨》之作，尤覺出塵。

早秋過朱子葵太守鶴洲草堂對雨分韻得飛字

方花礎潤晚涼歸，隔浦蓮舟望漸稀。林下自聞秋葉雨，燈前亦有草蟲飛。巡檐半濕黃藤杖，倚檻重添白苧衣。明發霅溪新水下，前村應沒舊魚磯。

法藏二首

法藏字於密，無錫人。居常熟烏目峰。有《山居集》。

山居二首

覓得三峰好卜棲，月涼松影到階齊。山空萬籟由來寂，臥聽隔林啼竹雞。

花落軍持入澗香，寥寥淨域絶思量。不知下界黃昏近，猶向西牕戀夕陽。

海明 一首

海明號破山，四川人。主嘉興東塔寺，後入蜀。有《破山語録》。

《詩話》：張獻忠殺人之多，較黄巢百倍。自甲申正月犯蜀陷重慶，悉斷民右手。既破成都，僭號大西，改元大順，授其義兒孫可望爲僞平東將軍，監十九營；李定國爲僞安西將軍，監十六營；劉文秀爲僞撫南將軍，監十五營；艾能奇爲僞定北將軍，監二十營。次年五月，可望報一路殺男子五千九百八十八萬，女子九千五百萬；定國報一路殺男子七千九百餘萬，女子八千八百餘萬；文秀報一路殺男子九千九百六十餘萬，女子八千八百餘萬；能奇報一路殺男子七千六百餘萬，女子九千四百餘萬。此外各營分勦川南川北，所殺之數及獻忠僞御營殺人數目，自有簿記之，不與焉。於是四川之民，靡有孑遺。迨屯營于西充鳳皇山，至自殺其卒，日一二萬人，初殺蜀卒，蜀盡則楚，楚盡乃殺共起之秦人，後令量之以度，過不及者皆死。駐西充時，尚存兵一百三十萬，逾兩月劓刵宰割者過半矣。相傳破山和上嘗勸賊帥李止殺，賊帥以羊豕進曰：「和上食此，吾當封刃。」破山遂食之。此破山之徒杖雪、通醉載之語録者。《綏寇紀略》謂勸獻忠，誤也。予友高念祖對予述之。

别石車禪師

欲别難爲别，西林落月銜。且飛千里雪，聊挂一風帆。草引石梁屐，花飛金粟巖。浮雲本無著，何處尺書緘。

通發一首

通發字師遠，内江人。有《山居草》。

再過永慶寺

山涌孤城外，舟行一水前。落花柔櫓撥，斜日斷橋連。丈室依林住，雙扉倚竹偏。再來情不厭，知是主人賢。

大瓛三首

大瓛字石公，雲棲寺僧。有《石公詩選》。

初出江口

孤嶼天際浮，連檣霧中出。秋容肅驚飈，潮勢盪落日。凭欄舒遠眸，推牕散餘帙。未能冥至理，且冀綜道術。吾生定有涯，誰能困蓬蓽。

别馥菴

偶裂塵網出，因爲汗漫游。愛兹山水縣，與子成淹留。朝看白雲起，莫聽江水流。有時還策杖，臨壑復登丘。茅屋多真意，動息無所求。心期旣歷落，顧此忘百憂。好風西南來，羽翰生素秋。臨岐一揮手，意氣凌滄洲。君還坐巖壑，幸無生怨尤。

詠史

興慶宫西花萼樓，五王簫鼓晝同游。曲江宰相千秋鑑，纔得開元二十秋。

性琮 一首

性琮字白法，嘉興楞嚴寺僧。有《剩草》。

夜坐

新凉微月上，雜坐小庭前。莫更燒明燭，飛蛾絶可憐。

讀徹 七首

讀徹字蒼雪，呈貢人。居蘇州楞伽之中峰。有《南來堂稿》。

將游黄山留别友人

孤舟明日發，再宿皎公房。莫惜通宵坐，懸知此别長。草花黏露重，山色入春黄。遥指丹臺月，心期一片霜。

再至崇川

地盡應臨海，天寒欲授衣。月隨秋水上，人共夜潮歸。一犬無聊吠，群鷗自息機。橋頭燈火裏，猶記舊僧扉。

自吴門之雲間

春雨夜淹淹，春波幾尺添。背花遥短櫓，凝柳揭高簾。三兩家村落，一行書酒帘。華亭看不遠，的的九螺尖。

葑門化城菴留别社中諸友

相送了無意，臨岐忽黯然。回看吴苑樹，獨上秣陵船。春老還山路，江昏欲暮天。白鷗休避我，拍拍碧波圓。

送朗𤸎入匡山

獨向匡廬去，安禪第幾重。九江黄葉寺，五老白雲峰。落日啼蒼兕，飛泉挂玉龍。憑將歲寒意，先報虎溪松。

入林

入林不知深，但覺衣裳冷。新緑滿空山，低頭不見影。

雜詩

天氣秋晚晴，坐看西山色。前溪有故人，草深行不得。

契靈二首

契靈字仲光，號佛石，蕭山人。居杭州理安寺。有《山居詩》。

山居二首

屈曲山路長，曾不見車馬。鳥啼落日黃，處處逢樵者。
懸崖老樹枯，樵斧不敢剖。亂挂猢猻藤，不知幾千尺。

明澗一首

明澗字道間，成都人。

落葉

臨高觀遠浦，愛此水氣清。一葉欲辭樹，百葉相隨鳴。不能同枯枝，遂此幽禽情。

明河一首

明河字汰如，南直隸通州人。

絶句

二月山容醒，林端别有香。心知春尚早，蜂蝶一齊忙。

函可 七首

函可字祖心，博羅人。尚書韓文恪日纘子，少爲諸生，忽棄家入羅浮，江南旣下，坐事戍瀋陽。有《剩人詩》。

采菌

三五趁曉晴，隨雲入澗壑。志與枯槁遇，榮茂非我樂。顧視深草間，異種紛相錯。恐是蛇虺居，根性乃獨惡。擯棄稍不嚴，美口成毒藥。氣化豈有殊，君子慎所託。

偶感

遷客易爲感，况兼秋有聲。天風吹木葉，一夜滿邊城。是處堪腸斷，無時免淚傾。莫言感申旦，未必盡鄉情。

皇天

皇天何苦我猶存，碎擠袈裟拭淚痕。白鶴歸來還有觀，梅花斫盡不成村。人間早識空中電，塞上難招嶺外魂。歎息舊游誰復在，獨留雙眼哭高旻。

弼臣病阻白門寄書并詩次答

驚傳一紙到遼陽，舊國樓臺種白楊。我友盡亡惟汝在，而師更苦復予傷。孤舟卧老長干月，破衲披殘大漠霜。共是異鄉生死隔，西風吹淚不成行。

同謙受枕上

枕邊不計程，驛路如可記。一樣夢還鄉，多子五千里。

送大來先生葬

覆土勿使厚，種樹勿使密。萬古與千秋，長令見天日。

春前一日

臘盡依然處海濱，寒風破衲易相親。山中新曆從人説，未必明朝便是春。

成回 一首

成回字霜華，不知何許人。示寂於越之顯聖寺。或曰崇禎癸未進士，嘉善錢默不識也。

雜感

本買深山與世違，探書禹穴憺忘歸。鐘沉古寺寒燈滅，雨過中林曉月微。花裏子規愁客路，船頭緑水濺征衣。六千君子風流盡，空見春城柳絮飛。

弘句 一首

弘句字致言，歙人。雪嶠弟子。

東溪過朱子蓉

門外秋瓜蔓，垂垂過板橋。東溪一夜水，竈下有魚跳。

通蘊 一首

通蘊字靈章，皋亭山僧。有《巢枸集》。

寄周青士

詩賣米周青士，白業還能精進無。忽憶歲朝風雪裏，扁舟訪我到西湖。作（去聲）。

道源 四首

道源號石林，太倉州人。居吳北禪寺。有《寄巢詩集》。錢受之云： 寄巢之詩，蔬筍也，鯖魚也，春餘之孤花，睡夢之清磬也。

《詩話》：石林好讀儒書，嘗類纂子史百家爲《小碎集》，又以餘力注李義山詩三卷。其言曰：「詩人論少陵忠君愛國，一飯不忘，而目義山爲浪子，以其綺靡華豔，極《玉臺》《金樓》之體而已。第少陵之志直，其詞危；義山當南北水火，中外箝結，不得不紆曲其指，誕謾其辭，此風人《小雅》之遺，推原其志義，可以鼓吹少陵。」惜其書未刊行，會吳江朱長孺箋義山詩，多取其説，間駮其非。於是虞山詩家，謂長孺陰掠其美，且痛抑之。長孺固長者，未必有心效齊丘子也。

早梅

萬樹寒無色，南枝獨有花。香聞流水處，影落野人家。雪後留雲淡，籬邊待月斜。牀頭看舊曆，知欲換年華。

寄黄新都子羽

入蜀七千里，一官行路難。鳴琴知訟寡，薄賦喜民安。閣道雲中見，峨嵋雪外看。遠書貽藥物，不減握中蘭。

題徐巢友玄洲

聞之上古人，都不記寒暑。來者問以年，笑指花開處。

湖村晚興，和陳確菴韻

芙蓉水面落殘紅，尚有餘香逐岸風。一片秋光描不得，翠禽時掠夕陽中。

智觀 二首

智觀字止先，一字蔚然，江都人。有《中峰草》。

山居 二首

於世了無味，戀兹湖上山。萋萋芳草合，寂寂小庭閑。竹筧分泉遠，松林待鶴還。閉門何不可，誰耐日躋攀。

新開百弓地，已得曬袈裟。朝暮狙公芋，冬春鹿女花。薄寒風落木，過雨海蒸霞。堅卧從頭白，何勞問歲華。

廣化 一首

廣化字無期，嘉興人。住持海鹽天寧寺。有《唾餘集》。

晚次毘陵驛

城邊暮雨掩殘罾，野店黄昏颭客燈。風俗他鄉曾不辨，隔谿人指是毘陵。

明懷 一首

明懷字墨浪，山陰雲門寺僧。有《寱言》。

雲門和王陽明先生壁間韻

偶入空巖遠，扶笻趁鹿游。爲憐千嶂寂，擬結一茅休。漱玉飛泉潤，生雲抱石幽。行吟溪上月，清影逗林丘。

明孟二首

明孟字三宜，雲門顯聖寺僧。

北塘散步

北塘行數里，漸遠入雲根。酒旆緑楊渡，漁罾黄鳥村。泉流長繞樹，山色盡當門。荒冢歸牛馬，沙隄日又昏。

病中送魏冰叔還寧都

石鼎秋宾一箭紅，主人新病客堂空。送君歸度翠微嶺，早有梅花小雪中。

智闇一首

智闇字六雪，江西瀛山寺僧。有《炊香堂文集》。

石澗

雪瀑交飛谷口喧，石橋虎過漸黄昏。瘦筇問我誰爲伴，笑指攀崖下樹猿。

無文五首

無文字貞白，崑山鵠林僧。有《鵠林草》。

呼德下云：貞白死時年三十三，遺詩僅六十餘首，語新體潔，雅近中唐。摘其佳句，即皎然、齊己何多遜焉。

擬古

時俗好蔽美，佩艾捐芳蘭。天地一以閉，賢者詎苟完。白璧獻楚人，投棄身爲殘。伯牙失鍾子，山水不復彈。寥寥千載間，所歎知音難。

聞雞

一聲天漸曉，野外獨相親。乍落城頭月，旋飛馬足塵。出關仍有客，起舞更無人。舜跖分何易，聞聲太息頻。

將之潤州簡崑山諸子

囊攜贈什滿朋箋，豈用臨岐更黯然。瓦盎未謀前路食，草鞵先乞故人錢。江山半壁全輸我，風雪何心亦上船。他日若吟懷友句，定驚深壑老龍眠。

送嬾雲師歸滇

一身初越死生關，萬里惟憑白足還。怕説雨昏江上寺，愁逢花發夢中山。心摧故國浮雲外，淚濕春風岐路間。瓢笠天涯誰念遠，無窮哀怨不能刪。

過胡白叔舊居

衡宇依然没草萊，已無吟叟杖蒼苔。夕陽一片疏籬下，幾點寒花獨自開。

照影三首

照影字指月，吳江江楓菴僧。有《鏡齋詩草》。

安慶

南北稱方鎮，江淮接鼓鼙。濤奔皖口急，山壓土城低。遠戍生煙少，飛帆入暮齊。欲尋公瑾墓，日落大龍西。

聞角

哀角聲何切，寥寥此夜長。可憐南浦月，更下北庭霜。漸起棲鵶翼，應回斷雁行。愁人難及曉，一望海雲荒。

蘭舟渡

蘭舟古渡已茫然，雲外山横百瀆煙。留得龍堂鐘磬響，寺門長泊洞庭船。

道盛 一首

道盛字覺浪，閩人。住金陵天界寺。

《詩話》：浪公早登猊座，聲動楚、越之交。白蓮之社，不少宗、雷；青豆之房，恒多龍象。詩如「清明微雨後，花鳥亂飛時」，「苦竹長遮徑，高松自護關」，足稱天籟清機也。

浴龍池

枕流漱石亦何心，荇帶蘋花何處尋。夜靜月明風在樹，坐聞泓下有龍吟。

明詩綜卷九十三

女冠　尼

小長蘆　朱彝尊　録
於越　王　錫　緝評

《靜志居詩話》：　女冠盛于唐，楊太真以開元二十三年，既冊爲壽王妃，尋度爲女道士。敕曰：「壽王瑁妃楊氏，素以端懿，作嬪藩國，雖居榮貴，每事精修。屬太后忌辰，永懷追福，以茲求度，雅志難違，用敦弘道之風，特遂由衷之請。」《唐會要》：　公主度爲女道士者一十四人，金仙、玉真、萬安、楚國、華陽、漢陽、潯陽、平恩、邵陽、永嘉、永安、義寧、義昌、安康。下而宮人入道，朝士輒爲賦詩，《花間》《尊前》詞客，無不倚聲填《女冠子》小令，蓋風尚則爾。然自李冶、魚玄機外，女冠之能詩者寡。　由宋以降，益復寥寥。元有宮人玉金蓮，晚爲道士，提點昭應宮，卒贈淵靜元素真人。　袁桷爲之草制，此僅事也。　至於象教東流，比丘、比丘尼當一時俱集矣。　而尼至晉建興中始有之，莊嚴寺僧寶唱撰《比丘尼傳》，以洛陽竹林寺尼淨檢稱首焉。

宋有妙總，爲蘇魏公頌孫，又温州淨居妙道禪師，係黄公裳女，并有法語，見《傳燈録》。明正統中，有呂姑諫阻裕陵北征，復辟後，爲建順天保明寺，都人目爲皇姑寺者是已。顧終明之世，禪學頗盛，而尼之著作無聞。迨天啓、崇禎之季，始有付巾拂立禪林者，因合女冠爲一卷。

羅素月 一首

素月，惠州羅浮山女道士。

梅花村

麻姑仙窟鮑姑山，鳳子翻飛遠嶠還。玉女峰頭人冷笑，杜蘭香去嫁人間。

吴靜婉 一首

靜婉，金壇人，蘇州木瀆女道士。

别思

西菴雨未收，東菴風又作。留住緑蓑衣，莫與篙師著。

行徹 一首

行徹字繼總，衡州人。劉善長之女，嫁陳氏子而寡。中歲出家，爲僧通微弟子，住嘉興福國禪院。有《語録》。

《詩話》：繼總偈語多近詩者，如《山居》云：「野猿探果熟，巢鳥入林深。」《送人》云：「晚食蓴絲滑，秋衣薜荔輕。」《落葉》云：「秋聲千葉墜，遠影一巢孤」。均有郊、島風骨。

秋日懷母

不見慈闈秋信來，籬邊黄菊帶霜開。爲憐消息無人寄，一日峰頭望幾回。

行剛 一首

行剛號衹園，嘉興人。處士胡日華女，嫁諸生常公振，未朞而寡，中歲出家，爲僧通乘弟子，住嘉興梅會里伏獅院。有《語録》。

《詩話》：石車乘禪師以如意付衹園，此崇禎丁丑年事。先伯祖母趙淑人嘗師事衹園，疑義必質，故余少日曾見之，威儀醇樸，毋論空門行業，即以節婦論，亦宜存其片言，以當鳳樓新誡也。淑人崇禎間，兩朝中宮周后語宮人云：「朝中命婦，率簉篨戚施，薄福之相，維刑部朱侍郎妻莊嚴婉麗，稱此象服爾。」

孟夏關中詠

百結鶉衣倒挂肩，飢來喫飯倦時眠。蒲團穩坐渾忘世，一任塵中歲月遷。

神一 一首

神一初名淑吉，字美南，姓夏氏。考功允彝女也。歸侯洵，二十而寡，遂削髮爲尼，更今名，改字荆隱。有《龍隱遺稿》。

悼亡

蕭蕭鑒玄夜，幽室生微凉。眷言念君子，沉痛迫中腸。音徽日以杳，翰墨猶芬芳。靈帷空蕭條，齋奠真荒唐。舉聲百憂集，泣涕不成章。

《詩話》：詩不期工，一真摯足以傳矣。

明詩綜卷九十四

土司

小長蘆　朱彝尊　録
從孫　丕　戭　緝評

《静志居詩話》：　土司之目，自古無之。《禹貢》「三百里蠻」，《書·旅獒》《周官》《職方氏》，記明堂位稱「八蠻」，《爾雅》稱「六蠻」，其種曰黎、曰犵、曰狑、曰獠、曰猺、曰獞，各有大姓爲之雄長。明制仿元舊典，分設官吏，立宣慰、招討、安撫、長官四司，初隸驗封，後以其半隸武選。嘉靖中，申明舊典，隸驗封者布政司領之，隸武選者都指揮使領之，文武相維，羈縻有術，雖間有不靖，旋即削平，濊澤霑濡，久而漸知嚮學。若黔之宋氏昆友，滇之木氏祖孫，各著詩文，媲于風雅。昔韋宗見秃髮傉檀歎曰：「奇才英器，不必華夏，明智敏識，不必讀書。九州之外，五經之表，復自有人。」録土司之詩，明之聲教遠矣。

宋昂 一首

昂字從頫，號省齋。襲貴州宣慰使。與弟昱有《聯芳類稿》。

謝少安云：宋氏所領部下多漢人，易馴服，凡里甲在官，及儒學弟子員，皆其民也。

毛大可云：貴州蠻種不一，有宋家、蔡家，相傳春秋時，楚子俘宋、蔡二國人，而放之南疆，遂爲蠻。

《詩話》：洪邊宋家，其先鎮州人，遠祖景陽，開寶間官節度使。平定西蠻，詔就大萬落樂開總管府，俾鎮其地。歷十有四世，曰阿蠻，仕元，官至昭毅大將軍，靖江路總管，佩三珠金虎符，階榮禄大夫，平章政事，柱國順元侯，贈貴國公，謚忠宣。又三世，曰欽，洪武初内附，授懷遠將軍，世襲宣慰使。按貴州苗民五十一部，安氏領四十九部，長曰頭目，宋氏領十二部，長曰馬頭。昂、昱兄弟俱能文，昂詩有云：「采藥難尋蓬島路，垂綸却憶鑑湖船」，「疏砧殘月孤村夕，衰草斜陽兩岸秋」，「風静洞庭高浪遠，月明揚子暮潮寒」。昱詩有云：「野戍清秋聞鼓角，烟村日出露松杉」，「數聲啼鳥憑攲枕，滿地斜陽深閉門」，「卧聽笙歌來别岸，起看鷗鳥浴前汀」，塤篪迭奏，風韻翩翩，試掩姓氏誦之，以《雅》以《南》，莫辨其出于昧任侏離也。

送趙遜敏東歸

琴鶴先生樂自然，故山歸去白雲邊。門前柳憶陶元亮，洞口人迎葛稚川。行色蒼茫林影外，離情蕭索酒杯前。欲知別後相思意，疏柳寒梅鎖暮烟。

宋昱 一首

昱字如晦，號宜菴，昂之弟。

送汪公子還嘉禾

城上棲烏下女牆，城邊行客醉壺觴。一尊風雨秋蕭颯，千里關河路渺茫。鄉夢已隨雲去遠，離情空與日添長。憑誰爲報南湖遠，早晚還來理釣航。

木公恕五首

公恕字恕卿，筰人。先本麥氏，洪武中，歸附賜姓。世襲麗江知府。有《雪山始音》、《萬松吟卷》。

錢受之云：恕卿嘗以詩求正張愈光、楊用修，希風附響，自比于長卿之盛覽。國家聲教四訖，嘉、萬之間，酉陽、水西諸土官靡不戶誦詩書，人懷鉛槧，而恕卿實爲之前茅，且以忠順自勵，世廟親灑宸翰，有輯寧邊境之褒，可謂豪傑之士，非漢代白狼、槃木之比。

《詩話》：恕卿韶年讓爵，隱於玉龍山南，亭曰翠雪，塢曰丹霞，堂曰一鏡，種桃藝竹，環以山松，又起迎仙之樓，日以吟詠爲事。中年將兵却敵，功在邊隅，永陵有御書之褒。於時貴竹二宋，未之或先。張禺山稱其「朗潤清越」，李中溪謂其「得樂府音節」，楊升菴許其「體句俱新，寫景入繪」，諸公之賞音若是。

江村

江上層雲合，村村結暮陰。漁燈半明滅，風雨葦花深。

病起

臨曉新梳髮，呼兒卷幔紗。平生行樂慣，病起即看花。

飲春會

官家春會與民同，土釀鵝竿節節通。一匝蘆笙吹未斷，蹋歌起舞月明中。

春游即事

綫狨緩拽紅氍膩，叱撥頻嘶緑巷深。踏柳穿花還未遍，夕陽又抹樹頭金。

種柳

雙楊初種幾經春，始見長條已拂塵。萬里緑陰堪作幛，一枝不許贈行人。

木青　一首

青號松鶴，又號長春，公恕曾孫。卒，贈中憲大夫。有《玉水清音》。

錢受之云：松鶴能詩善書，如「輕雲不障千秋雪，曲檻偏宜半畝荷」，「含烟翠篠供詩瘦，啄麥黄雞佐酒肥」，皆中土詩句也。

《詩話》：松鶴詩不及曾祖，而勝其子增。增，篇什雖倍，然非牧齋所云「中土詩」也。

移石草亭

萬松深窈處，獨構此茅廬。斸地移新竹，通泉溜小渠。琴書常作侶，木石與爲居。笑殺求名者，皤溪一老漁。

明詩綜卷九十五上

屬國上

小長蘆　朱彝尊　録

錫山　秦敬然　緝評

〔高麗〕

《靜志居詩話》：高麗文教，遠勝他邦。自元以前，詩曾經大司成雞林崔瀣彦明父選録，目曰《東人之文》，凡二十五卷，度必有可觀，惜無從訪求。今之存者，僅會稽吳明濟子魚《朝鮮詩選》而已。牧齋錢氏爲王氏諸臣白兔，可謂發潛德之幽光矣。予更證以《高麗史》《東國通鑑》《東國史略》《殊域周咨録》《皇華集》《輶軒録》，訂其異同，補其疏漏，論次稍加詳焉。

偰遜 一首

遜，回鶻人。初名百遼，世居偰輦河，因以爲氏。家世仕元順帝時，中進士，歷翰林應奉文字，宣政院斷事官，選爲端本堂正字。恭愍王七年，避兵東來，賜第，封高昌伯，改封富原侯。有《近思齋逸稿》。

山雨

一夜山中雨，風吹屋上茅。不知溪水長，祇覺釣船高。

鄭夢周 三首

夢周字達可，高麗迎日縣人。初名夢蘭，又名夢龍，既長改今名。恭愍王九年，應舉擢第一人，累官政堂文學，進三司左使，改進賢館大提學，知經筵春秋館事，兼成均大司成，領書雲觀事。初封永原君，加封益陽郡忠義君。爲李成桂所殺，梟其首于市，籍其家。後贈大匡輔國崇禄大夫，領議政府事，修文殿大提學，兼藝文春秋舘事，益陽府院君。謚文忠。有《圃隱集》。

錢受之云：　辛禑發兵犯遼東，李成桂倡「牛金」之議，廢禑，子昌立，又放之，威權日盛，群小趨附，欲盡殺宰相李穡等。恭讓王瑤孤立無倚，乃與夢周謀成桂。洪武壬申，成桂畋于海州，佯墜馬稱疾。夢周大喜，以爲可圖，召還穡將，以殺成桂。成桂子芳遠，遣趙英珪要于路，殺之。《洪武實録》載朝鮮事云：「成桂既立，其國都評議司奏言，禑犯遼陽，成桂力阻之，鄭夢周實主其議，以故深怨成桂。瑤立，從臾瑤殺成桂及鄭道傳等，國人奉安妃命，放瑤而立成桂。」此成桂來告之辭，史官按而書之者也。以《東國史》參考之，王顓既弑，夢周以諫阻北使被放，再朝京師，深荷優遇，寧有主謀犯遼之事？攻遼之役，成桂實在行，於夢周何與？夢周之欲殺成桂，爲其謀簒也，非謂其阻攻遼也。夢周不死，成桂簒必不成，既殺夢周以竊國，又藉口攻遼，委罪夢周以自解免。史官信其欺謾，按而書之，不亦冤乎！東國之史，出朝鮮臣子之手，尊成桂父子曰太祖太宗，曲爲隱諱。而夢周不附成桂之事，謹而書之，不沒其實。正德中，麗人修《三綱行實》，忠臣以夢周爲首，國有人焉，豈非箕子之遺教與？

《詩話》：　靖難君臣改修《明太祖實録》，因方孝孺，而其父克勤循吏也，乃沒其實。黄觀景清修《書傳會選》而削其名，且誣方先生叩頭乞哀。觀於鄭麟趾《高麗史》，夢周圖李成桂不克，爲芳遠所殺。芳遠猶知贈官易名，麟趾等亦直書其事，是簒竊之芳遠賢于長陵，而下國之史官勝于楊士奇輩多矣。可歎也夫！

感遇

人心如雲雨，翻覆在須臾。素絲變其色，安能復厥初。啞啞群飛烏，集我中田廬。雌雄竟莫辨，涕泣空欷歔。

錢受之云：高麗辛禑王淫而不德，侍中李成桂有異志，夢周一國重臣，憂權之下移，悲而歌之，其志遠矣。

使日本書懷

水國春先動，天涯客未行。草連千里色，一作綠。月共故鄉明。游説黄金盡，思歸白髮生。男兒四方志，不獨爲功名。

偶題

赤葉明村徑，清泉漱竹根。地偏車馬少，山氣自黄昏。

李穡 一首

穡字穎叔。中征東省鄉試第一，明年赴元廷試，擢二甲進士，授應奉翰林文字，累官政堂文學，封韓山府院君，進位門下侍中。與鄭夢周同謀去李成桂，放于韓州，再放衿州，徙驪興，尋封韓山伯。卒，謚文靖。有《牧隱集》。

錢受之云：高麗自政歸李氏，穡與夢周立昌擁禑，思奪社稷於成桂之手，而延王氏一綫之緒。東史稱其與夢周同心終始，不變臣節，可不謂忠乎？成桂之放弑，以辛氏爲口實，而東史亦曰：「宋儒謂元帝本非馬宗，東晉大臣以國勢有歸，不得已而安之。穡于立辛不敢異議，亦此故也。」李氏專政有年，國柄在手，竊國二百餘年，皆其臣子，悠悠千古，誰與辯牛馬之是非乎？定、哀多微詞，東史有焉。

早行

凌晨問前路，曉色未全分。帶月馬頭夢，隔林人語聞。樹平連野霧，風細繞溪雲。異國堪愁絶，南天無雁群。

李崇仁 一首

崇仁字子安，京山府人。恭愍王時登第，官至簽書密直司事，同知春秋舘事。李成桂簒立，以鄭夢周黨削職遠流。有《陶隱集》。

錢受之云：成桂簒國之日，東國之臣子，不忍背王而事李者，穡、夢周之外，崇仁其矯矯者也。夢周謀李之日，崇仁與穡偕召；成桂簒立之後，崇仁又與穡偕貶，則崇仁爲王氏之忠臣可知矣。

挽金太常

禮儀今太叔，史學昔公羊。四十人間世，千秋地下郎。空庭餘敗草，老樹逼一作耿。斜陽。俯仰成陳迹，經過只自傷。

李詹 一首

詹，洪州人。恭愍王時及第，授藝文簡閲，三轉爲正言，歷知申事。

雜咏

舍後桑枝嫩，畦西薤葉稠。陂塘春水滿，稺子解撑舟。

權近 一首

近初名晉，字可遠，一字思叔，號陽村。高麗秀才。有《應制集》。

《詩話》：陽村至京師，高皇帝優禮待之，賜衣賜食，爰命賦詩。陽村先之以本國廢興之由，道塗經過之所，次之以本國離合之勢，山河之勝，與夫鄰境之情形，兼述東人感化之意，既成，精華炳蔚，音響鏗鏘。帝覽之稱歎，因命與劉公三吾、許公觀、景公清、戴公德彝、張公信輩，偕游南北市來賓、重譯、鶴鳴、醉仙諸樓，帝又賜以御製三詩。此洪武丙子歲事。建文四年春，朝鮮恭定王李芳遠令知申事朴錫下議政府鏤板以行。於是嘉靖大夫藝文館提學、國人李詹，暨奉使翰林史官、兵部主事金陵端木孝思均爲作序。而淮南陸顒、番陽祝孟獻題詩其後焉。陽村賜游酒樓,《實録》未之載。予所見《應制集》,則天順元年朝鮮本也。

題鶴鳴樓

鶴鳴樓上久徘徊,環珮珊珊緩步來。已喜清歌和寶瑟,況看纖手奉金杯。南臨帝甸山河壯,北對天門日月開。得被内臣宣聖澤,六街三日醉扶回。

權遇 一首

遇,爵里未詳。

竹長寺

衙罷乘閑出郭西,殘僧古寺路高低。祭星壇畔春風早,紅杏半開山鳥啼。

金九容 一首

九容初名齊閔，字敬之，安東人。中進士，拜三司左尹，與李崇仁、權近等上書都堂，阻迎北元使，竄竹州，召爲左司議大夫，終成均大司成，尋流大理衞。有《惕若齋集》。

《詩話》：敬之年十六中進士，國王命賦牡丹詩，敬之居首。既因諫迎元使被流，扁所居曰「六友堂」。以詩酒自娛，亦瀟灑之士也。

江水

江水東流不復回，雲帆萬里向西開。菰蒲兩岸微風起，楊柳長隄細雨來。别夢遠迷箕子國，旅愁獨上楚土臺。行行見説巫山近，一聽猿聲轉覺哀。

趙云仡 一首

云仡，高麗豐壤縣人。恭愍王六年登第，調安東書記，累轉閤門舍人，以刑部員外郎從王南幸，遷國子直講，歷全羅、西海、楊廣三道按廉使。辛禑三年，起授左諫議大夫，辛昌立，召拜僉書密直司事，升同知。恭讓王二年，出爲雞林府尹。李芳遠簒立，授江陵大都護府使，以病辭，又拜簡校政堂文學，不授禄。

《詩話》：云仡以典法郎退居尚州露陰山下，自號石磵棲霞翁。出入騎牛，超然有世外之想。及轉判典校，復退居廣州古垣江村，營板橋、沙平兩院，自稱院主，敝衣草履，與役徒同勞苦。李氏竄立，爵禄不受，臨終自誌其墓云：「趙云仡，本豐壤人，高麗太祖臣、平章事趙孟三十代孫，恭愍代，興安君李仁復門下登科，歷仕中外，佩印五州，觀風四道，亦無聲績，亦無過譽，年七十三，病終廣州古垣城。無後，以日月爲珠璣，以清風明月爲奠，而葬于古揚州峩嵯山南。銘曰：孔子杏壇上，釋迦雙樹下。古今聖賢人，豈有獨存者？」可謂嶔奇跌宕之士矣。錢氏《列朝詩》定爲嘉靖中人，然當以鄭氏《高麗史》爲正。

即事

荆門日午喚人開，步出林亭石滿苔。昨夜山中風雨惡，一溪流水泛花來。

〔朝鮮〕

《詩話》：高麗、朝鮮一也，然王氏建國本名高麗，迨李氏稱藩，始更朝鮮，未可以王氏死事之臣入之朝鮮也。今以李芳遠襲位之後諸陪臣，別爲朝鮮，庶幾無戾《通鑑綱目》書法。

鄭道傳 一首

道傳，官右軍總制使。芳遠立，召爲奉化郡忠義君。

錢受之云：洪武三十年，帝覽朝鮮表辭，侮慢，使者言是鄭道傳所撰。帝遣索道傳，王旦誘云：「表出鄭總等三人。」帝諭旦云：「開國承家，小人勿用。如鄭道傳，乃小人之尤者，在王左右，豈能助其爲善？此非三韓之福也。」按李成桂專國，道傳傾身附之。太祖索道傳於彼中，雖明知其不我予，其所以寒亂臣賊子之心者至矣。

重九

故園歸路渺無窮，水遶山圍第幾重。望欲遠時愁更遠，登高莫上最高峰。

曹庶 一首

庶，嘗使明流金齒國，道經五靈廟，題詩。

五靈廟

村南村北雨淒淒，古廟靈風楊柳低。十里江山看枕上，竹林深處午雞啼。

鄭希良 一首

希良，爵里未詳。

偶題

十年一劍遠平戎，勳業蕭條歎轉蓬。瘴氣曉來雲似墨，山容霽後雪爲峰。地連龍穴天多雨，門對鯨波晝亦風。幾被故人吟桂樹，客牕落莫傲歸鴻。

朴原亨 三首

原亨，官戶曹判書，調刑曹判書。

《詩話》：天順元年，使朝鮮者，翰林修撰吳陳鑑緝熙，太常博士會稽高閏居平。三年，奉使，則刑科給事中餘姚陳嘉猷世用。四年，奉使，則禮科給事中海鹽張寧靖之。原亨凡三充舘伴，靖之贈詩云：「朝鮮賢臣朴判書，老成文物非凡儒。」蓋其國中翹楚也。

登漢江樓次張黄門韻二首

遠岫横如黛，芳郊緑漸平。歸鴉翻夕照，啼鳥哢春晴。暫得新知樂，還教別恨生。關山逾萬里，何處望燕京。

春光方浩蕩，嵐翠轉霏微。雪浪摇歌扇，汀蘭襲舞衣。素鱗時潑潑，輕燕已飛飛。景物看如此，從教緩緩歸。

渡大同江次韻

遠傳丹詔促行裝，暫駐星槎浿水陽。江滸雪消春意動，郵亭日暖客懷長。一杯且可酬佳節，萬里無勞憶故鄉。野闊天低山似畫，不禁詩思入蒼茫。

申叔舟二首

叔舟字汎翁。自右弼善歷禮曹判書，積官至議政府領議政，以功封高靈君。有《汎翁集》。

《詩話》：考叔舟於景泰二年八月，國人鄭麟趾進《高麗史表》，修史官三十二人，叔舟與焉，書銜曰：「中訓大夫，集賢殿直提學，知制敎世子右輔德，兼春秋舘記注官，知承文院事，臣申叔舟。」天順元年，官議政府右贊成；四年，進左議政。成化七年十二月，奉國令撰《海東諸國紀》，書成作序，書銜曰：「輸忠、協策、靖難、同德、佐翼、保社、炳幾、定難、翊戴、純誠、明亮、經濟、弘化、佐理、功臣，大匡輔國。崇禄大夫，議政府領議政，兼領經筵、藝文舘、春秋舘、弘文舘、觀象監事，禮曹判書，高靈府院君，臣申叔舟。」紀書日本代序，及八道六十六州頗詳。所著詩集二十卷，孫從濩編，寧都董尚書越使其國爲作序。

陽德驛

北塞歸遠塗，千里度陵谷。日暮投陽德，舘宇半茅屋。輕風吹枯枝，短垣依斷麓。雨歇低行雲，山深聽鳴鹿。坐久正蕭然，清溪走寒玉。遠客自無寐，呼童剪殘燭。

次韻登漢江樓

綺席登樓迥，春江碧玉流。早梅香澗曲，芳草滿汀洲。賓主歡情洽，江山喜氣浮。良辰須酩酊，莫惜更遲留。

權擘三首

擘，由吏曹判書，累遷右議政。

《詩話》：陳緝熙使朝鮮，國人賦詩繼和者，自朴原亨、申叔舟外，有若任順府尹，寶文閣提學金守温、領議政鄭麟趾、禮曹參判盧叔仝、禮曹判書洪允成、兼成均司成金鈎金末、左承旨曹錫門，而權擘爲之作序，書銜曰：「吏曹判書，集賢殿大提學，知春秋館事。」後二年，進議政府右贊成，明年進右議政。其序略云：「詩者，人心之感物而形於言也。心之所感，既不能無邪正，故言之所形，亦不能無是非。惟聖人在上，則人皆親被其化以成其德，有以得夫性情之正，故其所感而發於言者，粹然無不出於正矣。」其持論頗中繩尺。

登漢江樓二首

南樓初縱目，檻外俯長流。雪盡落梅塢，春深芳草洲。湖光晴灩灩，山氣暖浮浮。使節陪登眺，斜陽更挽留。

城南一樽酒，相對暮山青。小艇横前渡，孤帆落遠汀。江雲連復斷，主客醉還醒。落筆龍蛇動，高懷入窈冥。

楊花渡次陳給事韻

山亭置酒近江湄，興至頻傾白玉卮。萬里歸來多客恨，一時登眺得神怡。高標已覺冰霜操，新調還聞白雪詞。北去他年如記憶，也應飛夢到遐陲。

尹子雲三首

子雲，官都承旨。

登漢江樓次韻三首

高軒時暫駐，勝地許相招。詩律吟邊改，愁懷醉後銷。汀花經雨動，岸柳受風搖。忽起中流興，春心付短橈。

何處窮遐矚，丹梯近百層。陽坡先有草，陰壑已無冰。美景時相引，風懷晚尚仍。欲成賓主好，觴詠正堪憑。

風光觸處好，春氣望中微。山淨濃如畫，江深緑染衣。夢隨蝴蝶亂，心逐野雲飛。人世難開口，惟須倒載歸。

李克堪一首

克堪，官左承旨。

登漢江樓次韻

遲日晴方好，和風暖更微。山陰追禊事，沂上換春衣。劇飲金卮滿，清譚玉屑飛。牆頭輕燕舞，有意惱人歸。

徐居正一首

居正字剛中，議政府左參贊。有《北征稿》。

《詩話》：成化丙申，祁主事順使朝鮮，居正充遠迎使，既爲館伴，因時與倡和，爲序其《北征稿》。《北征稿》者，天順庚辰，居正奉王命入覲而作也。順稱其「博古通經，長篇短章，淵淵乎有本，浩浩乎不窮，與中國之能詩者，殊不相遠」云。

即事

小沼如盤水淺清，菰蒲新發荻牙生。連筒引却前溪水，養得芭蕉聽雨聲。

申從濩一首

從濩，叔舟孫，官成均直講。

傷春

茶甌飲罷睡初輕，隔屋聞吹紫玉笙。燕子不來鶯又去，滿庭紅雨落無聲。

許琮 六首

琮字宗卿，安興人。由進士爲吏曹判書，積官至參政府議政。有《尚友堂詩集》。

《詩話》：孝宗即阼之初，以右春坊右庶子兼翰林院侍講寧都董公越、工科右給事中上元王公敞，頒詔于朝鮮。宗卿時爲舘伴，繼和之作，綽有唐人風格。句如「春歸飛鳥外，天闊落帆中」，「細雨全沉樹，孤城半帶烟」，「東風瓜蔓水，斜日竹枝歌」，「風急摶羊角，波翻起雁群」，「官橋晴曬網，野渡晚維舟」，俱清婉可誦。董公爲作序，稱其「音律諧暢，蕭然出塵」，非虛譽也。董公後仕至南京工部尚書，贈太子少保，謚文僖；王公亦仕至太子少保，兵部尚書，贈太子太保。宗卿祖愭，字原德，官奉常，有《梅軒集》；曾祖錦，字在中，官判書，有《野堂集》，見龔、吳兩公序。

登浮碧樓次韻

渚草平如翦，江雲濕不飛。餘霞飄綺席，新浪濺苔磯。古寺蘿垂壁，漁家水浸扉。眼前多少景，惆悵客將歸。

安興道中次王黄門韻

韶光如酒著人迷，漫把霜毫取次題。山北山南春雨歇，隔林紅日鵓鳩啼。

登鳳山樓次韻

獨倚雕闌帽影斜，客中衰鬢已非鴉。不禁杜宇聲聲苦，啼盡東風第一花。

松林晚照次韻

一村桑柘夕陽微，芳草叢生柳絮飛。已過蘭亭修禊後，風寒猶未著春衣。

所串館道中即事次韻二首

數株官柳野橋傍，飛絮紛紛撲馬香。江雨欲來龍氣黑，水風吹作十分凉。

家在江南水竹村，鳥啼花落掩柴門。年年奔走東西路，坐席何由得暫温。

成俔一首

俔，西京觀察使。

《詩話》：朝鮮兵曹判書魚世謙，弘治元年，序《皇華集》，録俔詩四首。王尚書稱爲「成中樞」，又稱「成同知」，又爲作《風月樓記》，則云「西京觀察使」。惜成化一朝，奉使之詩無存，未能詳考矣。

擬古

今日良宴會，嘉賓滿高堂。綺肴溢雕俎，美酒盈金觴。左右燕趙姬，眉目婉清揚。朱絃映皓腕，列坐彈宫商。流年雙轉轂，倏忽鬢已霜。相逢且爲樂，何用苦慨慷。金張竟何許，纍纍歸北邙。

成侃 一首

侃，爵里未詳。

囉嗊曲

爲報郎君道，今年歸未遲。江頭春草緑，是妾斷腸時。

盧公弼 二首

公弼，安州人，官戶曹判書。

《詩話》：弘治五年，兵部郎中南昌艾璞德潤使朝鮮，公弼充遠接使，亦有詩贈答，知成均舘事洪貴達序之。

開城太平館次艾兵部韻

斜陽策馬過孤城，想像當年玉作京。國破山河渾似舊，時平民物不知兵。春深古舘生禾黍，水涸荒池插稻秔。往事悠悠何處問，鶴歸華表月空明。

鳳山樓次董内翰韻

畫樓登眺帽簷斜，苔壁詩成字點鴉。幽興未闌天欲暮，一簾疏雨落桐花。

李荇三首

荇字擇之，官議政府右贊善。

《詩話》：世宗入繼大統，嘉靖元年，奉使朝鮮者，翰林修撰歙唐臯守之，兵科給事中涿州史道克弘。其時館伴，惟荇詩最多。餘若金議政詮、南議政衮、鄭寺正士龍、李寺副希輔、尹承旨希仁、徐承旨厚、蘇司成世讓、李判書沆，又不知爵秩者二人洪淑、成雲，皆有賡酬之作，然必以荇爲巨擘焉。

開城館次董圭峰韻

行行緜道路，日日困風沙。去壑悲流水，投林羡暮鴉。窮冬催暖律，宿草欲新牙。更憶吾廬好，寒梅幾樹花。

過臨津江

臨津催早發，問渡即清江。緩擊中流楫，徐牽上水艭。寒魚依石竇，曉日照篷牕。有客忘機坐，飛來白鳥雙。

答鹿峰給事

歸袂悤悤不可攀，銷魂衹是黯然間。鹿峰正在千山外，鳳節全無半日閒。今日預將詩作別，他宵何忍月同還。此生難復陪清賞，悵望雲霄玉筍班。

李希輔二首

希輔字和宗。由禮賓寺副正，歷官同知中樞府事。有《安分堂詩》。

葱秀山次唐先生韻

客行值殘臘，長程催短景。天寒鬢易冰，葉脱木無影。揮鞭發安城，露濕衣袖冷。迤邐度雲漢，邂逅逢峻嶺。緬懷董學士，曾此憩夐靜。突兀數尺碑，其文信蔚炳。往事浮雲空，幾年孤此境。茲山真自幸，四牡又來騁。留詩繼前賢，頓覺仙凡迥。而我苦駑緩，古訓蒙不省。何幸接詞源，飛流激奔猛。涯涘不能窺，況敢得要領。無心和陽春，有懷徒耿耿。願言借餘光，破我心昏暝。

次唐修撰夜宿太平館醉起韻

雄辭海生波，醉墨鴉翻壁。無使我公歸，於焉作佳客。

蘇世讓八首

世讓字彦謙。初官成均舘司成,遷戶曹判書,歷議政府左贊成。有《清心堂詩》。

《詩話》:彦謙自嘉靖元年,即與使臣唱和,至十六年、十八年,凡三充舘伴,詩雖平衍,亦稱具品。

箕子操

天疾威兮,不祚我商。目窅窅兮,未見日光。主聖善兮,我無良。欲瞑我目兮,羞我先王。吁嗟乎!

我寧爲奴兮,寧忍發出狂。

東方五章答陳給事

維我東方,有山蒼蒼,有水泱泱。君子戾止,維其有章。

我有嘉賓,我心則愉,貽我以佩琚。

我有嘉賓,既敬且久,貽我以佩玖。

何以報之，報之以椒蘭，有德斯馨，唯以永歎。

何以報之，報之以芰荷。服之無斁，其樂如何。

蔥秀山次唐先生韻

我并青山行，山行信多景。淵潭清見底，杉檜翠交影。況當沍陰天，風日淒以冷。蕭蕭晚雨霽，突兀見斯嶺。巖巒互回合，洞壑極沖靜。有如畫圖開，不用丹青炳。曩時董學士，探勝得真境。眷兹心賞諧，更將文字騁。至今凜清風，未覺歲月迥。賞音會有人，二妙復來省。陽春一繼和，筆力肆豪猛。小子忝後塵，盛事心已領。攬舊又感今，中懷益耿耿。沉吟久佇立，前峰欲含暝。

漢江陪宴

斷徑緣崖轉，高樓面水開。杯盤供宴賞，歌鼓殷晴雷。沙遠迷烟樹，潮回沒釣臺。江山如許勝，應爲使星來。

答鹿峰給事

珍重龍門豈易攀，屢承清誨笑談間。極知後會終無地，其奈前程苦未閒。佳境總爲忙裏過，好詩空貯槖中還。明朝悵望雲山遠，杳杳仙蹤隔鷺班。

良策道中次韻

春陰釀雨欲淒迷，長路愁衝滑滑泥。奔霧逐風歸遠岫，亂流經野赴前溪。潮從小浦平時上，燕掠平蕪盡處低。高卷湘簾望山氣，夕陽猶在短峰西。

太平館次韻

望眼山連北，歸心月向西。羈魂與別恨，愁殺五更雞。

初見杜鵑花次雲岡修撰韻

際曉紅蒸海上霞，石崖沙岸任欹斜。杜鵑也報春消息，先放東風一樹花。

鄭士龍一首

士龍字雲卿，鼎津人。由内資寺正遷刑曹判書，歷漢城府判尹，改戶曹判書，再改吏曹判書，陛資憲大夫。有《湖陰草堂詩集》。

《詩話》：雲卿，嘉靖中五充舘伴，道交禮接，爲群公所稱。唐守之贈詩云：「鄭子有詩才，豈在鷓鴣下。」龔雲岡則謂其「沉著沖澹，不爲綺麗豔冶之辭，有唐人之遺意。」嘗築十玩堂于鼎津。十玩者，竹、梅、松、菊、水、石，并楮、研、筆、墨而十也。守之及史給事克弘皆爲之賦詩。及華亭張行人承憲奉使，國王刊其詩入《皇華集》，俾雲卿序之，謂：「古之詩人，類皆有爲而作，未嘗爲無益之辭。」是亦得詩人之旨者也。句如「不謂交歡地，翻成送別亭」，具饒韻致。

長虹

垂虹屈曲跨清波，藻荇香中笑語過。恰似松江三百尺，檥船聞唱采菱歌。

金安老 二首

安老字頤叔。歷官議政府左議政，領書筵，監春秋舘事，兼弘文舘、藝文舘、大提學，知成均舘事，階崇禄大夫。有《明虛軒集》。

《詩話》：朝鮮君臣，最稱好事，使者輶軒一至，即命舘伴遠迎，屬和詩章，連篇累牘。龔修撰用卿鳴治、吳給事希孟子醇，於嘉靖十六年奉使，國王遣陪臣十人，陪讌漢江之上，汎楊花渡，登龍頭峰，縱觀江山之勝。十人者，金議政安老、蘇判書世讓、尹判書仁鏡、金參贊麟孫、沈判書彦光、吴判尹潔、許參贊洽、鄭判書士龍、許參判沆、朴承旨洪鱗，皆國中名士。此外復有金議政謹思、尹議政殷輔、黄承旨憲、朴承旨守良、黄承旨琦、鄭參判百朋，開城韓留守胤昌、京畿金觀察希説、平安道李觀察龜齡、中樞李同知希輔，咸有詩篇繼和，極東國一時之盛。《皇華》是集，安老實序之。

望遠亭次韻

幽興牽人惱，遊蹄豈惜遙。殘雲横浦口，飛鷺割山腰。江穩開輕纜，潮生沒斷橋。異鄉歸思促，心趁紫宸朝。

漢江陪宴次韻

人間不信有丹丘，漢水仙舟即十洲。夕日蘸波紅漾漾，江烟連樹翠浮浮。晴川有句還題壁，長笛何人更倚樓。天上明朝遥悵望，遐陬能復記兹遊。

尹仁鏡二首

仁鏡，由禮曹判書，改戶曹積，官至議政府領議政。

太平舘次韻

紅惜花飄岸，青憐柳拂橋。江風吹颯颯，篷雨打蕭蕭。簾卷樓横笛，山空谷響樵。雙旌拚賞去，回首海天遥。

登漢江樓次韻

郭外澄江江上臺，登臨頓覺隔氛埃。遥山雲斂雨初霽，極浦波平潮又來。明月似迎星使出，輕帆須趁晚風開。佳辰佳境兼佳客，乘興休停到手杯。

金麟孫 一首

麟孫，官議政府左參贊。

次韻別吴副使

臨分盡醉側烏紗，長路高低日易斜。好雨多情知滑道，輕風惜别解飛花。留春縱欲兼留客，戀闕其如又戀家。一去茫茫遼薊遠，銀河何處問仙查。

沈彦光 一首

彦光字子求，官吏曹判書。

《詩話》：子求望遠亭詩，有「白雁依寒渚，青驢度小橋」之句，頗饒晚唐人風韻。徐敬德《花潭集》有《次留守沈相國彦慶韻》詩，當是其昆弟。

太平舘次韻

春鳥花邊啼，暮鴉樹頭宿。何事遠游人，不秉良宵燭。

許洽 一首

洽，參政琮之孫，官至議政府右參贊。

《詩話》：洽與弟沆，俱有時名，嘗集其先世詩，號《陽川世稿》。沆官吏曹參判，兄弟皆執國政。詩有「漁店日斜遥，笛起，海門風急曉帆開」之句，亦覺爽氣殊倫。

漢江陪宴次韻

緑水靈源自五臺，新添好雨絶塵埃。長洲芳草移船近，遠渚輕鷗避櫂來。景物盡供今日興，襟懷須向此中開。猥參勝引非吾分，擬向巖前倒玉杯。國有酒巖，酒流出其下。

金謹思 一首

謹思，官議政府領議政。

别吴副使次韻

方空歲歲蹙輕紗，半榻香烟一穗斜。萬里往來蝴蝶夢，三春開落杜鵑花。吹殘遠笛誰懷土，過盡良辰不在家。日暮關山雲樹隔，天津何處泊靈查。

尹殷輔 一首

殷輔，官至議政府領議政。

游漢江次韻

江上天然百尺臺，澄波無緑鏡無埃。茫茫極浦舟南北，渺渺長空鳥去來。汀草有情吟外碧，岸花隨意望中開。叨陪高會誠踰分，乘輿還須倒百杯。

黄琦 一首

琦，由承政院右副承旨，遷都承旨。

開城

白駒難自縶，青眼更離筵。江海相忘處，烟波欲暮天。落花飄醉袖，芳草入吟鞭。翰墨真餘事，功名正妙年。

金安國 一首

安國字國卿，號慕齋。官刑曹判書，至領議政。有《慕齋集》。

《詩話》：使東國者，前有張芳洲，後有華鴻山，皆中朝之詩伯。鴻山至日，館伴十有一人，非不每篇踵韻，然中律者寡矣。十一人者，議政府領議政尹殷輔，議政府右議政金克成、議政府左參贊柳灌、户曹判書尹仁鏡、吏曹判書成世昌、禮曹判書李龜齡、工曹判書尹世豪、漢城府判尹鄭士龍、承政院都承旨黄琦、左承旨申瑛及安國也。鴻山留國中，僅五日而返，此見於《皇華集》者，不能多焉。

開城太平館次韻

温輠陵廢井空青，種穄田荒但記名。舊跡不隨時代滅，停驂落日一傷情。

申光漢一首

光漢字漢之，由吏曹判書官至正憲大夫、議政府左參贊，兼知成均館事，弘文館藝文館大提學，同知書筵春秋館事。有《企齋集》。

《詩話》：舊典使于東國，必命儒臣給舍。迨嘉靖二十三年，恭僖王薨，遣使賜謚及賻，改命司禮監太監郭璈，副以華亭張行人承憲，於是中官偕行，道塗無酬答之作，禮成而返，乃緘詩以寄國人。爰有吏曹判書申光漢、議政府右贊成柳仁淑、成均館司藝林亨秀、禮曹正郎李洪男、户曹參判沈連源、黄海道觀察使權應挺，相與追和之，仍刊爲《皇華集》一卷，而鄭士龍爲作序。

暮景

樹密深濃翠，孤烟澹作雲。前村聞犬吠，暗路草中分。

林百齡一首

百齡，官議政府右議政。

《詩話》：張行人既使東國，諭祭恭僖王懌，禮成而返。明年榮靖王岵復薨，於是別選廷臣，遣行人長安王鶴往賜祭及謚。陪臣以詩贈答，議政府右議政林百齡、禮曹判書尹溉、工曹判書任權、吏曹參判愼居寬、成均舘大司成李潤慶、司藝崔演、承政院右副承旨洪敘疇、奉常寺僉正朴忠元、開城府留守李潔、京畿觀察使宋麒壽，而鄭士龍、尹仁鏡、申瑛、李洪男亦與焉。

游漢江次韻

王室千年作翰藩，欣聞使節頌聲喧。登樓未倦陪歡賞，汎水還容接笑言。舉網漁人貪似獺，操舟稺子捷於猨。夷猶領得滄洲趣，還向春風望故園。

李潤慶 一首

潤慶，官成均館大司成。

漢江次韻

漢江形勝表東藩，使節登臨鼓吹喧。對景每憑詩遣興，通情猶借譯傳言。忘機自幸參沙島，隨世何殊束檻猿。回首風光堪遠矚，雨催新緑遍郊園。

李深 一首

深，官開城府留守。

《詩話》：《花潭集》有《贈留守李相國深》詩。

泛臨津江

臨津傳勝事，駐節是仙舟。烟羃沙邊樹，風回水面鷗。笑談情不淺，詩酒興難收。絶域萍蓬會，無忘此日遊。

徐敬德二首

敬德，朝鮮生員。有《花潭集》。

《詩話》：花潭講學，專以周、邵爲宗，詩亦效法《擊壤》。以金安國引薦，授參奉，力辭。集中酬和者，李相國濂、朴相國祐、沈相國彦慶、李留守龜齡、金都事洪、林正字薈、沈教授義、張教授綸、趙上舍玉、沈別提宗元、朴參奉溉，而朴民獻頤正、金漢傑士伸、趙昱景陽、金惠孫彦順，以及黄元孫、許太輝等，疑皆從游講學者也。

山居

花潭一草廬，蕭灑類仙居。山色開軒近，泉聲到枕虚。洞幽風澹蕩，境僻樹扶疏。中有逍遥子，晨朝聞讀書。

靈通寺次題壁韻

松溪一路入青林，林下禪居晝亦陰。觸石泉流三面轉，倚天山色萬重深。清歡直欲朝連夜，勝引應難後繼今。數局枯棊談笑裏，不知雲日已西沉。

辛應時 一首

應時，官校書舘校理。

《詩話》：隆慶元年，以即位頒詔朝鮮，歙縣許公國、南昌魏公時亮持節以往。是時恭憲王峘又薨，兩公返命，共成詩一卷，國中屬而和者，止工曹判書朴忠元一人。議政府左贊成，兼知書筵、春秋舘事洪暹序之曰：「小邦不幸，兩公之來，適丁大戚，滿目愁慘，無意於覽物輒題，逐篇和進，亦非有喪者所當爲，所以倡之少而和之寡也。」於此足徵其爲秉禮之國矣。明年，衡陽歐希稷以行人奉使，舘伴辛應時、朴淳等，始復有贈送詩焉。

送歐大行還朝

鴨綠江頭送櫂聲，東風吹淚若爲情。人間離别傷今日，天上音容隔此生。衡浦雁回驚遠夢，洞庭春盡渺歸程。遥知萬里相思處，南斗横斜片月明。

朴淳 一首

淳，官吏曹判書。

太平樓次歐公韻

來遊萬里魂應斷，獨倚青冥思更賒。天闊楚鄉飛客夢，路窮蓬海駐仙查。山連碑砚雲長暝，春半池塘草欲花。簾外夕陽看漸没，消愁惟有醉流霞。

李珥二首

珥，德水人。官議政府右贊成。

《詩話》：吾鄉葵陽黄公以編修使朝鮮，在萬曆十年八月。自珥以下三人，暨許狀元篈，皆充舘伴者也。

辱編修黄公示沿塗之作賦呈

丁年行役記吾曾，遼薊修塗客念憑。歷歷道邊孤店月，依依天上早朝燈。身回蝸殼何由轉，班入蛾眉不再能。玉署新詩分物色，瑶臺指點一層層。

送黄公還朝

長川冰雪覆寒沙，此日愁聞入塞笳。兩地雲泥分席上，一江南北即天涯。徒勞永夜游仙夢，漸遠明河貫月查。珍重詩篇兼贈處，媿將燕石報瓊華。

金贍 一首

贍，官吏曹佐郎。

送别正使黄公還朝

月落關城鼓角鳴，星軺夙駕向神京。長江自昔分南北，兩地從今隔死生。接塞凍雲迷别路，亂山晴雪照行旌。那堪獨夜龍灣舘，愁對寒燈夢不成。

高敬命 一首

敬命，官司贍寺僉正。

别正使黄公

好音無路託西歸，心逐仙查自奮飛。鴨水寒波添别淚，鶻岑晴雪點征衣。謾將便面藏懷袖，何計承顔御靮羈。匏繫海濱身已老，百年形影欲誰依。

柳根 一首

根字晦夫。狀元，自號隱屏居士。有《西坰集》。

《詩話》：蘭嵎諸公，以萬曆丙午使東藩，柳晦夫、李孝彦、許端甫爲舘伴，公攜有唱和詩卷歸，墨蹟今存予家。

萬曆丙午五月送朱蘭嵎太史還朝

玉節東來鳳詔頒，暮春江上乍承顔。高懷獨出形骸外，雅賞長存水石間。目斷未堪魂夢遠，形留只得鬢毛斑。相思別後如明月，萬里清光不可攀。

李好閔 一首

好閔字孝彦。探花樞相。有《五峰書巢集》。

郊院别席

西郊菡萏緑盈池，折得芳華贈別離。此去金臺情不斷，寸心真似藕中絲。

許筠 三首

筠，舉進士第一。萬曆壬午，官成均司成。

熊州引 一作《牽情引》。

熊州樓觀飛雲外，白簡霜威凌皁蓋，組練三千引繡衣，羅裙二八鳴珠帶。九華之帳香氤氳，寂寂瓊樓午夜分。苧里佳人嬌薦枕，巫山仙子渺行雲。牽情夢罷看歸路，別恨迢迢隔烟霧。妾心苦作藕中絲，郎意何如荷上露。錦水東西楊柳新，往來愁殺斷腸人。欲將心事寄青鳥，芳草年年空復春。

錢受之云：朝鮮祖述唐宋故事，驛亭皆設官妓。筠以弘文舘遷臺諫，按部行縣，其所遇歌妓若此。

謝編修黄公惠詩扇

越槖傳輕箑，良工制作勞。古藤分剡曲，寒竹截湘皋。灑落留清什，飄揚動彩毫。書因逸少重，價爲謝安高。自得雙金贈，還同一字褒。年年火雲日，長是憶仙曹。

奉別正使黄公

迢遞飛旌入漢關，鴨江晴雪展冰紈。仙蹤已隔雲霄外，晤語猶存夢寐間。中歲不堪頻送客，此生難卜再承歡。空餘一握蒲葵扇，分得清風滿袖還。

許筠 三首

筠字端甫，篈之弟，與兄皆舉進士第一，自號白月居士。

送參軍吴子魚還天朝

國有中外殊，人無夷夏別。落地皆弟兄，何必分楚越。肝膽每相照，冰壺映寒月。倚玉覺我穢，唾珠復君絶。方期久登龍，遽此成離訣。關河路險巇，秋郊方觸熱。此去慎行休，毋令阻回轍。東陲尚用兵，海嶠日流血。須憑魯連子，却秦掉寸舌。勿嫌九夷陋，勉狥壯夫節。

陪吳參軍子魚登義城

平野垂天末，長江接海流。雨餘多牧笛，風急少行舟。獨鶴盤雲去，雙鳧就渚浮。相憐無限意，空憶仲宣樓。

晚詠

重簾隱映日西斜，小院回廊曲曲遮。疑是趙昌新畫就，竹間雙鶴坐秋花。

金尚憲四首

尚憲字叔度。有《朝天録》。

聞柝

擊柝復擊柝，夜長不得息。何人寒無衣，何卒饑不食。豈是親與愛，亦非相知識。自然同袍義，使我心肝惻。

九日

黄縣城邊落日，朱橋驛裏重陽。菊花依然笑客，鬢髮又度秋霜。

早春

水際城邊野馬飛，漸聞宮漏晝間稀。東風日日蘼蕪緑，塞北江南總憶歸。

初至登州

南商北客簇沙頭，畫鷁青簾幾處舟。齊唱竹枝聯袂過，滿城明月似揚州。

崔澱 二首

澱字彦沉，海州人。進士。有《楊浦集》。

李栗谷云：彦沉詩似丹穴鳳雛，聲纔出穴，已足驚人，讀之風露爽然，殆非食烟火人語，置之盛唐詩中，亦無媿也。

鄭經世云：彦沉信口吐詞，皆成瓊屑。

任叔英云：彦沉服膺盛唐，其詩清越俊逸。

《詩話》：彦沉八齡能詩，年十八中進士，二十二而沒。嘗輕衫幅巾，登鏡浦臺，倚柱而吟，大書于壁曰：「蓬萊一入三千年，銀海茫茫水清淺。鸞笙今日獨飛來，碧桃花下無人見。」國中疑爲真仙，許筠愛而和之。其逝也，李廷龜、申欽、鄭協、李綏禄、趙鑚、韓具㴟、韓浚謙，皆賦詩以悼。㴟詩有云「楊浦烟花三月酒，匡山風雪十年燈」，句亦自佳。

春日

楊柳依依江水生，杏花如雪落無聲。青霞卷盡畫樓出，中有玉人吹玉笙。

贈人

碧溪哀玉響楓林，山水孤懷恣遠尋。仙子不來秋已暮，古樓斜日獨登臨。

李廷龜 一首

廷龜，號栗谷。

崔彥沉輓詩

有友今亡矣，無端夢見之。長尋臨訣語，獨紀贈行詩。宛爾龍蛇字，森然玉雪姿。青山一抔土，衰白淚雙垂。

明詩綜卷九十五下

屬國下

小長蘆　朱彝尊　録

龍眠　方世舉　緝評

〔朝鮮〕下

林悌 一首

《靜志居詩話》：自悌至李仁老，詩見《朝鮮采風録》。其官爵世次未詳，姑系於此。

中和塗中

羸驂馱倦客，日暮發黄州。可惜踏青節，未登浮碧樓。佳人金縷曲，江水木蘭舟。寂寂生陽舘，孤燈夜似秋。

白光勳 一首

縣津夜泊

旅泊依津口，重遊屬暮年。鐘聲隔岸寺，人語渡湖船。月上蒹葭遠，燈橫島嶼連。夜深風更急，落雁不成眠。

崔壽城 一首

驪江

日暮滄江上，天寒水自波。孤舟宜早泊，風浪夜應多。

趙希逸 一首

謫中

歸心日夜闕以東，歸計即今還墮空。一年春動萬里外，孤山月出千林中。愁來但覺此身遠，醉後不知吾道窮。瓊州雷州何許地，古人今人同不同。張漢瞻云：意致磊落。

林億齡 一首

送友還山

塵土無憂染素衣，蕭條石徑接柴扉。飄然又作抽簪計，夢逐白鷗江上飛。

奇邁 一首

直禁詠懷

南山松柏幽，北山煙霧深。遊子暮何之，庭樹生秋陰。歸雲度遥峰，宿鳥横前林。幽懷杳不極，清風吹我襟。孫愷似云：韋、柳遺韻。

金璗 一首

寄友

楊花落盡草萋萋，楚客傷離思轉悽。佳節一年寒食過，亂山千疊子規啼。虞翻去國身全老，王粲登樓賦幾題。相約天涯回白首，昭陽江上夕陽低。

申欽 一首

寄友

廣陵三月已飛花，漢水孤帆落日斜。新結茅茨分洞府，欲隨麋鹿作生涯。平波細雨催耕犢，曲水游魚上釣叉。舉世盡從忙裏過，似君行樂獨堪誇。

權韠 一首

清明

淑氣催花信，輕黄著柳絲。人煙寒食後，鳥語晚晴時。老去還多事，春來嬾賦詩。京華十年夢，惆悵只心知。

趙昱 一首

贈鑑湖主人

十年長掩故山扉，塵土東華幾染衣。想得鑑湖春夜月，子規應喚不如歸。

李孝則 一首

烏嶺

秋風黄葉落紛紛，主屹山高半沒雲。二十四橋嗚咽水，一年三度客中聞。

柳永吉 一首

福泉寺

落葉鳴廊夜雨懸，佛燈明滅客無眠。仙山一到傷春暮，烏帽欺人二十年。

魚無迹 一首

逢雪

馬上逢飛雪，孤城欲閉時。漸能消酒力，渾欲凍吟髭。落日無留景，栖禽不定枝。灞橋驢背興，吾與故人期。

李嶸 一首

題僧軸

流雲山口草萋萋，夜逐香煙到水西。醉後高歌答明月，江花落盡子規啼。

金宗直 一首

佛國寺

爲訪招提境，松間紫翠重。青山半邊雨，落日上方鐘。語與居僧軟，杯隨古意濃。頽然一榻上，相對鬢鬖鬆。

李承召 一首

詠燕

畫閣深深簾額底，雙飛雙語復雙棲。緑楊門巷春風晚，青草池塘細雨迷。趁蝶有時穿竹塢，壘巢終日啄芹泥。託身得所誰相侮，養子年年羽翼齊。

鄭碏 一首

聞笛

迢迢沙上人，初疑雙白鷺。忽聞横笛音，寥亮江天暮。

朴文昌 一首

題郭山雲興舘畫屏

萬頃滄波欲暮天，將魚换酒柳橋邊。客來問我興亡事，笑指蘆花月一船。

李達 一首

病中對雨

花時人病閉門深，强折花枝對酒吟。怊悵流光夢中過，賞春無復少年心。

李植 一首

泊漢江

春風急水下輕艘，朝發驪陽暮漢江。篙子熟眠雙櫓静，青山無數過船牕。

朴瀰 一首

平壤大同舘題壁

高句驪起漢鴻嘉，宫殿遺墟草樹遮。惆悵乙支文德死，國亡非爲後庭花。

《詩話》：《書序》賄肅慎之命，孔安國《傳》云：「海東諸夷，駒驪、扶餘、馯貊之屬，武王克商，皆通道焉。」按駒驪主朱蒙，漢元帝建昭二年，始建國號。

姜克誠 一首

湖堂早起

江日晚未生，蒼茫十里霧。但聞柔櫓聲，不見舟行處。

鄭之升 一首

留別

細草閒花水上亭，綠楊如畫掩春城。無人爲唱陽關曲，惟有青山送我行。

姜渾 一首

贈妓

雲鬟梳罷倚高樓，鐵笛横吹玉指柔。萬里關山一輪月，數行清淚落伊州。

金淨 一首

旅懷

江南殘夢晝厭厭，愁逐年華日日添。鶯燕不來春又去，落花微雨下重簾。

鄭知常 一首

醉後

桃花紅雨鳥喃喃，繞屋青山間翠嵐。一頂烏紗慵不整，醉眠花塢夢江南。

李仁老 一首

題杏花鸜鵒圖

欲雨未雨春陰垂，杏花一枝復兩枝。問誰領得春消息，惟有鸜之與鵒之。

李子敏 一首

子敏，未詳何官。

姚園客云：萬曆庚戌仲秋，值朝鮮貢使遇人贈高麗紙扇，上題有詩，稱辛丑秋，東岳李子敏作。

賀聖節詩

九逵初日五雲覃，虎拜彤庭百辟參。黼黻星辰璇極北，梯航玉帛越裳南。河清適際千年一，嵩壽齊呼萬歲三。遐壤小臣陪舞獸，内尊偏倚主恩酣。

朝鮮主試官 一首

嘉靖七年，朝鮮人遇風，飄至南通州，被拘于守禦所，訊之乃其國主試官。有詩。

詩

白浪滔滔上接空，布帆十幅不禁風。此身若葬江魚腹，萬里孤臣一夢中。

蓀谷集詩五首

不詳其名。

錢受之云：《蓀谷詩集》六卷，不載姓氏，觀其《憶昔行贈申正郎滐》云：「嗟嗟天子聖，命將出東征。首事箕王都，破竹游刃迎。漢京賊先遁，大駕隨公卿。草創朝儀在，庶見王都清。一旅復夏業，簡策傳諸經。無忘在莒心，日日望聖明。」知其爲萬曆間陪臣，當神廟興復屬國之後，而作詩以誦也。天啓中，毛總兵文龍守皮島，屬訪求東國圖籍，以此集見寄。

渡清川江

安州城外水如天，立馬沙頭喚渡船。帆帶晚烟依草岸，雁迷殘日下蘆田。長塗旅客思歸計，向老筋骸憶少年。始信在家貧亦好，近來雙鬢轉蕭然。

題清道李家壁

南來數月計多違，節序如流已授衣。旅舍不堪黄葉落，暮天遥望白雲飛。沙梁雁下寒江渚，門巷烟深苦竹扉。唯有同來野僧在，病吟相對話西歸。

客懷

此身那復計西東，到處悠悠逐轉蓬。同舍故人流落後，異鄉新歲亂離中。歸鴻影度千峰雪，殘角聲飛五夜風。惆悵水雲關外路，漸看芳草思無窮。

贈樂師許憶鳳

雙眉覆眼鬢蕭蕭，曾捻梨園紫玉簫。移向瑶臺彈一曲，曲終垂淚説先朝。

悼亡

妝奩蟲網鏡生塵，門掩桃花寂寞春。依舊小樓明月在，不知誰是卷簾人。

梅月堂詩 一首

和鍾靈山居詩

蛺蝶雙雙舞藥畦，薔薇架架采登梯。一叢枸杞花初徧，五椏人葠葉已齊。翠竹林中香麝睡，紫荊枝上畫眉啼。千峰昨夜疏疏雨，不分南池漲入溪。

洛師浪客 一首

安定舘北驛

四月關門路，風沙氣慘悽。河邊春雁盡，林外曉鶯啼。去國魂長往，思家意轉迷。羸驂經左道，今日向安西。

無名氏 一首

沈駙馬碧波亭

貴主華亭入翠微，碧牕朱栱有光輝。春來波暖魚龍出，夜久星疏烏鵲飛。海上乘查時貫月，江邊積石舊支機。當筵勸酒先投轄，不醉應知客不歸。

月山大君婷 一首

《詩話》：婷詩一首，見吳子魚《朝鮮詩選》。錢受之云：「應是朝鮮女子。」按《説文》《廣韻》均不載有「婷」字，惟《玉篇》有之，注「徒寧切，和色也」。《樂府詩集》漢辛延年《羽林郎》篇「不意金吾子，娉婷過我廬」，娉婷字並用，始此。《江南弄》和云「陽春路，娉婷出綺羅。」喬知之詩：「明珠十斛買娉婷。」杜甫詩：「不嫁惜娉婷。」劉長卿詩：「不知娉婷色，回照今何似？」韓愈詩：「砧影伴娉婷。」白居易詩：「玥妃風貌最娉婷。」李商隱詩：「娉婷小苑中。」羅虬詩：「大都相似更娉婷。」則唐人固相沿用之。載考丁度《集韻》「娗或作婷」，可補《廣韻》之闕。《采風集》收婷詩，婷上冠以「月山大君」字，當是東國尊稱，殆非民間女子也。

古寺尋花

春深古寺燕飛飛，深院重門客到稀。我正尋花花盡落，尋花翻爲惜花歸。

成氏 一首

竹枝辭

瀼東瀼西春水長，郎舟已去向瞿塘。巴江峽裏啼猿苦，不到三聲已斷腸。

俞汝舟妻 一首

别贈

恨别逾三歲，衣裘獨禦冬。秋風吹短鬢，寒鏡入衰容。旅夢風塵際，離愁關塞重。徘徊思遠近，流歎滿房櫳。

趙瑗妾李氏二首

《詩話》：瑗官學士承旨，死倭亂。妾李，自號玉峰主人，詩如「兩兩鸂鶒失舊磯，銜魚飛入菰蒲去」，亦佳句也。

采蓮曲

南湖采蓮女，日日南湖歸。盪槳嬌無力，水濺越羅衣。無心却回櫂，貪看鴛鴦飛。

自適

虛櫓殘溜雨纖纖，枕簟輕寒曉漸添。花落後庭春睡美，呢喃燕子要開簾。

許景樊五首

景樊，字蘭雪。篈、筠之妹，適進士金成立。後成立殉國難，遂爲女道士。有集。

錢受之云：景樊八歲作《廣寒殿玉樓上梁文》，才出筠、筠二兄之右。金陵朱狀元之蕃使東國，得其集以歸，遂盛傳於中夏。

陳卧子云：許氏學李氏而合作，有盛唐之風，外藩女子能爾，可見本朝文教之遠。

《詩話》：明閨秀詩，類多僞作，轉相附會，久假不歸。如「今日相逢白司馬，樽前重與訴琵琶」，吴中范昌朝《題老伎卷》也，詩載《皇明珠玉》，而謬云「鐵氏二女」。「寒氣逼人眠不得，鍾聲催月下回廊」，三泉王佐宫詞也，詩載《石倉詩選》，而假稱「宫人媚蘭」。「泉流不歸山」，羅文毅作，而謂甄節婦詩。「誰言妾有夫」，高侍郎作，而謂「章恭毅母」。「他若忽聞天外玉簫聲」，寧獻王權之詠權妃，即指爲權貴妃作。「風吹金鎖夜聲多」，羅翰林璟之詠秋怨，遂誣爲王莊妃詞。甚至析「情」字爲「小青」，弔青冢者，過孤山而流連，託聯句於薛濤。刻濤集者，綴卷尾而剞劂。助談小説，貽笑通人。吾於許景樊之詩，見其篇章句法，宛然嘉靖七子之體裁，未應風教之訖，符合如是，不能無贋鼎之疑也。

望仙謡

王喬招我游，期我崑崙墟。朝登玄圃峰，遥望紫雲車。雲車何煌煌，玄圃路茫茫。倏忽凌天漢，翻飛向扶桑。扶桑幾千里，風波路阻長。吾欲舍此去，佳期安可忘。君心知何許，賤妾徒悲傷。

次伯兄高原望高臺韻

層臺一柱壓嵯峨，西北浮雲入塞多。鐵峽霸圖龍已去，穆陵秋色雁初過。山回大陸吞三郡，水割平原納九河。萬里登臨愁日暮，醉憑青嶂獨悲歌。

次仲兄篈高原望高臺韻

崔嵬雲棧接青霄，峰勢侵天作漢標。山脈北臨三水絶，地形西壓兩河遥。烟塵暮卷孤城出，苜蓿秋深萬馬驕。東望塞垣鼙鼓急，幾時重起霍嫖姚。

效崔國輔

妾有黄金釵，嫁時爲首飾。今日贈君行，千里長相憶。

雜詩

精金明月珠，贈君爲雜佩。不惜棄道旁，莫結新人帶。

〔安南〕

《詩話》：安南曾爲郡縣，漸文治者深，而其國人詩，選家多置不録。予從李文鳳《越嶠集》，擇其詞旨馴雅者，著於篇。

國王黎灝 一首

灝一名思誠。天順四年，國人所立。卒，私謚淳皇帝，僭號聖宗。

送錢學士溥歸朝

五嶺天高瘴霧開，詔書飛下越王臺。萬年重紀黄龍瑞，九譯爭看白雉來。曉日珠崖標柱在，秋風銀漢使查回。吾君若問交南事，久已傾心仰上台。

黎景徽 一首

景徽，文職大頭目，僭左僕射。

奉贈錢學士

紫殿承恩入夢頻，歸鞭裊裊向天津。禎袍色映千山曉，玉節光回萬井春。五嶺風輕金勒緩，三湘月白錦帆新。夜闌宣室如前席，爲道交南共帝臣。

阮直 一首

直，爵里未詳。

送錢學士還朝

曉日初開瘴霧空，歸程馬首正秋風。知音豈限珠厓北，惜別那禁珥水東。上國有人還獻納，遐方無事賴帡幪。他年兩地如相憶，萬里懸情寄塞鴻。

黄清 一首

清，僭吏曹侍郎。

送錢學士還朝

公望端堪邁俊豪，遠持使節效賢勞。九霄日月瞻依近，萬里江山興詠高。別酒頻斟情戀戀，歸心莫遏水滔滔。自從回首天南後，幾度懷人正鬱陶。

黎念 一首

念，大頭目。

送湛内翰還朝

綸音讀罷紫泥封，回首蓬萊第一峰。望外交關千里月，夢中帝闕五更鐘。星查迢遞歸程遠，雲樹參差別思濃。南浦吟成憑寄語，滔滔江漢共朝宗。

阮澤民 一首

澤民，爵里未詳。

送湛内翰還朝

目送星軺萬里旋，那堪惜別思淒然。交關此日分岐後，南北春風共一天。

安南使臣 一首

題南康縣南野

鼓報黄昏各泊船，咿咿軋軋櫓聲連。一雙鳧雁滄浪外，幾箇人家楊柳邊。紅日落殘鈎挂月，白雲卷盡鏡磨天。安南萬里朝天客，暫借郵亭一夕眠。

〔占城〕

貢使二首

進貢初發占城

行盡河橋柳色邊，片帆高挂遠朝天。未行先識歸心早，應是燕山有杜鵑。

江樓留別

青嶂俯樓樓俯渡，遠人送客此經過。西風揚子江邊柳，落葉不如離思多。

《詩話》：《近峰聞略》載，占城使臣寓蘇州之天王堂，問葵花何名，人紿之曰：「一丈花也。」即題詩曰：「花於木槿渾相似，葉比芙蓉只一般。五尺闌干遮不住，獨留一半與人看。」按此乃寶應陶成《題李西涯舘中葵花》之作。

〔日本〕

嗐哩嘛哈 或作答黑麻。一首

《詩話》：高帝惡倭不恭，示以欲征之意。日本進表，辭頗不遜，命嗐哩嘛哈上表，帝問其風俗，答五言詩，既而絶其貢。考日本疆域，時拓地八道六十六州六百一十三郡八十二浦，宜其不知漢大，而云「國比中原國」也。若其人多壽，就國王論，如神武天皇一百二十七歲，孝昭天皇一百十八歲，孝安天皇一百三十七歲，孝靈天皇一百十五歲，孝元天皇一百十七歲，開化天皇一百十五歲，崇神天皇一百二十歲，垂仁天皇一百四十歲，景行天皇一百有六歲，成務天皇一百有七歲，神功天皇百歲，應神天皇、仁德天皇俱百有十歲，雄略天皇百有四歲，降年之永，中土所希，所云「人同上古人」，言雖大而非夸矣。惟是國俗無冠，國王但著烏帽，直而頂圓，鋭高半尺，以絹爲之。男女笠用蒲或竹或椙木，謂爲唐制度，夫豈其然？至若天皇之子娶於其族，夫死妻立，兄死妹立，子死母立，何禮之有？明祖絶其貢使，不亦宜乎！

答大明皇帝問日本風俗

國比中原國，人同上古人。衣冠唐制度，禮樂漢君臣。銀甕篘清酒，金刀鱠紫鱗。年年二三月，桃李自陽春。

普福 一首

宣德七年，倭船入貢，凡九艘。其使普福迷失於欒縣沙嵩藤嶺，獲解。

被獲歎懷

來游上國看中原，細嚼青松咽冷泉。慈母在堂年八十，孤兒爲客路三千。心依北闕浮雲外，身在西山返照邊。處處朱門花柳巷，不知歸日是何年。

中心叟一首

叟，日本使臣。

弔郭璞墓

遺音寂寂鎖龍門，此日青囊竟不聞。水底有天行日月，墓前無地拜兒孫。秋風野寺施香飯，夜月漁燈照斷魂。我有誄歌招不返，停船空見白鷗群。

《詩話》：葬師言禍福，多本於景純之經，然試與百人分謀之，無一人同者。所云「龍穴砂水向背，如枘鑿齟齬之不相入」，其説業已難擇，加以日者配以年神方煞，吉神祇百二十，凶神倍之，規避實難，以是不克葬者多矣。世傳景純墓在金山足，過於詭奇。沈啓南詩：「氣散風衝豈可居，先生埋骨理何如？日中數莫逃兵解，世上人猶信葬書。」如叩晨鐘，寐者可以發深省矣。中心叟「墓前無地拜兒孫」一語，亦足發笑。詩載廬陵胡經用甫《金山志》。志成於正德辛巳，文待詔徵仲序之。

無名氏 一首

春雪

昨夜東風換北風，釀成春雪滿長空。梨花樹上白添白，杏子枝頭紅不紅。鶯問幾時能出谷，燕愁何日得泥融。寒冰鎖却秋千架，路阻行人去不通。

釋天祥 三首

寄南珍

上人居處僻，心與石泉清。道在從違俗，身閒不用名。空階松子落，雨徑蘚花生。怪得稀相見，年來懶到城。

長安春日

何事長安客，春來思易迷。樂游原上草，無日不萋萋。

榆城聽角

十年游子在天涯，一夜秋風又憶家。恨殺葉榆城上角，曉來吹入小梅花。

釋機先 二首

送别

天書召賈生，匹馬出滇城。白首相逢處，青雲送别情。山經巫峽盡，水到楚江平。好獻治安策，殷勤答聖明。

挽逯光古先生

昨日來過我，今朝去哭君。那堪談笑際，便作死生分。曠達陶徵士，蕭條鄭廣文。猶憐埋骨處，西北有孤雲。

明詩綜卷九十六

无名子

小長蘆　朱彝尊　録
雅山　張友直　緝評

潯州士女

相思曲二首

妹相思，不作風流待幾時。只見風吹花落地，不見風吹花上枝。

王貽上云：雖侏儷之音，與樂府《子夜》《讀曲》相近。

妹相思，蜘蛛結網恨無絲。花不年年長在樹，孃不年年伴女兒。

《静志居詩話》：此曲載吴洪《粤風續》九，是潯州士女所歌，而屈大均《廣東新語》亦有之。

廣東歌堂詞

道別三首

采蓮去時江水深，采蓮歸時江樹陰。中間日出四邊雨，記得有情人在心。
歲晚天寒郎不回，厨中烟冷雪成堆。竹篙燒火成長炭，炭到天明半作灰。
老龍山下有狂風，老龍山上月朦朧。檳榔勸郎郎不醉，姑負奴脣一點紅。

屈翁山云：粵俗好歌，語多雙關，詞不必雅，然情必極至。先嫁一夕，戚懿與席者，名坐歌堂，歌詞有云：「一樹石榴全著雨，誰憐粒粒淚珠紅。」又云：「燈心點著兩頭火，爲孃操盡幾多心。」天機所觸，自然合韻。

翰林館課

原心亭詩

鬱鬱松樹枝，肅肅冬日陰。孤亭弘且敞，乃在鳳池潯。鳳池超人寰，萬籟無一音。暫息塵中轍，因鮮俗慮侵。端坐邈宇宙，掩帙忘古今。頓令群動祛，見此方寸心。金門足大隱，豈必謝纓簪。

《白頭閒話》

感述

《詩話》：是篇不知誰氏所作，或有感於焦黄中、張懋修輩乎？

御史大夫湯，御史大夫周，兩人皆酷吏，寸心操戈矛。蔽賢者無後，其語蓋有由。如何安世禹，顯爵封通侯。有子騂且角，乃産自犁牛。思之復思之，天道亦有私。

單縣老父

漢河懷古

漢河在單縣，源出汴水，下流通沛，以漢高還沛曾步此，故名。

王氣豐沛間，濬源自單父。風雲昔飛揚，萬乘歷兹土。富貴歸故鄉，意本重瞳羽。誰知錦衣行，在漢不在楚。

《粉墨春秋》

非仲藏宋温日觀蒲萄

錢塘江潮三日斷，翠華遥遥六宫散。茫茫黑霧覆厓山，二龍無聲泣天畔。衣冠南渡靖康年，忍見旄頭明夜半。冬青雪冷子規啼，尚有遺民温日觀。閥閲姓名知是誰，有身但向浮屠竄。酒酣獨抱支離叟，罵賊猶存目光爛。依稀八法素師傳，蒲萄餘技留篇翰。馬乳曾無塞上塵，鰕鬚尚似江南岸。凉雲不共荔支殘，景風難并櫻桃薦。莫道驪珠顆顆圓，萇弘碧血光零亂。三百餘年歎息同，何人對此非河漢。借問苦心愛者誰，我友張君獨悲歎。神物一去何繇還，觸目皆非氣凋换。吁嗟張君且勿歎，墨花會見虹蜺燦。凉州美酒共天家，大叫忠魂歌復旦。

《瀟湘集》

洞庭秋月

纖雲不動金波浮，冷光萬里開清秋。青山一髮渺無際，天影落鏡星河流。中流無人萬籟寂，夜深往往魚龍出。何人長笛在扁舟，水遠天長露華白。

渭臺漁父

喜艾純卿至

何日離青海，春過北斗城。亟須譚間闊，深足慰交情。雨雪辭關塞，風塵送客程。投荒君最苦，早有二毛生。

潼川碑

題石鏡寺

《州志》：成化三年，蜀僧繼圓於草莽中，得碑刻此詩。

昔日朱輪守，經過釋子家。柱間留墨蹟，𥱧下隔年華。雲去空雕檻，風來卷白沙。江山誰似畫，每到動吁嗟。

天目游人

宿重雲菴

烟蘿一徑通，宴坐白雲中。樹影晴浮水，秋聲半在空。疏鐘山際月，高枕竹邊風。竟夕渾無寐，清談對遠公。

藕花社僧

嘉興白蓮寺僧，有《藕花社詩集》，不知其名。

山居

滄海歸來日，貪看麋鹿群。牕虛含遠嶂，屋破補重雲。夕鳥吟邊過，春蔬雨後分。不須憐闃寂，清梵隔山聞。

玉華山樵

不知何許人。洪武初，寓東陽之東山，披麻戴笠，散步閒吟于山水間，終不肯言姓名。或云陳友諒客。友諒亡，遁跡至此，遺詩百篇，孫石臺揚序之，名《玉華遺稿》。

和韻答玉山呂誠中

窮塗往往白頭新，誰謂綈袍念故人。此日不須辭舊雨，空山聊自度殘春。艱難作客仍多病，生死無家任此身。二十年來相憶處，幾回月夕與風晨。

野亭老父

桐城劉熹，成化間與友人同赴省應選貢，塗中風雨驟至，因解裝暫憩野亭，共賦《送春詩》。忽一老父，衣蓑荷笠至，聞吟詩，亦請筆硯，頃刻詩成，云云。

怨風怨雨總皆非，風雨不來春亦歸。蜀魄啼殘花影瘦，吳蠶喫盡柘陰稀。枝頭緑軟梅初熟，口角黄乾燕學飛。我亦欲歸歸未得，擔頭猶挂舊蓑衣。

萊山樵者

濬縣眺望

河流遠徙大伾存，極目中原野色昏。禾黍油油迷故國，羝羊逐逐過前村。黄花冷笑三秋客，紅葉初飛十畝園。賴有淹留同調在，芒芒禹跡試重論。

《明詩鼓吹》

題金陵沙士清樂清軒

竹裏行厨竹外門，宛然風景似山村。石闌柳暗藏新雨，詩壁苔荒沒舊痕。林下鳥鳴花自落，溪頭鹿過水偏渾。晚來半掩東軒卧，一枕黎雲鎖夢魂。

《戴斗夜談》

書玉田行舘

老去年華暗自驚，殊方節序倍關情。蕭條旅舘孤燈宿，迢遞歸塗白髮生。海甸星河分歲色，山樓鼓角動春聲。柳盤柏徑誰相識，悵望鄉原北斗横。

丹川

李時遠云： 丹川，不知何許人，曾官給舍轉御史，集不書撰人，無前後序。

棧道早行，效白香山體

連雲石磴曉蒼蒼，天險分明百二強。萬里西南通鳥道，雙旌上下轉羊腸。一溝流水一溝竹，幾樹垂楊幾樹桑。登覽不知行役倦，半生詩債却悔償。

雲谷樵夫

書大道寺壁

西華雲臺去路長，投閒翻爲看山忙。十年有夢尋中岳，四月披雲過太行。清世誰能便吏隱，幽栖吾獨愛僧房。昨來不寐焚香坐，讀盡楞嚴夜未央。

《黄州志》

赤壁寫懷

武昌東下次江皋，赤壁磯頭艤畫橈。廢壘烟消荒草合，横江鶴去碧天遥。岸邊漁父疑殘炬，水底龍吟憶洞簫。往事千年增感慨，荻花楓葉晚蕭蕭。

《昌平州志》

仙人洞

石洞窅且深，花落無人掃。仙翁去不還，何處尋瑶草。

虎谷

虎谷名金山，客行初未識。日午山下過，人面一作衣。黄金色。

銀山

銀山本在北，萬丈青雲梯。曉見居庸雪，銀山忽在西。

龍泉

瀰瀰山下泉，瀠洄白如玉。清以濯吾纓，濁以濯吾足。

无名子　雲谷樵夫　黄州志　昌平州志

安濟橋

石梁跨飛虹，水清魚可數。莫謂非通津，亦有江南估。

《長安可游記》

題西山清凉寺壁

山僧汲空潭，驚起二龍子。百里雲冥濛，三日雨不止。

《青鞵踏雪志》

題西山水盡頭

雙流决决鳴，石根失其一。葉穮於此中，應從玉泉出。

南靖老人

題壁

青青千里草，隱隱獨家村。日暮客投宿，山深虎守門。

吳下人

詩

僕夫不識路，踟蹰道傍久。寒風吹衣襟，落日照馬首。

屠生一首

蕭山諸生，屠姓，失其名，居近西子祠，題詩於壁。是年，學使者夢一婦人，謂曰：「吾西施也。生未入五湖，而蕭山屠生輒妄言，其爲吾斥之。」既按部詢生，生大驚，誦其詩，歎曰：「詩固佳，然已失實。」乃令生詣祠謝已，爲文以祀之。

題西子祠壁

紅粉溪邊石，年年漾落花。五湖烟水闊，何處浣春紗。

南潯祇園寺詩

贈老僧

清溪通笠澤，地以水爲鄉。竹青三日雨，僧白一頭霜。

張叟

叟，嘉興人，不知名。

秋思

江上芙蓉開，江上芙蓉謝。開謝總秋風，江流無日夜。

盱眙女郎

題壁

短袖籠春去，低鬟明月中。逢人惟有淚，不敢説遼東。

正德中朝士

上長沙相公

才名直（一作少。）與斗山齊，伴食（一作三考。）中書日又（一作已。）西。回首湘江春草緑，鷓鴣啼罷子規啼。

《石淙集》附録

題邠州郵亭壁

太宰西征秉將權，三秦豪傑滿軍前。中筵笑指金貂客，盡是當年舊執鞭。

永壽監軍莊郵亭題壁

金符玉節催征騎，赤日炎天渡大江。塞上風清連瀚海，六贏驚見舊旌旛。

荆先生

不知何許人，客濟寧，人有持白團扇撲蠅，爲血所漬，因繪爲紅葉，題詩云云。人遂目之爲「荆紅葉」。

題紅葉

新霜楓葉醉殷紅，記得題詩出後宫。繞遍御溝尋不見，被風吹入月輪中。

《黄州志》

武磯山

寂寞武磯山上樹，蕭條邏阜水中天。垂楊不管人間事，猶自青青兩岸邊。

《廣西舊志》

題義寧華嚴洞

跨鶴歸來不計年，洞中流水緑依然。紫簫吹徹無人見，萬里西風月滿天。

殊勝寺道人

嘉靖初，平望鎮殊勝寺有一道人來游，題其壁云云。後倭人至鎮，寺首焚毁。

題壁

我自蓬萊跨鶴回，山僧不遇意徘徊。時人莫解菩提寺，三十年餘化作灰。

福教寺僧

嘉靖初，魏國公侵武進縣福教寺，田僧乃棄去，後過寺題詩云云。

殘山剩水一荒基，古寺烟籠白塔低。燕子不知身是客，秋風還戀舊巢泥。

《黄圖雜志》

直沽櫂歌三首

天妃廟對直沽開，津鼓連船柳下催。釃酒未終舟子報，舵樓黄蝶早飛來。

雲帆十幅下津門，日落潮平不見痕。葦淀茫茫何路泊，一燈明處有漁村。

蘼蕪楊柳緑依依，檣燕檣烏立又飛。賺得南人歸思緩，白魚紫蟹四時肥。

《滹縣志》

白河漁舟

溶溶漾漾白河流，點點輕鷗上下浮。遥望孤燈明滅處，葦花斷岸一漁舟。

《浦城志》

南浦

南浦春流漲緑波，溶溶漾漾浴鷗多。銷魂尚記江淹賦。碧草青苔送别何。

資江石刻

書石溪亭

桃花依舊放山青，曲几焚香對畫屏。記得當年春雨後，燕泥時污石溪亭。

洞庭老人

卓彦恭月夜泊洞庭，有老人盪小舟過之，歌詩云云。見《小草齋詩話》。

歌

八十滄浪一老翁，蘆花江上水連空。世間多少乘除事，良夜月明收釣筒。

玉堂逐客

題西禪寺詩

隔江人唱浪淘沙，月上梧桐影未斜。客到潯陽談往事，青衫無淚濕琵琶。

耳園公

君山

山色湖光日漸曛，誰將玉珮弔湘君。天風一夜連湖起，吹落蒼梧萬里雲。

《花鏡雋聲》

踏燈詞

髻挽烏蠻試晚妝，衫裁白氎學霓裳。私邀女伴門前立，不避燈光避月光。

盤江逋客

題分水關

一道泉分兩道泉，層層松栝翠參天。鷓鴣聲裏山無數，合向誰家草閣眠。

碧岡道人

蕘渡

秋水初平露石磯，蕘城渡口柳依依。無端隔岸漁歌起，白鳥一雙撲鹿飛。

《不出戶庭録》

題陳山壁

啓牕日日對青山，山色青青不改顔。我問青山何日老，青山問我幾時閒。

陳墅里人

江陰陳墅里有郭姓者，失其名，題詩於壁。

春日偶題

細細冥冥濕燕泥，楝花香暖鵓鳩啼。籬邊筍迸無多日，恰與茅簷一丈齊。

電白老兵 一首

題城樓

畫角吹來歲月深，譙樓無古亦無今。不如歸我龍山去，萬竹青青何處尋。

靈谷寺壁上詩

九日

風雨蕭蕭戶未開，忽聞鄰叟負薪回。自言今歲登高便，曾上鍾山絶頂來。

鍾山野老 一首

風香閣

風香高閣倚層厓，一老扶筇下蘚階。獵火夜來驚鹿過，松根拾得舊銀牌。

高百户

百户，嘉興人。遺其名。

閩歸簡吴巨手

半牀書卷剩山河，如此歸來可奈何。便欲與君同一醉，梅花不比舊時多。

湘中女子

繫左臂詩

生來誰惜未笄年，身沒狂瀾命不齊。河伯有靈憐薄命，東流直繞洞庭西。

王仰止云：湘中女子，名氏不傳，第知爲湘江人。其沉江也，逆流至湖南水濱，顔色如生，左臂纏素帛十絶句，閩人林古度跋之。

明詩綜卷九十七

小長蘆　朱彝尊　録
從子　甫田　緝評

雜流傔從附

《静志居詩話》：明以賈客而稱詩者衆矣。若歙州之鄭作、程誥，龍游之童珮，皆賈也。然鄭、程皆受學于李空同，童執經于歸太僕，則不得以賈人目之，故録雜流。自谷淮以下，而傔從之能詩者附焉。

谷淮三首

淮字文東，秦中賈人。客淮揚間，傭書給事澄江張學士家。

顧玄言云：谷郎能仿文徵仲書法，兼善音律，日以文翰爲業，其家詆爲書癡。其詩殊有雅致。

寄遠

瓊花臺上雨初收，黄歇山前水急流。莫道别來鄉國遠，南江愁是北江愁。

病中

一貧成病竟年年，愁入蒼茫歲暮天。客至擁衾聊起坐，冷風吹雨濕牕前。

題畫

十月山家落木稀，高牕終日見雲飛。柴關地僻無人到，獨向峰頭抱犢歸。

李東白一首

東白，京山人，爲衣工。

姚園客云：東白《黄鶴樓》詩「秋在仙人鐵笛中」一語，可云絶唱，李宗定恒誦之。後游秣陵，歸舟至雲夢澤中蒿臺寺，自吟云：「好水好山來路遠，秋風秋雨到家遲。」拍手一笑，墮水而死。

登黄鶴樓

西望家山一改容，白雲飛盡楚江空。興饒老子胡牀上，秋在仙人鐵笛中。鄂渚霜花沿岸白，漢陽楓樹隔江紅。倚闌拍手招黄鶴，千古登臨感慨同。

盧澐 一首

澐字宗潤，鄞人。義烏縣吏。有《月漁集》。

《詩話》：月漁託身文無害，尋即棄歸，以醫自給。有邀之治疾者，見壁上詩和之，繞榻吟哦至旦，主人以爲怪，不服其藥。每得金置袖中，爲人探去不知，知亦不問也。故人有知黟縣事者，徒步萬山中訪之，距縣百里而病，夜夢挽其髮，盡變爲黄絲，寤而語人曰：「色絲爲绝，吾死矣。」夫果死于客舍。平居語沈嘉則曰：「古人旅葬裸葬，無所不可，何必故鄉。」嘉則因買山於休寧東郭外葬焉。題曰：「詩人盧九之墓。」

西亭同朱近臣送沈嘉則

送君江上行，路近梅根渚。雨急天欲昏，不盡別時語。

周俊五首

俊字伯英，江陰賈客。有《南岑集》。

《詩話》：伯英詩頗清越，如「海風吹雨散，江月伴潮生」，「亂鴉千樹曉，新水一篙秋」，「市酒薄於水，漁燈密似螢」，「風前雙鬢逢秋短，海上孤城過雨寒」，俱出塵埃之表。

蕪城對酒寄懷張淡雲校書

樓上春雲黯夕陰，折花載酒偕同心。芙蓉繡幄隱紅燭，美人一笑輕千金。南浦別離情脈脈，柳花繚亂風無力。愁來獨上廣陵城，江水微茫天一色。

吴陵暑夕

斷虹收宿雨，大火欲西流。一片水浮月，三更人倚樓。蒹葭迷白露，蟋蟀響清秋。惆悵江南北，年年事薄游。

鵝鼻磯

細雨晚山晴，殘霞映江樹。不見垂綸人，寒潮自來去。

春日雜詠

春來嬾慢起常遲，六尺枯藤強自支。忽見柳花飛作雪，小橋回首立多時。

贈張淡雲

星河淡淡夜迢迢，深院凉生動絳綃。傳得揚州新樂府，倩誰人并坐吹簫。

黄徽 一首

徽字季美，杭州人。爲閩賈沈翁贅壻，繼其業。有《彀音》。

《詩話》：季美詩，何侍郎稺孝稱之，爲作《詩賈傳》，其略曰：「唐人以詩名，桑門閨秀皆進乎技，賈人缺焉。季美詩不妨賈，賈不揜詩，遂無前人。」其賞譽若是。

竹崎

水口薛亭官長在，搜鹽日午唤停船。平明舍棹山城外，竹轎迎人又索錢。

李佸 一首

佸，扶溝人。

錢受之云：早年供青衣之役，年三十始攻苦讀書，詩成一家言，士夫禮重之。

江行有懷

醉起意不盡，江邊尋杜蘅。折來何所寄，游子在西京。惜别三春晚，窮年百慮生。日斜空悵望，一水隔盈盈。

馬來如 一首

來如，内鄉人。翰林李蓑之僕。

江上懷吳人朱侍山久羈均陽

江草江花一水長，憐君何事滯均陽。逢人爲報鄉園侣，吳客而今作楚狂。

李英 三首

英字少芝。以青衣給事南海歐大任。

俞汝成云：計有功《唐詩紀事》，二百餘年，詩人千一百五十家，而卷末有僕二人，一爲咸陽郭氏捧劍之童，一爲池陽刺史戟門門子朱元。余輯《盛明百家詩》，僅得李英一人，可以爲難矣。宋轅文云：李生詩，清勁可誦，能宗其主人。

初去故園留別諸友

風烟一以別，把酒戀同游。人去江樓晚，帆飛海國秋。青山馳遠夢，黄菊動離愁。曾是滄洲客，能無念白鷗。

秋思

曾是滄洲舊釣徒，西風落魄寄江都。望中故國千山阻，别後經年一字無。庾嶺烟霞秋思遠，楚天風雨暮帆孤。誰憐飄泊他鄉客，不爲蓴鱸滯五湖。

十月京師紀事

蕭關風急馬頻嘶，四塞河山動鼓鼙。獨立高臺望烽火，蘆笳多在薊門西。

林汝元二首

汝元，閩王粹夫家青衣。

《詩話》：錫山俞汝成輯《盛明百家詩》，録青衣一人，南海李英也。虞山錢受之《列朝詩集》，益以二人，扶溝李佸、内鄉馬來如。余録《詩綜》，又益一人，閩林汝元也。聞閩中青衣善詩者，不止汝元，尚有陳香初、陳竹逸、鄭蘭子三人，未詳其名。「澄江楓葉老，斷岸菊花疏」，香初句也。「月明黄葉露，花隱赤闌橋」，蘭子句也。「古墓棃花鸖鴿雨，荒原麥穗鷓鴣天」，竹逸句也。附疏于此，當博訪之。

溪行

雪壓梅花破，霜侵楓葉稀。林間黄犢卧，沙際白鷗飛。水急灘聲亂，溪回樹影微。前峰新月吐，樵子蹋歌歸。

京口夜泊

隱隱漁歌隔岸聽，娟娟新月照中泠。江南風景今宵始，回首瓜洲一抹青。

胡梅 二首

梅字白叔，吳人。給事徐通政申宅，晚瞽，以醫自給，自號清罊道人。

《詩話》：白叔幼而秀穎，以狐旦登場，四坐叫絶。徐通政維嶽俾掌書史，嘗取通政友人赤牘，畀之炎火，爲通政誦之，不遺一字。錢受之之納柳姬如是也，白叔賦《催妝》詩，受之擊節，於是詩名藉甚。晚輯《列朝詩集》，目之曰「山人」。予取以附雜流之末，蓋不敢没其實云。

沈璧甫自城南移居虎丘和周安期韻

君住南城已數年，今移虎阜寺門前。紅疏未補薔薇架，緑滿初停茉莉船。雨過峰頭流一罊，月明隄上聽三絃。酒壚餅肆皆鄰近，我欲頻來莫惜錢。

曉飯小孤山下

兩岸黄蘆霜滿船，推篷曉爨鷺鷥前。小孤山下風初定，江面剛生一寸烟。

吴忠 一首

忠，華亭姚元龍宅青衣。陳徵君繼儒賞其《桃花》詩，勸其辭主人，送至小崑山爲焚香道者。《詩話》：余既録二李一馬之詩，又益以胡白叔，閲《東吴舊話》，又得吴忠一人。按徐文長逸稿有詩云：「南海大夫歐，泉州處士尤。泥中雙緑鬢，詩伴兩蒼頭。」自注：「尤山人侍者范鹿能詩，不減歐楨伯之僕。」惜其稿不得見也。

桃花

游子訪桃源，桃源在深處。六月罔漁郎，谷口隨花去。

明詩綜卷九十八

妓女

小長蘆 朱彝尊 録
越來 江王鳳 緝評

《靜志居詩話》： 明制，南北都各立教坊司，北有東、西二院，南有十四樓。其後南都舊院特盛，成、弘間，院中色藝優者結二三十姓爲手帕姊妹，每月節，以春檠巧具殽核相鬬名，爲「盒子會。」沈啓南曾爲作圖，係以長句，然青樓之題詠無聞也。隆、萬以來，冶游漸盛，浙有沈水部某託名冰華梅史，以北京東、西院妓郝筠等四十人，配作葉子牌。金沙曹編修大章立蓮臺新會，以南曲妓王賽玉等一十四人，比諸進士榜。一時詞客，各狎所知，假手作詩詞曲子，以長其聲價，於是北里鮮有不作韻語者，其僞真無由而辨識矣。姑從諸家選本綴録成卷。

趙麗華 二首

麗華字如燕，小字寶英，南院妓，自稱昭陽殿中人。

《詩話》：如燕父鋭，以善歌樂府供奉康陵。如燕年十三，録籍教坊，能綴小詞，被入絃索。予嘗得其書畫扇，楷法絶佳，後題云：「乙卯中秋，同西池徵君、質山學士集海濱天香書屋，書此竟，聞任兵憲在陸涇壩禦倭大捷，奏凱回戈，亦快事也。」沈嘉則爲作傳，有云：「趙雖平康美人，使具鬚眉，當不在劇孟、朱家下。」今即其題扇數語，豪宕可知。《賦别》一詩，亦手書便面者。

答人寄吴牋

感君寄吴牋，牋上雙飛鵲。但效鵲雙飛，不效吴牋薄。

席上賦别

妾舟西發君舟東，頃刻天生兩處風。此去雲山天際渺，寸心千里附冥鴻。

朔朝霞一首

朝霞，金陵妓。

送人

秋風江上送君舟，落葉江楓總別愁。解纜不知人去遠，凭闌猶倚夕陽樓。

姜舜玉一首

舜玉自號竹雪居士，南京舊院妓。

花源逢顧何二使君作

仙源凡幾曲，夾岸桃花開。忽漫逢劉阮，殷勤勸酒杯。

徐翩翩 一首

翩翩字飛卿，一字驚鴻，南院妓。有集。

《詩話》：翩翩年十六時，名未起，學琴不能操縵，學曲不能按板，因舍而學詩，謝少連於衆中見之。此陳王所云「翩若驚鴻」者也，由是人咸以「驚鴻」目之。有妹亭亭，字若鴻，亦慧黠翩翩，晚嫁江陰郁生。郁卒，還秣陵，開剃爲尼，居蓮子營小菴以老。

江陰送顧太學

一日發江口，五日下長洲。可惜送君淚，不隨江水流。

趙彩姬 四首

彩姬字今燕，南院妓。

冒伯麐云：較書容與温文，清言楚楚，徐孃老去，枇杷花下閉門居，風流猶可想也。

《詩話》：今燕，張幼于所押，名冠北里。時曲中，有劉、董、羅、葛、段、趙、何、蔣、王、楊、馬、褚，先後齊名，所稱十二釵也。晚居琵琶巷口，冶游少年號曰「閉門趙四」。其詩清穩，頗勝諸人。

暮春江上送別

一片潮聲下石頭，江亭送客使人愁。可憐垂柳絲千尺，不爲春江綰去舟。

憶故居

柳絮春泥玉壘封，珠簾深鎖暮烟濃。分明記得雙棲處，夢繞青樓十二重。

送幼于還吳門

花前雙淚濕衣裾，把酒江亭落照餘。此去吳門霜月滿，逢人好寄洞庭書。

寄陳八玉英時留姑蘇

何處簫聲獨上樓，傷心桃葉水空流。一從南國春歸後，無復佳人字莫愁。

馬守真一首

守真字湘蘭，一字玄兒，又字月嬌，金陵妓。有集。

《詩話》：湘蘭貌本中人，而放誕風流，善伺人意，性復豪俠，恒揮金以贈少年。感吴人王伯穀解墨郎之阨，欲委身焉，伯穀不可。萬曆甲辰秋，伯穀年七十，湘蘭買樓船，載小鬟十五，造飛絮園。置酒爲壽，晨夕歌舞，流連者累月，亦勝引也。伯穀序其詩，大略云：「秣陵佳麗之地，青樓狹邪之間，桃葉題情，柳絲牽恨，胡天胡帝，爲雨爲雲。有美一人，風流絶代，問姓則千金燕市之駿，託名則九畹湘江之英。輕錢刀若土壤，翠袖朱家；重然諾如丘山，紅妝季布。爾其搦琉璃之管，字字風雲；擘玉葉之牋，言言月露。翻《庭花》之舊曲，按《子夜》之新聲，奚特錦江薛濤標書記之目，金昌杜韋惱刺史之腸而已哉！」曲中傳爲佳話。

自君之出矣

自君之出矣，不共舉瓊巵。酒是消愁物，能消幾箇時。

姚園客云：誦之令人酸楚。

朱無瑕 一首

無瑕字泰玉，金陵妓。有《繡佛齋集》。

秋閨曲

芙蓉露冷月微微，小苑風清鴻雁飛。聞道玉門千萬里，秋來何處寄寒衣。

孫瑶華 一首

瑶華字靈光，金陵妓，歸新安汪景純。有《遠山樓稿》。

次韻汪仲嘉戲代蘇姬寄吳郎之作

由來歡愛説新知，空結同心不自持。山上蘼蕪寧再遇，西陵松柏詎相期。羅襦明月君休繫，紈扇秋風妾不辭。極目自憐春欲盡，流鶯飛處草離離。

崔重文 一首

重文字媚兒，一字嫣然，南院妓。

別黄玄龍

楓落鵶翻秋水明，長橋獨樹古今情。尋常歌板銀罌地，從此傷離不忍行。

鄭如英 一首

如英字無美，桃葉妓。

《詩話》：無美以韶豔聞，曲中呼爲妥十二。妥，其小名也。詩筆流便，但不暇持擇耳。

雨中賦別

執手難分處，前車問板橋。愁隨風雨長，魂爲別離消。客路雲兼樹，妝樓暮又朝。心旌誰復定，幽夢任搖搖。

景翩翩 二首

翩翩字三昧，一作驚鴻。建昌妓。嫁丁長發，丁爲人誣訟于官，景竟自經。有《散花吟》。

《詩話》：王伯穀《題散花吟》云：「閩中有女最能詩，寄我一部散花詞。雖然未見天女面，快語堪當食荔支。」翩翩家本盱江，時游建安，故伯穀誤以爲閩中女子也。時又有沙飄飄，新都謝少連撰《季漢書》成，其友醵金賀之，布席齊王孫第，四方之士會者百人，選六院麗人侑酒，飄飄爲冠。評者比之揚州蕃禧觀瓊花，未有兩樹云。

襄陽蹋銅蹄

駿馬蹋銅蹄，金羈豎隴西。郎能重意氣，妾豈向人啼。

與蘇生話

十日平原飲，三秋江上船。一經搖落後，明月幾回圓。

薛素素 一首

素素小字潤孃，嘉興妓。有異才，數嫁皆不終。有《南游草》。《詩話》：薛五較書有十能，詩書、琴、弈、簫，而馳馬、走索、射彈，尤絶技也。予見其手寫水墨大士甚工，董尚書未第日，授書禾中，見而愛之，爲作小楷《心經》，兼題以跋。至山水蘭竹，下筆迅掃，無不意態入神。聞在京師，挾彈走馬，能以兩彈丸先後發，使後彈擊前彈，碎于空中。又置一彈于地，以左手持弓向後，以右手從背上反引其弓，以擊地下之彈，百不失一。嘗置彈于小婢額上，彈去而婢不知。江都陸無從歌云：「酒酣請爲挾彈戲，結束單衫聊一試。微纏紅袖袒半鞲，側度雲鬟引雙臂。侍兒拈丸著髮端，回身中之丸并墜。言遲更疾却應手，欲發未停偏有致。」范夫人贈詩云：「重開别院貯文君，寶絡千金換翠裙。非雨非雲香滿路，前身應是薛靈芸。」尋爲李征蠻所嬖，又嘗侍沈孝廉景倩巾櫛。其畫象傳入蠻峒，酋陽彭宣慰深慕之，費金錢無算，致之不得也。

春日過茅山

參差臺殿閟靈蹤，句曲茅君次第逢。洞口鶴窺曾過客，日中人上最高峰。華陽澗水桃千樹，舊館壇碑闕幾重。遥望金沙何處是，浮圖千尺罩烏龍。

張回 一首

回字淵如，一字觀若，金陵妓。

送别賦得帆影

勞勞亭上别，無計共君歸。一葉隨風去，孤帆挾浪飛。目窮河鳥盡，望斷浦雲非。後夜相思處，傷心隔翠微。

羽孺 一首

孺字素蘭，一字静和，常熟人。生不識姓，善音律，推律得羽聲，遂以爲氏，後爲人所殺。有詩集。

柳

草閣疏林迥，簷前遶緑楊。章臺憐御苑，灞岸惜他鄉。繫馬青春晚，藏烏子夜長。玉關頻折贈，離思斷人腸。

周文一首

文字綺生，嘉興妓。

沈宛君云：綺生初出平康，終歸匪匹，鬱志而死。遺稿甚多，不傳，良可惜也。

《詩話》：綺生善小詩，沈純父林居端午召客，呼之侑酒不至，次日始來，問其故，曰：「昨偶席上賦詩，未就耳。」純父曰：「爾能詩，試即景。」以五月六日爲題，綺生朗吟云：「酒剩蒲觴冷，門懸艾虎新。」一坐客咸擊節，由是詩名大起，縉紳若高玄期、李君實皆與酬和。綺生嘗有句云：「掃眉才子多相忌，未敢人前説較書。」蓋自傷也。虞山錢氏《列朝詩集》謂，爲松陵一元氏負之而趨，悒鬱而死。所云一元氏者，除名會元沈同和志學也。予於乙酉冬，猶及見之，酒間談論，援今證古，娓娓不休，亦未至以五七言讀詞、回環迄不能句，第於帖括則全不解耳。

詠懷

幾點愁人淚，不許秋風吹。吹到長江裏，江流無盡期。

呼文如 一首

文如小字祖，江夏營妓。與丘謙之綢繆和答，有《遥集編》。

詠庭中安石榴呈丘生

安石孤根託謝庭，合歡枝上日青青。懸知雨露深如許，結子明朝似小星。

王微 六首

微字修微，揚州妓。皈心禪悦，自號草衣道人。初歸歸安茅元儀，晚歸華亭許譽卿，皆不終。有《期山草樾舘詩集》。

重過雨花臺望江有感

春姿靜東岑，雲影結遥粲。坐覺高臺空，不知翠微半。落花自古今，啼鳥變昏旦。撫化良易遷，即事聊成玩。况乃晴江開，渌波正拍岸。

有人以斷腸草寄怨予偶見戲反之

木名有連理，草名有宜男。花有枝並頭，禽有翼鶼鶼。西方鳥共命，東海魚比目。輕鸞千二百，鴛鴦三十六。相思爲唐殿，合歡是漢宫。雀屏開甲乙，龍劍匣雌雄。之子賦斷腸，稱物作苦語。聊拈佳耦名，其他未遑舉。

夾山漾別陳仲醇

夾山寒水落，木葉下紛紛。斜日已難別，扁舟况送君。瑶華一以折，零露不堪聞。爲我題紈扇，新詩寄白雲。

仙家竹枝詞

幽蹤誰識女郎身，銀浦前頭好問津。朝罷玉宸無一事，壇邊願作掃花人。

憶江南

寒沙日午霧猶含，蕭瑟風光三月三。撲地柳花新燕子，不由人不憶江南。

湖上早起

中流何處聽雞鳴，只看船牕烟霧生。剛到五更翻睡去，急披衣起已天明。

蔡彬 一首

彬字清卿，江都妓。

贈别

傷情不奈出宜春，遥見離亭倍愴神。昨夜樓頭好明月，今宵分照遠行人。

郝婉然 一首

婉然字蕊珠，京師珠市妓。有《調鸚集》。

鳳皇臺

雨過荒臺春草長，浮雲暗處是斜陽。杏花零落知多少，黄蝶翻飛野菜香。

李貞儷 一首

貞儷字澹如，桃葉妓。有《韻芳集》。

月夜有懷

不見風前舊令君，滿庭霜月白於雲。仙居只隔清谿曲，此夜鐘聲應共聞。

茹瓊 一首

瓊，錢塘妓。許歸金華唐生，生負約嘔血卒。

元夕

湖南湖北雪初消，晝鼓春幡總寂寥。不是鄰家燈火近，那知今夕又元宵。

楊宛 四首

宛字宛叔，金陵妓。有《鍾山獻正續集》。

錢受之云：宛叔能詩，有麗句，善草書，歸茗上茅止生。重其才，以殊禮遇之。止生歿，國戚田弘遇奉詔進香補陀，謀取宛叔，宛叔盡橐裝奔焉。田以老婢子畜之，俾教其幼女。弘遇死，復謀奔東平侯劉澤清，將行而京城陷，乃爲丐婦裝，間行還金陵，盜殺之于野。宛叔與草衣道人爲女兄弟，道人屢規切之，宛叔不從。道人皎潔如青蓮花亭亭出塵，而宛叔墮落汙泥爲人姍笑，不亦傷乎！

茅止生云：宛叔歸余，年纔十六，能讀書，工小楷，其於詩游戲涉略，若不經意，然無枯澀之色，鮮潤流利。

鍾廣漢云：止生之嬖宛叔，受之之嬖柳如是，同類燕人之惑易安得，悉以蘭湯浴之。

《詩話》：止生得宛叔，深賞其詩，序必稱内子，既以譴荷戈，則自詡有詩人以爲戍婦。兼有句云：「家傳傲骨爲迂叟，帝賚詞人作細君。」可云愛惜之至。顧宛叔恒思背之，《秋懷詩》云：「獨自支頤獨自愁，深情欲語又還羞。從來薄命應如此，敢比鴛鴦到白頭。」棘心已露矣。止生亡後，思倚國戚田弘遇，以其賄遷，不期弘遇第以衆人畜之，尋俾其授琴書於季女。甲申寇變，宛叔攜田氏女至金陵，匿山村中，盜突入其室，欲汙田氏女，女不從，宛叔從旁力衛之，遂同遇害。詩如「江清風定候，山碧雁來天」，亦稱佳句。其行楷特工，能於瘦硬中逞姿媚，洵逸品也。

種桐

靜居無寄懷，種桐廣除内。桐高盈丈餘，風露相吸逮。本以遲鳳棲，鳳棲不可再。我聞古良士，往往思其外。預愁斲爲琴，知音復誰在。

哭侍兒湘雲

湘水千年在，湘雲去不回。牀頭鍼線帖，此後更誰開。

春日有感

翠舘紅樓白石橋，高花低柳自飄颻。畫闌幾處無人到，多少春光暗裏銷。

次止生七夕見懷韻

遥遥望斷白蘋洲，惟見銀河一派流。那得閒情還乞巧，夢魂尋遍木蘭舟。

顧娟娟一首

娟娟，嘉興妓。

《詩話》：娟娟居蘇小小墓東北，短小穠粹，妙歌舞，雙韡柔弱，胡旋燈前，觀者靡不歎絶。間作小詩，以書法不工，偶對人口占而已。崇禎末年卒。

贈別

南國相思子，西番篤耨香。留君充雜佩，休睹紫羅囊。

明詩綜卷九十九

神鬼物怪附

小長蘆　朱彝尊　録
梅會　沈　翼　緝評

虞皋一首

皋，羅源人。閩王璘時，常鬻黄精于市。龍啓間，爲道士陳守元所辱，故人木當敏因背之去。尋入仙茅山羅喜洞，當敏尾之，望見洞中玉堂金闕，麗人被珠襦者百數，皋至，皆却行前迎，建翠於孔蓋。當敏大駭，頓首謝罪，皋目笑之。有頃，宴客堂上，盛設食飲，畀當敏以僕妾之餐，坐之堂下，然亦非人世所有滋味。居十日，當敏辭歸，皋及賓客送之。至洞門，客吹尺八，擊玉磬，皋和而歌云云。歌畢，忽然俱去。當敏歸，域郭人民盡非昔日，蓋洪武之十二年矣。

歌

朝爲雄兮暮爲雌，天地終盡兮人生幾時。

徐電發云：足比彭令昭所歌「人間可哀」之曲。

貞元道人 一首

徐州鄧玉田扶卟仙于都下，題詩畢，自稱貞元道人。

詩

勾漏山頭古洞天，金堂玉室地相連。門前千尺長松樹，親手栽來不記年。

無上宮道人 一首

仙游歌

《靜志居詩話》： 萬曆庚寅秋，古鄮吴道人以符籙游江、淮間，尋抵嘉禾，仙降于周處士履靖逸之宅，有曰： 「無上宮道人有曰： 『崖老縛筆于卟，揮灑若風雨之驟。』由是彭輅子殷、文嘉休承、皇甫汸子循、張之象月鹿、侯一元舜舉、李奎伯文、仇俊卿謙之、馮皋謨明卿、莫雲卿是龍、李日華君實，異而交和之，處士裒爲一卷，子殷序之，君實跋其尾焉。

君不見蓬萊縹緲三山幽，天風萬里群仙游。 光分日月五城界，春滿烟霞十二樓。 洞門桃花歲復歲，巖前桂樹秋復秋。 群仙游兮上玉京，翩翩自適春風情。 鞭龍或耕瑶草去，騎鹿愛逸青松行。 感藻日之遄征，歎浮生之易邁。 信人間之可哀，留幔亭而高會。 有時采藥來天台，迷花宿霧臨瑶臺。 五三六點靈雨滴，百千萬樹梨花開。 主人置酒初醱醅，我今暢飲休相推。 風光如此不盡醉，虚負青華赤玉杯。

崖老一首

詩

乍下人間世，何須問姓名。翩翩臨水影，窅窅步虛聲。滛草黄庭帖，還調碧玉笙。江南美風物，九月采蒓莖。

降道人一首

探梅

《詩話》：崇禎辛巳，道人題畢，人莫會意，王翃曰：「道人起句，謂舟輕則速，十里之行等五里。雪霽而殘，一山所積止半山爾。」卟書：「王子可與言詩。」

輕舟十里五里，殘雪一山半山。我意探梅獨往，誰教放鶴先還。

轉華菴卟仙一首

福州西關外轉華菴，壁挂卟仙詩，字體飛動，不類人間書。見《閩小記》。

緑雲出洞又入洞，黄鶴下山復上山。道人此日歸何處，雲自無心鶴自還。

候官卟仙一首

嘉靖中，倭亂起，候官張經總督浙直軍務，經行止未能決，質之召卟者，卟動大書曰：「我關雲長也。」題詩云云。經殊惡之，後遭讒棄市。

詩

萬里縱横事已空，戰袍裂盡血猶紅。夜來空有思鄉夢，雨暗關河路不通。

百泉書院降神詩 一首

天啓二年五月，杞縣趙彦復集客于百泉山書院，有神降卟，題詩。彦復曰：「神得非淮陰侯邪？」曰：「然。」

詩

相逢奚必定知名，九里山前殺氣横。不及清淮一竿竹，風波静處過平生。

清真觀童子 二首

崑山柴奇讀書於清真觀，夜二鼓，月色如晝，忽見五童子披鶴氅，麾羽扇，從空而下，爲《回波》之舞，歌曰云云。見周玄暐《涇林續記》。

歌二首

駕而風兮策而霆，乘白鶴兮入蒼冥。山青青兮海瀲瀲。璧爲月兮珠爲星，駕赤虯兮上玄冥。水溻溻兮嶽亭亭。

晚翠亭鬼一首

載葉世奇《草木子》。

詩

一徑入青松，飛流滄晴緑。道人晚歸來，長歌振林谷。山深不知秋，落葉下枯木。須臾翠烟開，月色照綵服。

鄭婉娥一首

吴江沈韶，洪武初，汎舟游襄漢，次九江登琵琶亭，月下仿佛聞歌聲，明日復往，徙倚亭中，有麗人來，呼韶並茵坐曰：「妾偽漢主婕妤鄭婉娥也。年二十而死，殯于亭側。」因口占一律贈韶，且命侍兒鈿蟬取酒。韶與留連半載，談元末群雄興廢，及偽漢宫中事，歷歷可記。臨别，以金跳脱爲贈。

贈沈生

鳳艦龍舟事已空，銀屏金屋夢魂中。黄蘆晚日虚殘壘，碧草寒烟鎖故宫。隧道魚燈膏欲燼，妝臺鸞鏡匣長封。憑君莫話興亡事，淚濕臙脂損舊容。

吴師禹二首

成化中，侯官吴師禹於吴嶼結屋，月夜載酒，遍飲漁翁，至嘉靖間已物故。士人張君壽八月幾望，舟泊吴嶼，忽上流一翁盪槳而歌，云云。君壽刺舟與語，翁曰：「我吴師禹也。」君壽不知其已死，偕訪其家，酒行復賦詩，云云。夜既闌遂寢，旦覺乃在叢莽中，詩箋尚在，觸手成灰。

詩

蓼香月白醒時稀，潮去潮來自不知。除却醉眠無一事，東西南北任風吹。

又詩

世路無媒君莫悲，開闌看取牡丹枝。姚黄魏紫俱零落，能得春風有幾時。

董槐 一首

萬曆中，閩人，董槐能文彊記，年十七而沒，殯於里之龍山。長見形，爲母護湯藥。墓上樹蟲齧成字，或噎緣土爲字，皆成詩句，末必書「行仙董郎」。

詩

原南原北緑如烟，萬囀千聲鳥可憐。擷得榆錢盈兩袖，春風寒食自年年。

詠松僧一首

詩

庭前兩株松，風吹一株折。朝減半庭陰，夜露半庭月。

錢受之云：有僧作前二句，詩未成而死，淒風寒月，常有鬼吟。此後有人聞而續之，鬼遂滅。

楊玉香一首

成化中，閩人林景清以鄉貢北上，不第歸，過金陵，戀伎楊玉香，既別而玉香夭。泊舟白沙，玉香魂夜至，有詩和酬，再過金陵訪之，則死已一月矣，撫棺而慟。是夜獨宿，見玉香從帳中出，吟詩云云。

答林生

天上人間路莫通，花鈿無主畫樓空。從前爲雨爲雲處，總是襄王一夢中。

小水人 六首

安成彭氏築菴山中，命僕守之。暮有女子，自稱小水人，徑入卧室，僕固拒之。女云：「只見船泊岸，不見岸泊船，何無情乃爾？」尋登僕榻，僕懼，取佛經執之。女笑云：「經從佛出，佛豈在經邪？」天將旦，僕起擊菴鐘，女取髻上牙梳掠鬢，忽走入松林不見。壁上題詩云。

妾住小水邊，君住青山下。青年不可再，白日坐成夜。
只見船泊岸，不見岸泊船。豈能深谷裏，風雨誤芳年。
薄情君抛棄，咫尺萬里遠。一夜月空明，芭蕉心不展。
解下羅裙帶，無情對有情。不知妾意重，只道妾身輕。
經從佛口出，佛不在經裏。郎在妾心頭，郎身隔千里。
月色照羅衣，永夜不得寐。莫打五更鐘，打得人心碎。

王秋英 一首

嘉靖中，福清諸生韓夢雲，過石湖山，見遺骸哀而掩之。是夜宿藍田書舍，一麗人斂衽拜燈下曰：「妾王秋英，字澹容，楚人也。父德育，元至正間以兵曹郎參軍入閩，妾從父之官，遇寇投崖死。荷君子厚德，惠及骼胔，是亦夙世緣也。」逐定情焉，生一子曰鶴算。萬曆癸巳，揮淚而别。事載《萬鳥啼春集》。

歸楚留别夢雲

兩年歡會夢魂中，聚散人間似轉蓬。歲月無情催去燕，關河有信寄來鴻。劍沉延浦光終合，瑟鼓湘靈調自工。他日扁舟尋舊約，夕陽疏影楚雲東。

冬橘 一首

女鬼冬橘，張校官致祥遇之。

秋夜吟

幽蛩響寒砌，白露墮寒石。獨立看月明，不覺羅衣濕。

莆田女鬼 一首

萬曆初，莆田有王太守良臣者，築園亭郊外，且傾圮矣。崇禎中，邑諸生梁鼎鐘假爲學舍，有女夜至，自稱太守女，鼎鐘與定情三年，一夕别去，作詩以贈生。

别梁生

側側復力力，與君長歎息。出入自苦愁，單情還相憶。

西寧侯邸花神 二首

閩人鄭琰翰卿，客西寧侯邸，晝夢黄衣少年要至廡下，共飲，少焉一麗人至，少年自起舞，歌《春游》之曲云云。次及麗人，作迎風之舞，歌《春愁》之曲。飲已歡，少年駭曰：「文羌校尉來矣。」見一人緑袍，張目至前，遂罷席而寤。起視庭中牡丹，一花映日婉媚。一黄蝶猶未去，則少年也。一螳螂長二寸，集葉上，是爲文羌校尉。麗人則牡丹花神云。是年西寧侯薨。

春游曲

芳草多情，王孫未歸。遲我良朋，東風吹衣。

春愁曲

金衣公子話春愁，幾度留春更不留。昨日漫天吹柳絮，玉人從此嬾登樓。

妖鼠詩 一首

成化二年，長樂陳豐獨坐山齋。梁上二鼠相鬬，忽墜，化爲二老翁，長可五六寸，對坐劇飲，聲如小兒。既而二女子歌舞勸酬，歌詞云云。酒旣闌，乃合爲一大鼠，向豐作拱揖狀而去。載《晉安逸志》。

歌

天地小如喉，紅輪自吞吐。多少世間人，都被紅輪誤。

張秋鴉語

崇禎戊寅，張秋鴉作人語云云。未幾，李青山作亂，殺人盈野，歲饑民剥樹皮食之，棗一升值錢五百，兗東西四百餘里，寂無人。載張怡《謏聞續筆》。

人少人少，無米怎了。

明詩綜卷一百

雜謠歌辭

小長蘆　朱彝尊　録
查山　張士俊　緝評

《靜志居詩話》：昔漢孝武立樂府，采歌謡，班孟堅謂代、趙之謳，秦楚之風，皆感於哀樂，緣事而發，可以觀風俗，知薄厚，故郭茂倩編《樂府詩集》，雜謠歌辭，包括無遺。余特仿其例，摭采附於卷末。惟夫童謠輿誦，及田家雜占，未嘗師法古人，出於天地自然之音。世治之汙隆，人材之邪正，莫不一本好惡之公，所謂「詩可以觀」者是已。繹逐燕之旨，知革除本自皇衷，諷雨兮之言，信奪門元非人事。苟察於耳，介葛盧之於牛，元師翁偉之於馬，公治長之於鳥，猶將欣然過之，載諸篇籍，矧無戾於春女之思，秋士之悲者乎？年來史局雖開，汗青無日，留此以俟撰五行志、循吏傳者采擇焉。

劉侯歌

永樂中，山陽劉安知南宮縣，勤於撫字。境内旱蝗，率吏民步禱，蝗亦頓絶。是歲鄰邑皆饑，惟南宮大稔，民歌曰：

侯宰南宮，民和政通。蝗不入境，今之魯恭。

何鐵面

永樂中，仁和何濵官刑曹郎，持法不避貴勢，京師語曰：

毋縱誕，避何鐵面。

京師語

潁上李芳中，永樂中進士，任刑科給事中，執法不撓，忤權倖，謫海鹽丞，棄官居家。宣宗嘗顧問曰：「李芳何在？」近倖畏其剛直，多沮之。京師爲之語曰：

永樂紀綱，宣德李芳。

京師語

正統戊辰，京師語云云。是年安福彭時殿試，賜第一甲第一名。

莫問知不知，狀元是彭時。

京師童謡

正統中，京師群兒連臂呼于塗，曰：「正月裏，狼來齩豬未？」一兒應曰：「未也。」循是至八月，則應曰：「來矣，來矣。」皆散走。時方旱，又有群兒歌於塗，云云。既而有狼山之難。

雨帝雨帝，城隍土地。雨若再來，還我土地。

京闈語

景泰癸酉，廬陵羅崇嶽舉順天鄉試第一，以詭籍斥還。後三年，大學士陳循子瑛、王文子倫，入試皆不得舉，有旨特賜舉人。時人語曰：

榜有姓名，還是學生。榜無名氏，京闈貢士。

翰林語

茶陵李東陽等爲翰林長，而王九思等爲檢討，時人語云：

上有三老，下有三討。

京都語

成化中，光州熊翀官兵部侍郎，時馬□爲尚書，而侍郎有左熊右熊。京師語云：

兩熊一馬，太平天下。

京師語

弘治中，鍾祥沈文華爲刑部員外郎，事多平反。京師語云：

有事勿忙，須問沈郎。

京師語

麥公牢子崔公馬，高公銀子當塼瓦。

都下諺

吏科官，户科飯，刑科紙，工科炭，兵科皁隸，禮科看。

安州語

蘇州張寅仲明，中正德辛巳進士，知安州，浚牙家港，築隄暇則與士子講學。時孔天胤知祁州，亦以才見重。時人語曰：

有所疑，問安祁。莫憂竦，有張孔。

京師語

嘉靖五年，天台起復知縣潘淵，進嘉靖《龍飛頌》，效蘇蕙《織錦圖》，帝以其文縱横莫辨，使開寫正文以進。是時請建世室者，有監生王淵，進《世廟頌》，擢上林監丞。京師語曰：

兩淵口，闊如斗。笑殺張蘿峰，引出一群狗。

疫無鬼

容城楊繼盛，少時讀書僧寺。時僧多病疫，同舍生咸亡去，繼盛爲調藥餌，僧以次愈，時人異之，語云：

疫無鬼，以爲不信視楊子。

都中歌

嘉靖中，土木繁興，一時工曹驟增數員，都中歌曰：

馬頭雙，馬後方，督工郎。

束鹿語

濮州蘇祐，補束鹿知縣，邑多囚繫，下車一日釋數百人，明日革罷徭車三十兩，又明日有詔召束鹿令。邑人語曰：

三日官府，百年父母。

翰林語

京山李維楨在翰林，博聞強記，與新安許國齊稱。同館語云：

記不得問老許，作不得問小李。

得山禽

萬曆中，合肥黃道月，好挾少年，岸幘，衣半臂紫袷，坐驄馬，挾彈游西山，時人從之，語云：

得山禽，從舍人。

燕人諺

過了八達嶺，征衣添一領。

北地諺

駱駝見柳，渴羌見酒。

富林語

華亭曹時中與兄泰隱富林，以詞翰自老。時人語云：

富林二曹，一時人豪。

道士歌

建文中，京師有道士歌于塗，云云。

莫逐燕，逐燕起高飛，高飛上帝畿。

况太守歌

宣德中，况鍾知蘇州府，稱治最，秩滿去，民叩闕留者八萬人。吴人歌曰：

况太守，民父母。早歸來，樂田叟。

興化謡

蒲政，四川舉人，正統六年，任揚州興化主簿，寬恕廉靖。民謡云：

蒲政打蒲鞭，青布緣了邊。九年三考滿，不要一文錢。

江陰歌

天順中，昌黎周斌以御史論劾曹石，謫知江陰縣，士民愛戴之。歌曰：

旱爲災，我公禱，甘雨來。水爲患，我公禱，陰雲散。

淮上歌

瀋陽范鏓中正德丁丑進士，歷官兩淮運使，盡革夙弊，遷四川參政以去。商民立祠淮水上，爲之歌曰：

范來早，商民飽。范來遲，商民饑。

興化民歌

嘉興孫璽知揚州興化縣事，有土豪徐恩入貲爲千戶，交結權貴，横行鄉曲，璽以法殺之。民歌曰：

彼惡人兮，虎翼而飛。惡人既殺兮，公瘠我肥。

嘉靖中童謡二首

賣槍纓，人上城。

茄頭下，人走馬。

留都語

扶溝劉自強，嘉靖中，官應天府尹，尋轉都察院右都御史，進戶部尚書，再改兵部，居官峻法，一尚書囑以事，怒曰：「贓吏敢爾邪！」起奮筆仆其隸人。留都爲之語曰：

尚書贓，輿臺僵，矯矯劉公洵自強。

吳下語

吳人皇甫沖兄弟四人，并有盛名。既而張鳳翼兄弟三人，亦有名於時。吳下語云：

前有四皇，後有三張。

吳人語

長洲文震孟性孝友，居翰苑未踰年，罷官家居。吳人語曰：

求忠臣，須孝子。翳爲誰，文文起。

興化歌

盧陵陸某知揚州興化縣事，將入覲報政，民歌之曰：

昔來何遲，今去何速。惠我弗終，昭陽之陸。

涇縣歌

嘉興高承埏知涇縣，將去，民歌之曰：

眄公車，來何暮？計公程，去何馬？公内召，我何之？急攀轅，告上司。上司揚言不可止，入都門，見天子。

如皋謡

長山王岆生中崇禎庚辰進士，知揚州如皋縣事，性愛畜蝶，民有罪當笞者，輸蝶得免，羅致千百，召客飲，縱之以爲樂。邑人語曰：

隋堤螢火輟，縣官放蝴蝶。

江南諺

江南田家占雨，諺曰：

甲申尤自可，乙酉怕殺我。按二語，宋時卽有之，見范石湖詩注。而江南至今信之，并應亡國之讖。

南京諺

福藩稱制江南，馬士英、阮大鋮等用事，一時倖進者衆。南京爲之語曰：

職方賤如狗，都督滿街走。

南京童謡

一匹馬，走天下。騎馬誰，大耳兒。

《詩話》：指士英、阮大鋮也。時又有對聯云：「闖賊無門，匹馬横行天下。元凶有耳，一兀坐擾中原。」

南京童謡

楊柳青，放風箏。

吳諺二首

官粻辨，便無飯。

南道如虎，升官半府。

吳中諺六首

有利無利，但看二月十二。花朝日晴，則百果多實。

三月溝底白，莎草變成麥。三月無雨，麥乃有收。

六月不熱，五穀不結。

秋孛鹿，損萬斛。立秋日不宜雷。

若要麥，見三白。冬至逢第三戌爲臘，臘前雪三次，謂曰三白，大宜菜麥。

除夜犬不吠，新年無疫癘。除夜宜靜。

常州語

江陰莫動手，無錫莫開口。江陰人拳勇，無錫人善歌。

惠山謡

惠山街一名綺塍街，夾路古藤喬木。謡云：

惠山街，五里長。踏花歸，鞵底香。

解州歌

永樂中，浮梁吴惠知解州。民歌曰：

吴父母，恩何溥？昔憔悴，今鼓舞。

山西謡

正德中，歷城徐暹爲山西副使，時有巨冦號混天王，劫掠郡縣，暹以計平之。民乃語曰：

不發一矢，賊乃盡死。不荷厥戈，賊死實多。

吴公謡二首

吴江吴山爲山東副使，獄無滯囚，時有塞井復渫，民爲謡云云。既而遷福建按察使，聽訟明允，民又謡云云。

彼泥者泉，弗浚而復，錫我則福。

鳳之棲，其雛來儀，民具是依。

諸誠諺[一]

諸城縣漢王山西南五里，有卷簾莊，雖嚴冬無霜降。邑人諺云：

卷簾莊，秋冬不下霜。

〔一〕底本無詩題，據全書體例補。

德州諺

德州苦水舖土人素狡。諺云。

苦水舖，神仙過，留筒布。

山東謠

霑化李魯生，日照李蕃，天啓中，交結奄宦，以鬻爵爲事。青、兖間謡云云。後魏璫敗，魯生蕃俱以太僕少卿擬徒。

若要起，問二李。

通許諺

通許婁良與同郡賈愘齊名，兩人皆中正統進士。邑人諺曰：

婁良賈愘，氣如山嶽。

太康謡

博興韓珝令太康，多異政，蝗不入境。民謡曰：

欲蝗不復墮，須是韓公過。欲蝗不爲災，須是韓公來。

禹州歌

上海潘恩知禹州，州人語曰：

莫相仇，避潘侯。

郭公讖

嘉靖元年，河南巡撫何天衢命百户亓修月堤，發一古冢，塼上朱書云云。塼空其中，人以爲琴几。《詩話》：崇禎中，帝製《於變時雍》琴曲，曾取此塼入禁。

郭公塼，郭公墓。郭公逢著亓百户。巡撫差爾修月隄，臨時讓我三五步。

慶陽軍中語

洪武初，張良臣復據晉陽以叛，其兵精悍，養子七人咸善戰。軍中語曰：

不畏金牌張，但畏七條鎗。

臨洮歌

潞城劉昭，宣德中，爲臨洮尹，多仁政。民歌曰：

野有流民，惟侯集之。邑有田疇，惟侯闢之。古人謹獄，惟侯哀之。有此三惠，孰不懷之。

塘下童謡

台州太平縣塘下戴某，與方谷真婚。戴氏將敗，童謡云云。及洪武末，戴氏竟籍沒，惟二女出嫁，存焉。

塘下戴，好種菜。菜開花，好種茶。茶結子，好種柿。柿蔕烏，摘了大姑摘小姑。

羅太守歌

桂陽羅以禮，永樂中，守紹興，寬猛得宜，遇雨暘不時，往禱輒應。民歌曰：

太守羅以禮，祈晴得晴，祈雨得雨。

二洪歌

莆田洪楷，從子珠，後先知紹興府，崇尚名敎。人歌之曰：

大洪小洪，先後同風。

湯太守歌

安岳湯紹恩爲紹興守，瀕海潮至，渰沒田舍，紹恩爲築隄建閘，以時蓄洩，闢田數千畝。越人歌之曰：

泰山巔，高於天。長江水，清見底。功名如山水，萬古留青史。

越人語

長清李僑，嘉靖中知紹興府，多惠政。時知山陰縣事李某，不得於民，每出則以兩鐵索前導。而僑必懸兩爐焚香。越人語曰：

府香爐，縣鐵索。一爲善，一爲惡。

平湖諺

平湖俞瓛字廷貴，有行誼，熊卓知縣事引與計事，行之，民輒曰神明。或干以私，遂謝弗與通。里人諺曰：

郭東俞生，當春握冰。

嘉興語

金溪洪範知嘉興縣事，承知府楊繼宗之後，廉靜寡欲。士民語云：

洪令楊守，承前啓後。

童謡

貍貍斑斑，跳過南山。南山北斗，獵回界口。界口北面，二十弓箭。

《詩話》：此予童穉日，偕閭巷小兒聯臂蹋足而歌者，不詳何義，亦未有驗。

饒州歌 二首

陶安知饒州，當入覲，民爲之歌云云。既而復命守州事，載歌云云。

千里榛蕪，侯來之初。萬姓耕闢，侯去之日。

湖水潨潨，侯澤之流。湖水有塞，我思侯德。

賈推官謡

嶧縣賈訪，弘治中爲建昌推官。大璫至，廷辱郡守以下官，訪獨與抗禮。民謡云：

知府一堆泥，同知一凷土。若非賈推官，壞了建昌府。

南豐歌

通州馮堅，洪武中，爲南豐典史，一作南豐知縣海陽戴瑀。政平訟理，民懷其德。歌曰：

山市晴，山鳥鳴。商旅行，農夫耕。老瓦盆中冽酒盈，呼囂隳突不聞聲。

南豐歌

建德陳勉，景泰中，爲南豐知縣，百廢具舉。民歌之云：

大尹陳，政事新。男耕女織歌陽春。

江西謡

弘治中，吴江王哲巡按江西，有威名。民爲謡曰：

江西有一哲，六月飛霜雪。天下有十哲，太平無休歇。

安仁語

南海冼光，正德中，知安仁縣，能辨疑獄。百姓語曰：

民無寃訟，有冼燈籠。訟無滯屈，有冼三日。

九江語

萬衣爲南京刑部主事，頻夢其父，心動請急歸，抵家九日，父沒。里人爲之語曰：

萬孝子，生知死。

建昌民謡

晉江吳夢相爲建昌府推官，遷南京大理評事。時人語曰：

吳公吳公，行李皆空。公道服人，私情不通。

浮梁謡

浮梁人吴十九，善製磁器，士大夫多與之游。時人語云：

成窯太薄永窯厚，天下馳名吴十九。

萬安上灘諺

一灘高一丈，南安在天上。

萬載諺

萬載翟昌甫，家貧樂道，好讀書，春夏移書於佛塔，秋冬樓居。里人諺云云。後以人才舉爲郎。

春夏塔，秋冬樓。風吹四面摇，昌甫獨不憂。

童謡

蒲圻陳文禮字貴和，洪武三年，由貢生授監察御史，有寃獄久不決，童謠云云。文禮悟曰：「罪人，必康七也。」果如其言。

斗穀三升米，説與陳文禮。

王捕虎歌

清苑王哲爲湖廣布政使，廉正彦明，人不敢干以私。歌之曰：

王捕虎，最執古。囊無錢，衣有補。

漢陽民歌

廣州何澹字中美，以天順中進士，知漢陽府。民歌之曰：

何太守，築漢陂。飢得食，寒得衣。

陸青天謡

嘉善陸埛知武昌府。郡人謡曰：

陸青天，口明月。青天無不青，明月有時缺。

辰州苗民語

不畏官軍，但畏粻屯。

沈融谷云：苗民負固，恃有千萬山峒，軍退則突出，軍至則潛藏，惟官軍糧多，築長圍困之，其所畏也。

辰州田家諺二首

四月八日晴，魚兒上高坪。

十日雨連連，高山也是田。

《詩話》：《廣信府志》亦載此語。

蜀人語

安陽崔陞任四川參政，與僉事曲鋭并有威名。蜀人語曰：

崔參曲僉，屹如雪山。

崇慶諺

崇慶俗尚浮屠，萬輔居喪，獨遵家禮，鄉人化之。諺曰：

萬輔一呼，喪禮皆儒。

蜀中謡

蜀寇黄中據支羅砦，與牛欄坪相望里許，萬山斗絶，目爲天城。謡云：

打得支羅砦，金珠滿船載。打得牛欄坪，换箇成都城。

播州語二首

楊友與楊愛，兄弟相仇，兩州爲之不寧。土人語云：

骨肉虀醢，參商播凱。

萬曆二十七年，播酋叛勢甚張，十月，鄉人譚經歷恕避兵深巖，忽聞石裂，有文在石上云云。巡撫郭子章鏤板以傳賊中，明年賊果滅。

聚山巖，人化血。石壁壞，諸蠻絶。

蜀諺

灩澦冒頂，黑石下井。

惠安語

洪武中，三河安景賢知惠安縣事，民頌之曰：

安公莅止，視民如子。

興化謡

正德中，進士岳池馮馴守興化，民謡曰：

馮太守，來何遲？胥吏瘠，百姓肥。

閩中語

布衣高瀔傅汝舟從鄭善夫游，學爲詩。閩人爲之語曰：

高垂股，傅脱粟。言齗齗，中歌曲。

葉君歌

隆慶中，歸善葉春及知惠安縣，民愛之如慈父。歌之曰：

葉君爲政，惟飲吾水。設施不煩，五風十雨。

福建語

會稽商爲正，萬曆初，巡按福建，與巡撫都御史龐尚鵬協心共事，百廢具興。福建語云：

恤我甘苦，龐父商母。

閩中謡

嘉興譚昌言爲福建提學，人有投私書者，槩不發。試竣，題數行，裹原書復之。閩人語云：

來一封，去兩封，以爲不信視郵筒。

吴公歌

崇禎中，新安吴彦芳爲莆田令，有惠政，秩滿去，新縣令催科嚴，民乃思吴公。歌曰：

陽春何去，霰雪何來。父邪母邪，翳惟我懷。

武夷諺

一曲一灣，一灣一灘。

泉州語

洛陽橋，一望四里皆琨瑤。

莆田諺

橘子黄，醫師藏。

順德謠二首

嘉靖初，餘姚金蕃知順德縣，初政尚嚴，民謡云云。比及朞，豪強斂，獄訟減，民復謠云云。

朝魍魍，毛厥施乎？夕掝掝，石厥畫乎？勞乎勞乎，盍燕以敖乎？

華蓋之屹屹，不如尹之無沏。碧鑑之粼粼，不如尹之無津。長我禾黍，穀我士女，吁嗟乎膏雨。

順德謠

德清胡友信宰順德，邑多盜，懼民輕法，頗尚猛厲，凡獲賊，腊其鼻，或投諸淵，聞者震驚。謡曰：

山有虎，邑有胡，無捋其鬚。

惠州歌

福州鄭天佐爲惠州通判，善折獄。民歌之曰：

縣遲延，府一年，但愬鄭青天。訟無滯，民不寃。

高州歌

開縣嚴琥同知高州府，時大饑，琥捐俸以賑。民歌曰：

治我嚴父，生我慈母。

雷州歌

永樂中，天台黄敬知雷州府，先是郡多囚繫，敬至數日，悉爲剖决，獄盡空。民歌之曰：

黄公來遲，使我無依。今公莅政，惠我無私。

瓊州民謡

瓊州蠻黎岐習馳射，自稱神弓。萬曆十四年，爲官兵所敗，請降。民謡云：

弛神弓，來歸降。

儋州諺

儋俗事神，有上帝會、天妃會、鄧天君會、羊元帥會，鑾輿五采，迎神十百，大饗于村中。景泰、天順間，諺云：

柳莢有銀，兒子跳神。洪全有金，阿母賣鹹。

廣東諺五首

飢食荔支，飽食黃皮。

屈翁山云：黃皮果狀如金彈，六月熟，其漿酸而除暑熱，與荔支并進，荔支饜飫，以黃皮解之。

蛇珠千枚，不及玫瑰。

瀾蚌之胎有玫瑰，文魮之腹有美玉。

文魮鳴，美玉生。

屈翁山云：高州海中有文魮，鳴似磬，而生玉。

多食馬蘭，少食芥藍。

屈翁山云：馬蘭食之養血，芥藍不宜多食。

廣州諺七首

爾有垣牆，我有火秧。

屈翁山云：火秧業生成樹，四稜有芒刺，廣人以作籬落。

屈翁山云：石燕産西樵巖穴中，足生翼末，小兒羸瘦取食之。

嬰兒瘦，探石鷇。

屈翁山云：竹雞形如鷓鴣，褐色斑赤文，啼曰「泥滑滑」，白蟻畏之。

家有竹雞啼，白蟻化作泥。

秋冬食麞，春夏食羊。

屈翁山云：泡魚大如斗，身有棘刺，化爲蒿豬，齒長，入海復化爲魚。

朝爲泡魚，暮爲蒿豬。

霜蟹雪螺，味不在多。

石灣瓦，勝天下。

粤諺

韶州水急，至險者爲牯牛灘。舟子語云：

行過牯牛五石灘，寄書歸去報平安。

過得牯牛，舟子白頭。

大廟峽歌

清溪濛裏，二驛名，路多虎。早眠晏起。

肇慶府謠二首

西水自廣西來，每歲夏至後淫雨暴漲。諺云：

水浸釣魚臺，上下不得來。釣魚臺，峽中山名。

西水漫漫，魚蟹滿盤。

瓊州諺二首

瓊州以海水占年，海水熱則荒。諺曰：

海水熱，穀不結。海水凉，禾登場。

海南多陽，一木五香。

瓊州諺

瓊州東界地瘠，以羊骨壅田終無穫，腴壤多在西，故諺云：

東路檳榔，西路米粻。

猺人謠

羅旁猺，九星巖有石，其底空洞，撞之淵淵作鼓聲，每出劫人，擊之以爲號。其謠云：

撞石鼓，萬家爲我虜。

粵西諺

思播田揚，兩廣岑黃。言宣慰氏族之大也。

花瓦謡

田州女土官瓦氏，嘉靖十四年，調之征倭，至蘇州索有司捕蛇，爲軍中食，敗倭於王江涇。時人語云：

花瓦家，能殺倭，腊而啖之有如蛇。

華林謡

江西華林洞賊反，檄田州土官岑猛征之。猛兵沿途剽掠，民皆徙村避之。謡云：

華林賊，來亦得。土兵來，死不測。

藤峽謡

自藤峽徑府江三百餘里，諸蠻互爲死黨，出劫商船，得人則刳其腹，投之江中。峽人謡云：

盎有一斗米，莫泝藤峽水。囊有一百錢，莫上府江船。

永通峽謡

藤峽平後，正德間，遺孽漸蔓，峽南尤甚，横江禦人，莫可禁制。都御史陳金以諸蠻所嗜魚鹽，乃令商船度峽者，以此委之，道稍通。金疏其事，請名永通峽，詔從之。未幾，諸蠻征索無厭，稍不愜意輒掠殺之。潯人謡云：

昔永通，今求通。求不得，葬江中。誰其作始，噫陳公。

妖巫歌

金陵初建，滇南段寶遣其叔真，自會川奉表歸款，朝廷亦以書報之。時有妖巫女歌云：

莫道君爲山海主，山海笑諧諧。園中花謝千萬朶，别有明主來。

永寧語

雲南永寧蠻塞矢不剌非，於宣德四年，糾合四川鹽井衞土官馬剌非，殺永寧土知府各吉八合，已命卜撤襲職，矢不剌非復殺之。永寧人語云：

土官數奇，逢兩剌非。

曲靖歌

成化中，瀧縣焦韶知曲靖府，境産瑞禾。民歌曰：

禾本二穗，嘉穀滿田。太守焦公，仁德及天。

楚雄歌

先大父君籲府君，諱大競，吴江潘耒填諱。知楚雄府，政尚廉靜，甫半載，丁内艱，幾不能治裝歸。郡人歌曰：

清貧太守一世難，百鳥有鳳鳳有鸞。

滇中諺

山蠻不落葉，地蠻湯自熱。

貴州謡二首

鄰水楊純以監察御史按貴州，任滿，百姓乞留一年，詔許之。民乃謡曰：

鄰水楊，但願年年巡貴陽。

貴州宣慰司，居水西曰烏蠻，爲烏羅羅。居慕役曰白蠻，曰白羅羅。諺云云。言至死猶鬭也。

水西羅鬼，斷頭掉尾。

貴州諺

黄平鐵，興隆雪。

苗人謡

苗家讎，九世休。

黔中諺三首

天無三日晴，地無三尺平。

四月八，凍殺鴨。

九月重陽，移火進房。

陳父歌

印江陳表知廣元縣事，與利州衛雜處，軍強民弱，表申明制度，以服武弁。民歌曰：

古來力役，軍三民七。陳父定之，彼此畫一。家用平康，勞者獲息。

翰林諺

翰林九年，就熱去寒。

蘭江諺

金家粱，舊酒香。

論列朝詩集與明詩綜

容　庚

一、《列朝詩集》之撰集

萬曆四十五年（一六一七）之夏，虞山錢謙益有幽憂之疾，負疴拂水山居。新安程嘉燧自嘉定來，流連旬月，山翠濕衣，泉流聒枕，顧而樂之，遂有棲隱之約。天啟初年，嘉燧讀元好問《翰苑英華中州集》，告謙益曰：「元氏之集詩也，以詩繫人，以人繫傳，《中州》之詩，亦金源之史也。吾將仿而爲之，吾以采詩，子以庀史，不亦可乎？」二人山居多暇，撰次國朝詩集幾三十家，未幾罷去。崇禎三年（一六三〇），謙益罷官里居，構耦耕堂於拂水，與嘉燧偕隱，晨夕遊處，先後十年。十四年春，嘉燧將歸新安。謙益先遊黃山，訪松圓故居，題詩屋壁，歸舟相值於桐江，推篷夜語，凄然而別。十五年十二月，嘉燧卒於新安，年七十九。卒前一月，尚爲謙益撰《初學集序》。甲申三月，莊烈帝殉國。順治三年，清兵下江南，謙益隨例北行。五年六月，訟繫金陵，復有事於斯集，從人借書，得盡閱本朝詩文之未見者。乃以其閒，論次昭代之文章，蒐討朝家之史乘，州次部居，發凡起例。順治七年十月，絳雲樓火災，插架盈箱，蕩爲煨燼。此集付刊，幸免於劫，乃於九年九月告成，刻之者虞山毛晋也。乾集二卷，爲明十皇帝，十八王之詩，附見者二人。甲集前編十一卷，自明太祖元末壬辰起義至丁未建國一十六年，凡一百〇七人，附見七十二人。甲集二十二卷，自洪武開國至建文兩朝三十五年，凡二百三十七人，附見十二人。乙集八卷，永樂、洪熙、宣德、正統、景泰、天順六朝六十二年，凡二百二十九人，附見十二人。丙集十六卷，成化、弘治、正德三朝五十七年，凡二百一十八人，附見十六人。丁集十六卷，嘉靖、隆慶、萬曆、泰昌、天啟、崇禎六朝一百二十三年，凡四百五十四人，附見五十九人。閏集六卷，則僧道、香奩、宗室、内侍、青衣、傭書、無名氏、集句、神鬼、滇南、朝鮮、日本、交趾、占城之詩，凡三百七十一人，附見十五人。共八十一卷，一千六百四十四人，附見一百八十八人。前有自序。謙益卒於康熙三年（一六六四）五月，年八十三，去《詩集》之成凡十二年。

本書仿元好問《中州集》格式，每半葉十五行，行二十八字。其七言絶句，或七言律詩，數首相連，則每行增加一字，使末有空格，或每行減少一字，使末一字改在第二行，成爲每行二十九字，或二十七字。其二十九字者甚多，不煩舉例。其二十七字者，如汪廣洋《蘇溪亭》（甲十一）前後七絶六首，每首均二行。郭奎《早秋旅夕》（甲九）七律作三行。亦有不空格而用者，如王鴻儒《京華秋興》（丙三）。

本書無凡例，其選詩標準，有可忖度而知者，兹舉八項於下：

（甲）不取元老大集　明初大臣別集行世者不過數人。永樂以後，公卿大夫家各有集，應酬題贈，可觀者絶少。故於元老大集，或僅存一二，或概從繩削，於楊榮（乙一）發其凡焉。

（乙）不取道學體面　大率前輩别集，經人撰定，恐破壞道學體面，每削去閒情艷體之作，而存其酬應冗長者，殊可嘆也。故寧取嫵媚之作，於李懋（乙二）發其凡焉。

（丙）不取遥和　明初詩家遥和唐人，起於閩人。永樂、天順以後，浸以成風。塵容俗狀，填塞簡牘；捧心學步，只供噦嘔。此集概從鐫削，不惟除後生之惡因，抑亦懺前輩之宿業，於張楷（乙五）發其凡焉。

（丁）不取摹擬　李夢陽以復古自命，曰古詩必漢魏，必三謝；今體必初盛唐，必杜，捨是無詩焉。牽率模擬，剽賊於聲句字之間，如嬰兒之學語，如童子之恪誦，字則字，句則句，篇則篇，毫不能吐其心之所有，古之人固如是乎？天地之運會，人世之景物，新新不停，生生相續，而必曰漢後無文，唐後無詩，此數百年之宇宙日月，盡皆缺陷晦蒙，直待夢陽而洪荒再闢乎！李攀龍發憤讀書，刺探鉤摘，務取人所置不解者摭拾之以爲資。高自誇許，詩自天寶以下，文自西京以下，誓不污吾豪素。句摭字捃，行數墨尋，興會索然，神明不屬。昔人所以笑摹帖爲從門，指偷句爲鈍賊也。故爲汰去，存其百一，於二李（丙十一、丁五）發其凡焉。

（戊）不取剽賊　晚明詩文别集，汗牛充棟，觀者驚其煩富，憚其奥僻，相與駭掉慄眩，望洋而嘆。試爲之解駁疏通，一再尋繹，肌劈理解，已而索然不見其所有矣。其所撰述，累僻字而成句，字稍夷，更刺僻字以蓋之；累奥句而成篇，句稍順，更摭奥句以竄之。而字之有訓故，句之有點讀，篇之有段落，固茫如也。此其剽賊之最下者歟。故有名彰徹而不見採録者，於劉鳳（丁八）發其凡焉。

（己）不取僻澀　鍾惺少負才藻，思別出手眼，另立深幽孤峭之宗，以驅駕古人之上。舉古人之高文大篇鋪陳排比者，以爲繁蕪熟爛，胥欲掃而刊之，而惟其僻見之是師。其所謂深幽孤峭者，如木客之清吟，如幽獨君之冥語，如夢而入鼠穴，如幻而之夜國，豈所謂詩妖者乎！譚元春之才力薄於鍾，以俚率爲清真，以僻澀爲幽峭。作似了不了之語，以爲意表之言，不知求深而彌淺。寫可解不解之景，以爲物外之象，不知求新而轉陳。無字不啞，無句不謎，無一篇章不破碎斷落。一言之内，意義違反，如隔燕吴。數行之中，詞旨濛晦，莫辨阡陌。原其初豈無一知半解，游光掠影，居然謂文外獨絶，妙處不傳，不自知其識之墮於魔，而趣之沉於鬼也。於鍾（丁十二）譚（丁十二）發其凡焉。

（庚）不取平調　嘉靖隆慶間五言古詩，其通套無痛癢，如一副應酬贄禮，牙笏繡補，璀璨滿前，自可假借，不必己出，人亦不堪領受。又如湖北、四川舊俗，以木魚漆鴨宴客，不若菘韭之適口。惡其僞也，惡其襲也，豈恨其平哉。詩到真處必平，平到極處即奇，平正而能使好奇者無從入手，此正奇之至也。故於五古頗去平調，於李流芳（丁十三下）發其凡焉。

（辛）不取俗套　作詩先辨雅俗二字。黄庭堅云：「子弟凡病皆可醫，惟俗不可醫。」然惟讀書可以勝之。論詩譬如書者，弈者，謳者，未有傳授，罕窺古法，而但本一己之聰明，則必趨於邪路，終其身不能精進。世人往往畏難而樂其所易，勢不可挽，只誤一世耳。爲詩須避俗套如湯火，驅使己意，如石工之琢砧巖，篙師之下灘瀨，所不免者，有斧鑿痕及喧豗聲耳。故不爲字剖句析，輒用古人諷之，以爲寧舒遲，毋急遽，亦古法也。於胡梅（丁十三下）發其凡焉。

錢氏之選詩，起於程嘉燧。錢氏（丁十三上）謂：「孟陽之學詩也，以謂學古人之詩，不當但學其詩。知古人之爲人，而後其詩可得而學也。其志潔，其行芳，温柔而敦厚，色不淫而怨不亂，此古人之人，而古人之所以爲詩也。知古人之所以爲詩，然後取古人之清詞麗句，涵泳吟諷，深思而自得之，久之於意言音節之間，往往若與其人遇者，而後可以言詩。」此其程氏之緒言乎。

二、《列朝詩集》之定名與内容之增改

《列朝詩集》初名《國朝詩集》，惟明已易代，則國朝當指清朝，以稱明朝，實有未合，故錢氏與毛晉書（《錢牧齋尺牘》中二四）云：「集名『國朝』兩字，殊有推敲。一二當事有識者議易以『列朝』字，以爲千妥萬妥，更無破綻，此亦篤論也。板心各欲改一字，雖似瑣屑，亦不容以憚煩而不爲改定也。幸早圖之。」「列朝」又稱「歷朝」，如自序首行爲《歷朝詩集序》，序之首句云：「毛子子晉刻《歷朝詩集》成。」《牧齋有學集》目録第一四卷《歷朝詩集序》，皆名稱之歧異者。又與毛晉書，頗有關於《詩集》者，兹摘録十條於下：

《詩集》之役，得暇日校定付去，所謂因病得閒渾不惡也。丁集已可繕寫。近日如邱長孺等流，欲存其人，卒未可得，姑置之可耳。《鐵崖樂府》當自爲一集，未應入之選中，亦置之矣。（同

上十八）

甲集前編方參政行小傳後又考得數行，即附入之，庶見入此人於此卷，非臆見耳。《鐵崖樂府》稿仍付一閱。（同上十九）

案：前編（十）方行傳云初考未詳，已增入再考。前編卷第七爲楊維楨、張昱兩人詩，後增第七之下楊維楨一百七十首，則選自《鐵崖樂府》者。觀此可知增改之迹。

乾集閱過附去，本朝詩無此集不成模樣，彼中禁忌殊亦闊疏，不妨即付剞劂，少待而出之也。（同上二十）

案：錢氏以集名「國朝」，殊有推敲，易以「列朝」，則乾集聖製睿製之稱，本當改易。在錢氏初意既以爲集名必須改定，亦非不知禁忌之當避免。乃又以彼中禁忌闊疏，冀能漏網，其卒遭禁毁也固宜。

諸樣本昨已送上，想在記室矣。頃又附去閏集五册，乙集三卷。閏集頗費搜訪，早刻之，可以供一時談資也。（同上）

案：觀此可知各集編成即付刻，而無先後次序者。故閏集雖在末而早刻也。

《詩集》來索者多人，竣業後當備紙刷幾部應之，亦苦事也。（同上）

《詩集》篦紙極荷嘉貺，室中已有人□取，老夫不得染指也，一笑。（同上二一）

《詩集》索者甚衆，只得那貲刷印以應其求，幸爲料理，勿令奴子冒破爲望。（同上二三）

羈樓半載，採詩之役所得不貲，大率萬曆間名流篇什可傳而人間不知其氏名者不下二十餘人，可謂富矣。此間望此集者真如渴飢，踵求者苦無以應。（同上二四）

閏集四卷領到，日下總校過奉納也。（同上二六）

《詩集》序可付稿來另寫登梓。（同上）

案：此書未刻成，已多索取，且篇什亦隨時搜採增入也。

三、《列朝詩集》之禁毀與重印之缺誤

乾隆年間，錢謙益著作如《初學集》、《有學集》、《牧齋文鈔》、《詩鈔》、《牧齋性理鈔珍》、《列朝詩集》、《列朝詩集小傳》、《大方語範》、《杜詩箋注》、《錢牧齋尺牘》，均遭禁毀，流傳甚少。宣統二年（一九一〇），神州國光社遂有翻印《列朝詩集》之舉，連史紙鉛字本，五十六册，價洋四十元。兹以原刻校之：

（甲）缺卷者

（一）爲甲集前編第七之下楊維楨詩一百七十首，附見張簡十首、潘純一首、黄公望一首、曹睿一首、陳裴一首、楊椿一首、顧佐一首、宋元禧三首、馬琬一首、張田一首、張希賢一首、葉廣居一首、周南二首、沈性一首、嚴恭一首、强珇一首、曹妙青一首、張妙浄二首、蘇臺竹枝十首、郭翼一首、袁華二首、

陸仁一首、馬麟一首、秦約一首、於立二首。

（二）爲甲集前編卷第八之下，《玉山草堂餞別寄贈詩》，柯九思二首、張翥一首、黄公望四首、倪瓚一首、熊夢祥一首、楊維楨六首、顧瑛二十二首、於立五首、張天英二首、張田一首、劉西村一首、鄭韶一十一首、張簡一首、沈明遠三首、俞明德一首、周砥八首、瞿榮智二首、殷奎一首、盧昭一首、金翼一首、陳聚二首、陳基五首、張師賢一首、顧敬二首、郭翼四首、秦約二首、陸仁四首、王巽一首、衛仁近一首、吕恒一首、吴克恭一首、文質二首、聶鏞二首、張渥五首、李廷臣一首、袁華二首、琦元璞三首。

（乙）缺補者　原本卷末每有補人及補詩，翻本無之，兹舉如下：

（一）甲集前編第五，補詩戴良二首。

（二）同上第六，補人舒頔十八首，補詩李祁四首。

（三）同上第七，補詩張昱二首。

（四）同上第八，補詩王蒙二首，補人王畛四首。

（五）同上第九，補詩孔從善一首。

（六）同上第十，補詩饒介一首、劉仁本三首。

（七）同上第十一，補詩張璧一首、顧彧七首、王澤一首、董佐才一首、李延興一首，葉雲顒二首。

（八）甲集第十一，補詩陶安二首、汪廣洋二首，補人胡深一首、章溢一首。

（九）同上第十二，補詩宋濂四首，附見劉基一首、王褘二首、張孟兼一首。

（一〇）同上第十三，補人劉三吾十五首、吴沈三首，補詩危素一首、宋訥二首。

（一一）同上第十四，補人吴琳一首，補詩劉崧四首、林公慶一首。

（一二）同上第十五，補詩貝瓊一首。

（一三）同上第十六，補詩韓奕一首、王行一首、謝應芳一首。

（一四）同上第十七，補人鄭枋一首、鄭梃二首、鄭榦三首、金涓二首、曹孔章二首，補詩童冀一首、葉子奇二首、胡奎二首、顧禄二首、貝翱一首、鄭淵一首。

（一五）同上第十八，補人汪時中一首、吴履二首，補詩唐肅一首、張紳四首、吴斌一首、唐仲實一首。

（一六）同上第十九，補人盧昭二首、陳潛夫三首、蕭規一首，陳麟二首、謝恭一首、陶琛三首、錢子正一首、錢子義三首、陳延齡一首、王廷圭一首、王隅一首、鄭元一首、宋杞一首、顧應時一首，補詩袁華一首、吕誠二首、郯韶一首，附見顧瑛一首、郭經一首，附見曾樸一首，附見劉本原一首、申屠衡四首、周南老一首、陳璧二首、周翼一首。

（一七）同上第二十，補人董希吕一首、鄭迪一首、朱岐鳳一首，補詩趙迪一首。

（一八）同上第二十二，補人郭濬二首、林温一首、綿竹山人一首、萬州老僧一首，葉見泰一首、葉砥四首，補詩方孝孺十首、茅大方二首、唐之淳一首、樓璉一首。

（一九）丙集第十三，補人施侃四首。

（二〇）同上第十四，補詩顧瑮三首。

（二一）同上第十五，補人程啟克一首、彭綱一首，補詩張含一首、藺廷瑞二首。

其餘翻本誤字缺字所在多有，未暇細舉。

四、《明詩綜》之撰集

秀水朱彝尊撰《明詩綜》百卷，三千三百二十四人（樂章及雜謠歌詞未計人數。阮葵生《茶餘客話》十一謂「凡三千二百五十有七人。」其數未確，或所見爲初印本，其後復有增入也）。成於康熙四十四年，後於《列朝詩集》五十三年。自序云：

合洪武迄崇禎詩甄綜之，上自帝后，近而宮壼宗潢，遠而蕃服，旁及婦寺僧尼道流，幽索之鬼神，下徵諸謠諺，入選者三千四百餘家，或因詩而存其人，或因人而存其詩，間綴以詩話，述其本事，期不失作者之旨。明命既訖，死封疆之臣，亡國之大夫，黨錮之士，暨遺民之在野者，概著於録焉，析爲百卷，庶幾成一代之書，竊取國史之義，俾覽者可以明夫得失之故矣。

是言選詩之範圍。今觀其目録，卷一爲帝王四十七人，卷二至八二爲各家二千八百又一人，卷八三爲樂章八首，卷八四爲宮掖六人，卷八五爲宗潢二十八人，卷八六爲閨門七十九人，卷八七爲中涓六人，卷八八爲外臣八人，卷八九爲羽士二十人，卷九十至九二爲釋子一百〇七人，卷九三爲女冠尼五人，卷九四爲土司四人，卷九五爲屬國一百〇五人，卷九六爲無名子五十二人，卷九七爲雜流十一人，卷九八爲妓女二十三人，卷九九爲神鬼二十二人，卷一百爲雜謡歌詞一百五十五首。卷一，卷十五，卷十八，卷十九，卷二七，卷六九，卷八十，卷八一，卷九五，九卷皆分上下，蓋有所增入也。

其選詩之緣起，見於《答刑部王尚書論明詩書》（《曝書亭集》三三）：

明自萬曆後，作者散而無紀。常熟錢氏不加審擇，甄綜寥寥。當嘉靖七子後，朝野附和，萬舌同聲。隆慶鉅公，稍變而歸於和雅。定陵（神宗）初祀，北有於無垢（慎行）、馮用韞（琦）、於念東（若瀛）、公孝與（鼐）暨季木（王象春）先生，南有歐楨柏（大任）、黎惟敬（民表）、李伯遠（應徵）、區用孺（大相）、徐惟和（熥）、鄭允昇（國仕）、歸季思（子慕）、謝在杭（肇淛）、曹能始（學佺），是皆大雅不群。即先文恪公（朱國祚）不以詩名，而諸體悉合。竊謂正嘉而後，於斯爲盛。又若高景逸（攀龍）之恬雅，大類柴桑（陶潛），且人倫規矩。乃錢氏概爲抹殺，止推鬆圓（程嘉燧）一老，似非公論矣。故彝尊於公安（袁宗道兄弟）、竟陵（鍾惺）之前，詮次稍詳，意在補《列朝選》本之闕漏。

若啟禎死事之臣，復社文章之士，亦當大爲表揚之，非寬於近代也。

其意在補《列朝詩集》之闕漏及表揚遺民，故於近代特多。至於抨擊李攀龍（《詩綜》四六）、鍾惺（六十）、譚元春（六六）諸人，如云：「於鱗樂府，止規字句而遺其神明，是何異安漢公之《金縢》、《大誥》，文中子之《續經》乎？惟相和短章，稍有足録者。」又云：「鍾、譚並起，伯敬揚歷仕途，湖海之聲氣猶未廣。藉友夏應和，派乃盛行。《詩歸》既出，紙貴一時。正如摩登伽女之淫咒，聞者皆爲所攝。正聲微茫，蚓竅蠅鳴，鏤肝鉥腎，幾欲走入醋甕，遁入藕絲。充其意不讀一卷書便可臻於作者，此先文恪斥爲亡國之音也。」其言何減錢氏邪。

此書作於何年，未得而詳。其與韓菼書（《曝書亭集》三三）云：「彝尊自知檮杌，見棄清時，老而阨窮，兼又喪子，無以遣日……因仿鄱陽馬氏《經籍考》而推廣之……編成《經義考》三百卷……近又輯《明詩綜》百卷，亦就其半。」彝尊之子昆田卒於康熙三十八年，則《明詩綜》之編輯，約在此時。書成自序在四十四年月正人日。然以《詩綜》之巨著，非倉卒六年之間所能成。考朱氏至粵兩次，一在順治十三年，一在康熙三十一年。今《詩綜》多收粵人之作，則其搜集材料，早在三十八年以前矣。此書每半葉十一行，行二十一字，無刊刻之人。《曝書亭集》刻始於四十八年，通政曹寅實捐資倡助。工未竣而朱氏與曹氏相繼下世，其孫稻孫遍走南北，乞諸親故，續成於五十三年。此書字體與集相同，殆亦曹氏所倡刻。

乾隆年間，此書亦遭抽毁，卷六十九上葉九抽去一人，空白者十一行，據初印本爲金堡，只有小傳及詩三首。卷八十二葉九抽去二人，空白者七葉又十行，爲陳恭尹詩十五首，《詩話》見於《静志居詩話》（二二，石印本）；屈大均詩二十四首，並引王於一、繆天自、諸駿男三人評語。「《詩話》：翁山早棄儒服，託跡緇藍，予識之最早。其詩原本三閭大夫，自王逸以下，多屏置不觀。後復返儒服，入越讀書祁氏寓山園，不下樓者五月，始具曹、劉、潘、左諸體。要之七言不如五言，五律勝於五古，至歌行長句，可無取焉。」書中評語引《列朝詩集》者，皆挖去三四字，亦有去之未盡者，如卷一下四周憲王有燉下尚存「錢謙益云」四字，卷六十葉十七陳翼飛《詩話》中，尚存「牧齋錢氏」及「列朝詩」七字。《静志居詩話》附録引錢氏語則易名「愚山云」，愚山者，虞山也。

五、《明詩綜》對於《列朝詩集》之校正

朱氏《詩綜》校正錢氏之失者，約二十餘條，兹舉如下：

（一）周憲王　其《元宮詞》百首（乾下），朱氏（一下）謂錢氏（乾下）作周憲王，非也。其自序云：元起沙漠，其宮庭事跡，無足觀者。然要知一代之事以紀其實，亦可備史氏之採擇焉。永樂元年，欽賜予家一老嫗，年七十矣，乃元后之乳姆。女常居宮中，知元舊事。間常訪之，備陳其事，故予詩百篇，皆元宮中實事，亦有史未曾載，外人不得而知者。遺之後人，以廣多聞焉。末書永樂四年春二月朔日，蘭雪軒製。按序所云《元宮詞》，當是定王作。考定王以洪武十四年之國，至洪熙元年薨。序題永樂四年，則爲定王無疑矣。

案：憲王爲定王之長子，曾刻《東書堂集古法帖》，自序末云：「永樂十四年七月三日，書於東書堂之蘭雪軒。」又曾刻《蘭亭圖》，跋云：「永樂十五年歲在丁酉七月中浣書。」下有「蘭雪軒」、「東書堂圖書記」兩印。則蘭雪軒之爲憲王而非定王可知，況憲王以《新樂府》擅場乎。朱氏之説未足

信也。

（二）徐尊生　朱氏（五）謂召修《元史》，授翰林應奉文字。洪武三年九月，《大明集禮》書成，乃始得歸。六年九月，詔編《日曆》，復與纂修之列，又固辭還山，拂帝意，出爲陝西教授，未行而卒。錢牧齋（甲十五）引《睦州志》（錢誤眭州）謂曾授翰林待制不就，誤矣。

（三）葉顒　錢氏（甲前十一）謂顒洪武中舉進士。朱氏（十一）謂考之《登科録》，惟建文庚辰榜有葉顒，金華縣人。樵雲既生於大德庚子，洪武初元，年已六十有九，至建文二年，則百有餘歲始釋褐矣，無是理也，今改從顧氏（《元詩選》初辛）。

（四）吴去疾　錢氏（甲十八）不載其官閥。朱氏（十二）考《實録》吴元年十月，帝御戟門，與給事中吴去疾等論政務，又嘗爲諫議官。

（五）郭翼　朱氏（十四）謂翼卒於至正二十四年，朱珪《名跡志》載有盧熊墓誌可據（又見《曝書亭集》四三《跋名迹録》）。《列朝詩集》（甲十九）乃云洪武初徵授學官，度不能有所自見，怏怏而卒，誤矣。

（六）孫蕡　朱氏（十四）考明初士子舉於鄉者例稱鄉貢進士。如南海孫蕡、番禺李德皆鄉貢進士，而緝地志者削去鄉貢字竟稱進士。錢氏《列朝詩集》（甲二一）遂謂蕡中洪武三年進士。不知洪武三年第下科舉之詔，以是年八月爲始，未嘗會試天下士。後雖下三年疊試之詔，惟辛亥（四年）有登科進士爾。

(七)謝林　朱氏(十五下四)謂璚樹名林，本係一人，《列朝詩集》(甲十六)復出，誤也。

案：《詩集》並未復出，只列謝璚樹，云詩出朱存理抄本，其名未考。

(八)高遜志　朱氏(十六)謂蔣兢祭遜志文略云：　歲在壬午(一四〇二)九月晦，吾師士敏高先生卒。《列朝詩集》(甲十五)據《鶴林集》云：　遜志作《周尊師傳》，後題洪武三十五年歲次壬午春正月初吉，前吏部侍郎太史河南高遜志。又《祈雨詩》後書云：　河南高遜志，大明洪武吏部侍郎。因疑革除之後，不署建文職官，故稱洪武。第壬午正月，靖難師尚未渡江，讓皇帝猶在位，豈有預書洪武三十五年之事乎。考革除之命，是年七月始下，則二書題名，蓋出於道士，未足依據也。

(九)楊翥　朱氏(二一)謂《晞顔集》借之琴川毛氏。蒙叟爲施鉛評云：　宜亟焚燬，勿暴其短於後世可也。未免太過。楊公長者，當存其言。以予所録二首，亦自成章。

(一〇)姚綬　朱氏(二二)謂吾鄉丹丘先生，成化中以侍御謫知永寧縣。今府縣志但云出知永寧。錢氏《列朝詩集》(乙五)加一府字，誤矣。

(一一)張鳳翔　錢氏(丙十一)謂鳳翔詩賦有《伎陵集》六卷，信手塗抹，不經師匠，如村巫降神之語。而李夢陽作傳，以爲子安再生，文考復出。關中人黨護曲論，不惜人唱噱，皆此類也。朱氏(二七下)謂《伎陵集》洵無足録。蒙叟誚夢陽黨護作傳。然其集本夢陽評點，初不假借，不以爲近俳，即以爲太實，或譏其篇章雖多，事重意複，或評其蘊蓄有餘，變化未至云云。虞山黨護之論，殊不其然。

案：　文人評騭，加膝墮淵，每隨愛惡，無復是非。夢陽於鳳翔非不知其惡者，曷爲而有子安再生，文考復出之言！錢氏謂爲黨護曲論，已爲恕辭矣。

（一二）王韋　朱氏（三二）謂韋以疫終，見《顧東橋集》。《列朝詩》（丙十四）稱其以母喪毁瘠卒，蓋考之未詳云。

（一三）蔡羽　錢氏（丙十）謂羽居嘗論詩，謂少陵不足法。聞者疑或笑之。當是時李夢陽以學杜雄壓海内，竄竊剽賊，靡然成風。羽不欲訟言攻之，而藉口於少陵。少陵且不足法，則尋撦割剥之徒，更於何地生活，此其立言之微指也。朱氏（三八）謂虞山縱曲爲解嘲，其誰信諸。

（一四）邢参　朱氏（三八）謂麗文遺集罕傳，予從金處士侃借得手鈔本，録《竹枝》一首。錢氏《列朝詩》（閏六）神鬼門載《桃花仕女詩》八絶，《竹枝》三首在焉。其二則「山桃花開紅更紅，西湖荷葉緑盈盈」，皆《麗文集》中詩，所云紹興上舍葛棠夜飲，圖中美人歌詩百絶侑觴，乃好事者爲之，不足信也。

（一五）姚淶　朱氏（三九）謂文徵仲待詔翰林，相傳爲姚淶及楊維聰所窘，昌言於衆曰：「吾衙門非畫院，乃容畫匠處此。」何元朗《叢説》述之，而曰：「二人祇會中狀元，更無餘物。衡山長在天地間，今世豈更有道著姚淶、楊維聰者邪。」聞者以爲快心之論。然姚氏於徵仲去官日，躬送至張家灣，賦十詩送别，比之巍巍嵩華。至其贈行序……繹其詞傾倒爲何如者，而謂姚氏有是言邪。金華吴少君詩：「説謊定推何太史。」然則元朗乃好爲誑語者。虞山錢氏（丁八）信何氏之説，遂不録姚氏詩，未免偏於聽矣。

（一六）汪道昆　朱氏（四七）謂虞山錢氏（丁六）詆諆伯玉未免太甚。所引陸無從記一事，見無從《正始堂集》中，與錢所載略别。伯玉裔孫稱無從爲伯玉弟子，而無從贈弇州歌云：「濟南新安狹已甚，君子視之特小巫。」不應弟子而毁先師若是也。

（一七）胡應麟　朱氏（四七）謂《詩藪》一編專以羽翼《巵言》，錢氏（丁六）詬之太甚。觀《少室山房筆叢》，沉酣四部，自不失爲讀書種子，詎可因《詩藪》而概斥之乎？

（一八）陳芹　朱氏（四八）謂錢氏（丁七）序《金陵社集詩》，考之未得其詳。青溪社集倡自隆慶辛未，而非萬曆初年也。錢氏止睹曹氏門客《金陵社集詩》撰本，而未見朱秉器《停雲小志》故也。

（一九）王穉登　朱氏（五十）謂錢氏（丁八）甄録太繁，予删其什九而風骨始刻露，嘗鼎一臠，未爲不知味也。又（五十）云：當嘉、隆間布衣稱詩若沈明臣、王穉登、王叔承三人，咸以多勝人。今歷年未久，全集流傳日寡，後世誰相知爲重刊其詩者。豈惟重刊，覽其全集而不欠伸思卧者亦稀矣，奚以多爲。

案：三家全集今未易得見。然錢氏於明臣選一三二首，穉登選二〇三首，叔承選一四三首，終較朱氏於明臣選九首，穉登選十二首，叔承選十四首之能饜人意也。

（二〇）馮時可　朱氏（五一）謂元成詩極爲《列朝詩集》（丁八）所詆。就全集而觀，甫田彌望，稂莠污萊。獨五古一體，尚有遺秉滯穗可供捃拾，以比劉子威翻覺勝之。

（二一）李化龍　朱氏（五二）謂於田詩雖沿王李餘波，然頗爽豁。錢氏以其爲胡元瑞所稱，譏其醲厚肥腯而棄之不録，未免矯枉也。

（二一二）朱長春　朱氏（五四）謂太復晚學修真煉形，蓋不得志而有託。牧齋（丁十五）訕其登梯累十重，學翀舉而墮地幾隕，殆未必然。

（二一三）鄭明選　朱氏（五六）謂先生五言近體全學高達夫，七言近體全學杜子美，語不求工，而句錘字煉，卓然名家。錢氏《列朝詩集》（丁十六）僅録數首（五首），予故取先生之作特多（四十六首）。天下之寶，要當與天下共之也。

案：錢氏未見《鳴缶集》，謂其不以詩名，得數章於《吴興藝文補》，殊有俊氣，採而録之。是亦能賞識鄭氏之詩者。

（二一四）陳翼飛　朱氏（六十）謂牧齋錢氏與韓敬、鄒之麟、陳翼飛皆同籍，而《列朝詩》概削去不録。嗚呼，桑海既遷，猿鶴沙蟲悉化，而雌黄藝苑者，黨論猶不釋於懷，可爲長太息也。

（二一五）何白　錢氏（丁十五）謂白永嘉人，幼時爲郡小史。龍君御爲郡司理，異其才，爲加冠，集諸名士賦詩以醮之，爲延譽於海内，遂有盛名。朱氏（六三）謂无咎起於側微，事容有之。第考萬曆庚辰履歷，龍君御初授徽州府推官，鎸級改温州府學教授，入爲國子博士，未嘗任温州司理也。錢氏殆亦道聽之説。

（二一六）程嘉燧　朱氏（六五）謂孟陽格調卑卑，才庸氣弱，近體多於古風，七律多於五律，如此伎倆，令三家村夫子誦百翻兔園册即優爲之，奚必讀書破萬卷乎。錢氏（丁十三）深懲何李王李流派，乃於明三百年中特尊之爲詩老。六朝人語云「欲持荷作柱，荷弱不勝梁；欲持荷作鏡，荷暗本無光」，得毋類是與。

（二七）閨秀詩　朱氏（九五下）謂明閨秀詩類多僞作，轉相附會，久假不歸。如「今日相逢白司馬，樽前重與訴琵琶」，吳中范昌朝題老伎卷也，詩載《皇明珠玉》，而謬云鐵氏二女（閏四）。「寒氣逼人眠不得，鐘聲催月下迴廊」，三泉王佐《宫詞》也，詩載《石倉詩選》，而假稱宫人媚蘭（閏四）。「泉流不歸山」，羅文毅作，而謂甄節婦詩。「誰言妾有夫」，高侍郎作，而謂章恭毅母。他若「忽聞天外玉簫聲」，寧獻王權之詠權妃，即指爲權貴妃作。「風吹金鎖夜聲多」，羅翰林璟之詠《秋怨》，遂誣爲王莊妃詞（閏四）。

六、二書之異同及優劣

元好問之論辛願（《中州集》十）曰：「南渡以來，詩學爲盛。後生輩一弄筆墨，岸然以風雅自名，高自標置，轉相販賣，少遭指摘，終死爲敵。一時主文盟者，又皆泛愛多可，坐受愚弄，不爲裁抑，且以激昂張大之語從臾之，至比爲曹、劉、沈、謝者肩摩而踵接，李、杜而下不論也。敬之業專而心通，敢以是非黑白自任。每讀劉（景玄）、趙（宜之）、雷（希顏）、李（欽叔）、張（仲經）、杜（仲梁）、王（仲澤）、麻（知幾）諸人之詩，必爲之探源委，發凡例，解絡脈，審音節，辨清濁，權輕重，片善不掩，微纇必指。如老吏斷獄，文峻網密，絲毫不相貸。如衲僧得正法眼，徵詰開示，幾於截斷衆流。人有難之者，則曰我雖不解書，曉書莫如我。故始則人怒之罵之，中而疑之，已而信服之。至論朋輩中，有公鑒而無姑息者，必以敬之爲稱首。」夫如是方可以言選詩。然作者之心情苦樂不同，選者之嗜好酸鹹各異，欲求百慮而一致，斯亦難已。請引歐陽修之言以明之：

昔梅聖俞作詩，獨以吾爲知音。吾亦自謂舉世之人知梅詩者莫吾若也。吾嘗問渠最得意處，渠誦數句，皆非吾賞者。（《集古録跋尾》五）

以歐陽修之知梅聖俞，二人之意猶不能盡合，况選千萬人之詩，而能盡如人意乎！復請引朱氏《詩話》之言以明之：

辛丑（一六六一）夏，留湖上昭慶僧舍時，錢受之（謙益）、曹潔躬（溶）、周元亮（亮工）、施尚白（閏章）諸先生先後來遊杭。人有持元《西湖竹枝》請錢先生甲乙者。先生謂曰：「和者雖多，要不若老鐵（楊維楨）」。次日，群公泛舟於湖。曹先生引杯曰：「鐵崖原倡之外，誰爲擅場，各舉一詩，不當者罰。」周先生舉陸仁良貴作云：「山下有湖湖有灣，山上有山郎未還。記得解儂金絡索，繫郎腰下玉連環。」施先生舉張簡仲簡作云：「鴛鴦胡蝶盡雙飛，楊柳青青郎未歸。第六橋邊寒食雨，催郎白苧作春衣。」南昌王猷定於一舉嚴恭景安作云：「湖中女兒不解愁，三五盪槳百花洲。貪看花間雙蛺蝶，不知飛上玉搔頭。」吴袁於令令昭舉强珇彦栗作云：「湖上女兒學琵琶，滿頭都插鬧妝花。自從彈得陽關曲，只在湖船不在家。」武進鄒秖謨訏士舉申屠衡仲權作云：「白苧衫兒雙髻丫，望湖樓子是儂家。紅船撐入柳陰去，買得雙頭茉莉花。」錢唐胡介彦遠舉徐夢吉德符作云：「雷峰巷口晚涼天，相喚相呼出采蓮。莫爲采蓮忘却藕，月明風定好迴船。」蕭山張杉南士舉繆侃叔正作云：「初三月子似彎弓，照見花開月月紅。月裏蟾蜍花上蝶，憐渠不到斷橋東。」山陰祁班孫奕喜舉釋文信道元作云：「湖西日脚欲没山，湖東月出牙梳彎。南北兩峰船上看，恰似阿儂雙髻鬟。」錢唐諸九鼎駿男舉馬琬文璧作云：「湖頭女兒二十多，春山兩點明秋波。自從湖上送郎去，至今不唱江南歌。」予曰：「諸公所舉皆當，然未若吴興沈性自誠之作也。其詞云：『儂住西湖日日愁，郎船隻在東江頭。憑誰移得湖山去，湖水江波一處流。』不獨寄託悠遠，且合《竹枝》縹緲之音。」曹先生曰：「然。」於是諸公皆飲，予亦浮一大白。回思舊事，四十年矣。張翯翔南詩云：「南高北高峰頂齊，錢唐江水隔湖西。不得湖頭到湖口，郎船今夜泊西溪。」其旨與沈作略同。又吴世顯彦章詞云：「湖中日日坐船窗，水面鯉魚長一雙。好寄尺書問郎信，惱人湖水不通江。」意亦相合，然俱不及沈之俊逸也。（《詩綜》七，參《静志居詩話》三）

觀於以上十人，人舉一詩，詩各不同，可知甲乙之不易定。朱氏以沈作爲俊逸，然使别人作詩話，未必便以朱舉爲擅場也。兹據《詩集》與《詩綜》異同之點而比較之：

（甲）選詩之多少　世益古則詩之流傳少，世益晚則詩之流傳多。明代詩人，不下萬家，家之多者，各數千首，故欲總集明代之詩，不能如《全漢三國晋南北朝詩》、《全唐詩》固也。明初詩集，在錢、朱二氏時，已爲難得。必須如辛敬之敢以是非黑白自任，於其佳者當多選之，庶幾得此一書，不煩他索。錢氏選詩標準，已略舉於前。《詩集》所選，以高啟爲最，多至八百六十四首。其在四十首以上者，凡一百四十一家，列舉如下：

乾集

宣宗章皇帝四二首　寧獻王七二首　周憲王一四六首

甲集前編

劉基四三二首　王逢一七五首　戴良一四四首　王冕九八首　丁鶴年九一首　楊維楨二九四首　張昱六三首　倪瓚七九首　劉炳七二首　陳基五一首　張憲七四首　陳汝言五十首

甲集

劉基一二七首　袁凱二九四首　高啟八六四首　楊基三二七首　張羽二四〇首　徐賁一一〇首　陶安五八首　汪廣洋一〇二首　宋濂六五首　王褘七二首　張以寧一二〇首　劉崧七八首　胡翰四五首　貝瓊九一首　王履一〇八首　錢宰六〇首　藍智四〇首　甘瑾四〇首　郭翼四二首　張適四二首　林鴻一〇八首　孫蕡五七首　方孝孺五五首

乙集

胡儼四九首　王偁六六首　王恭五八首　郭登七一首　瞿佑四〇首　李禎四六首　王帯四五首　劉溥六九首

丙集

李東陽三四七首　張泰四〇首　陳獻(原誤憲)章一一九首　王守仁四七首　石珤六三首　邵寶一〇三首　顧清七五首　魯鐸四七首　吴寬一五九首　程敏政四二首　儲巏六二首　桑悦七五首　沈周一六八首　史鑒六八首　唐寅七五首　祝允明一三九首　徐禎卿一二三首　文徵明八四首　蔡羽一二一首　王寵四六首　李夢陽五五首　何景明一〇二首　薛蕙一一九首　李濂四五首

孫一元五三首　鄭善夫六三首　顧璘一〇四首　蔣山卿五二首　楊慎一七九首　王廷陳七九首

丁集

高叔嗣一一一首　唐順之六〇首　黄佐五八首　尹耕六〇首　王問九〇首　施漸五六首　張時徹七三首　皇甫涍五六首　皇甫汸一六六首　蔡汝楠五三首　謝榛一五四首　王世貞七〇首　俞允文四二首　黎民表四〇首　屠隆六五首　朱曰藩四六首　黄姬水五二首　王稚登二〇三首　岳岱四一首　居節六七首　王叔承一四三首　沈明臣一三二首　王克晦四一首　陳鶴五六首　吴孺子四七首　宋登春六八首　陳昂六二首　張元凱七一首　陳第四九首　於慎行九四首　沈一貫四〇首　徐渭一七一首　湯顯祖一三五首　袁宏道八七首　袁中道九一首　程嘉燧二一五首　唐時昇一〇七首　婁堅四一首　李流芳四一首　吴兆一一五首　吴夢暘五九首　曹學佺八三首　范汭七四首　吴鼎芳八二首　葛一龍六八首　王醇六六首　王醬九〇首　李蓘四四首　陶望齡五〇首　徐熥四七首

閏集

梵琦五二首　宗泐一〇八首　來復九四首　道衍五五首　張宇初六二首　守仁七一首　德祥一七二首　妙聲六一首　德清四六首　洪恩四四首　法杲五七首　大香四三首　王微六一首　景翩翩五二首　朱多炡六一首　朱謀晋五四首

觀於上目，明代名詩家約略在是，而各家之佳作亦約略在是。《詩綜》則不然，人數雖倍於《詩集》，而一人一首者約二千人，一人二首者約五百人，合計在百分之七十以上。管中窺豹，只見一斑而已，可知豹之真相乎？《詩綜》入選三十首以下者得三十三家；四十首以上者得十五家，列舉於下：

劉基一〇四首　汪廣洋三〇首　劉崧五〇首　貝瓊四二首　高啟一三八首　楊基四九首　郭奎三〇首　李曄三三首　管訥三六首　程本立三二首　李東陽五七首　李夢陽八〇首　何景明七八首　徐禎卿五〇首　朱應登三三首　薛蕙四四首　王廷陳三五首　皇甫涍三五首　皇甫汸三九首　王世貞四二首　歐大任三〇首　李應徵三〇首　朱國祚五八首　鄭明選四六首　謝肇淛四一首　吴本泰三一首　曹學佺四五首　陳子龍三七首　錢秉鐙三〇首　王翃三四首　張憲三二首　梵琦三〇首　宗泐三七首

如讀者非别有各家之詩集在，只讀此書，得無有甄録太少之感乎？若以錢氏選程嘉燧之詩二一五首在第八位爲阿其所好，則朱氏選其曾祖朱國祚之詩五八首在第五位又將何如！王履於洪武十六年秋七月遊華山，作圖四十幅，記四篇，詩一百五十首。錢氏（甲十六）謂：「自有華山以來，遊而能圖，圖而能記，記而能詩，窮攬太華之勝，古今一人而已。」《詩綜》所收之人數雖多，而不及王履，謂爲「無足録者」（十一韓奕詩話）。然如都穆張鳳祥諸人，亦以爲「詩無足録」而竟録之，何也？陳田《明詩紀事》（甲籤十九）謂：「安道人奇事奇，畫詩俱韻。平心細閱，爲之擷其精華……如此名句，種種可傳。」其果無足録乎？

（乙）小傳之詳略　錢氏於詩人小傳極詳贍，間有辨證事實，批評得失之語。朱氏則於小傳分爲三部分：（一）簡傳，只記字號，里居，歷官，集名，不及其生卒年歲。（二）緝評，緝録各家評語雖詳於錢氏，而非其自作。百卷之書，緝評者每人一卷或二卷，多至九十七人（第七十五卷缺名），嫌於標榜依附。（三）詩話，不盡言詩，如蘇伯衡（四）下論元時進賀表文觸忌諱者一百六十七字，蔣兢（十六）下列紀述建文諸臣之書，趙同普（二六）下言吴中財賦之重，柯維騏（三九）下論宋遼金元四史，司綵王氏（八四）下記宫官之設，均足補史乘所不及。在三千三百餘家中，有話者約一千四百餘條，未及其半。錢氏之書在前，朱氏不欲雷同，故變法以見異，非能勝於錢氏也。兹舉三條於下：

胡賓客儼

儼字若思，南昌人。洪武末，會試乙科，授華亭教諭。太宗即位，擢翰林簡討，同解縉七人直内閣。永樂二年，陞國子監祭酒。八年，上北徵，兼侍講，掌翰林院，輔導皇太孫監國。洪熙元年，加太子賓客致仕，家食二十餘年而卒，年八十三。公在内閣，持論切直，爲同官所不容，薦公學行當爲師儒，奪其機務。公學問該博，象緯占候，曆律醫卜之説，無不通曉。每承顧問，論成敗得失之故，反復切明，上爲傾聽。守國學逾二十年，老爲儒臣，不得大用。作爲歌詩，多旅人思婦屏營吟望之辭，怨而不怒，有風人之遺焉。史家作傳，徒以爲文學老成，稱盛世之耆俊而已。而後世之知公者蓋鮮矣，斯爲可嘆也。公自言得作文法於鄉先生熊釗，釗得之虞道園，故其學有原本。釗字伯幾，富於著述，有《幾亭文集》若干卷。入國朝，膺聘校書會同館。爲公叙《頤庵集》，亦自謂五六十年承事先輩，得叙事書法之指要云。（《列朝詩集》乙一）

胡儼

儼字若思，南昌人。洪武末，會試乙科，授華亭教諭。永樂初，擢翰林檢討，同解縉等直内閣，尋遷國子監祭酒。洪熙元年，加太子賓客致仕。有《頤庵集》。

熊伯幾云：「若思篤學好古，辭氣英邁，足以追踪作者。」胡光大云：「若思温厚雅贍而有疏宕之氣。」鄒孟熙云：「賓客鋪張至治，富贍不窮。」楊東里云：「若思體物緣情，端厚微婉。」李時遠云：「賓客詩豐蔚爲時所重。」錢受之云（此四字後印本挖去）：「公在内閣，持論切直，爲同官所不容，薦公學行當爲師儒，奪其機務。守國學逾二十年，老爲儒臣，不得大用。作爲歌詩，多旅人思婦屏營吟望之辭，怨而不怒，有風人之遺焉。」

《詩話》：長陵靖難之後，簡詞臣入贊機務者七人。逾年而解大紳、胡若思出，續入者王行儉、楊弘濟，久而王亦出，以是相業盛稱三楊。論世者謂解、胡、王三公才品學術在三楊之右，使其不出，發於事業，必更有可觀者。然揆之以時，度之以勢，有所不能也。賓客學文於鄉先生熊釗伯幾，伯幾學於虞集伯生，故其文有源本，詩亦近西江派。（《明詩綜》十七）

張修撰泰

泰字亨父，太倉人。天順八年進士，選庶吉士，授簡討，遷修撰。卒年四十有九。亨父爲人坦率，絶去厓岸，恬淡自守。獨喜爲詩，雖不學書，亦翩翩可喜。李西涯序其《滄洲詩集》曰：先生於文無所不能，而必工於詩，縱手迅筆，從莫能及。及其凝神注思，窮深騖遠，一字一句，寧闕然而不苟用。晚乃益爲沈著高簡之辭，而盡斂其峭拔奔洶之勢，蓋將極於古人，而不意其遽止也。亨父之詩，其見推於西涯而惜之如此。唐元薦論本朝之詩曰：弘治間，藝苑則以李懷麓、張滄洲爲赤幟，而和之者或流於率易。在當時蓋以李、張並稱，今長沙爲臺閣之冠，而亨父之名知之者或鮮矣。人不可以無年，信哉！（《列朝詩集》丙二）

張　泰

泰字亨父，太倉人。天順甲申進士，選庶吉士。授簡討，遷修撰。有《滄洲集》。

李賓之云：「先生詩，縱手迅筆，衆莫能及，及其凝神注思，窮深翳遠，一字一句，寧闕然而不苟用。晚乃益爲沈著高簡之辭，而盡斂其峭拔奔洶之勢，蓋將極於古人，而不意其遽止也。」唐元薦云：「成、弘間，藝苑則以李懷麓、張滄洲爲赤幟，而和之者或流於率易。」（《明詩綜》二二）

陸處士治

治字叔平，吴人。少年爲俠遊，長而束修自好。種菊支硎之傍，自守，泊如也。工寫生，得徐黄遺意。山水喜仿宋人，而時出己意。爲王元美臨王安道圖四十幅，奇峭削成，與安道相上下。又與元美遊兩洞庭，畫洞庭十六景，元美稱其上逼李、郭，馬、夏而下勿論也。晚年貧甚，有貴官子因所知某以畫請，作數幅答之。其人厚具贄幣以謝。叔平曰：吾爲所知，非爲貧也。立却之。叔平畫請之而强，必不可得，不請之，乃或可得。年八十餘而卒。詩亦有秀句可誦。（《列朝詩集》丁八）

陸　治

治字叔平，吴縣人。歲貢生。有《包山遺詩》。

《詩話》：叔平遊道復之門，當時鄉曲之論，謂詩得其輿，畫得其趣。然叔平畫以工緻勝，詩則與道復同流。（《明詩綜》五十）

二書小傳詳略互異者，無可比較，姑不具引。以上三條乃取其近似者，皆以《詩集》爲優，可表見其人之生平。《詩綜》雖後出，當勝於前，而小傳每嫌於刻板與簡略。

（丙）選詩之删改　明清人選文選詩選曲，如方苞之於唐宋八家文，臧懋循之於《元曲選》，每有删改之病。《列朝詩集》於梅鼎祚之《頓姬坐追談正德南巡事》（丁十五）注云：「禹金原什第二句云：主謳鈎弋盡蒙榮，用衛子夫拳夫人事殊牽合，與本題不切，余僭改之。」可知其矜慎。若以《詩綜》與《詩集》相校，則《詩綜》删改之迹顯然。即删改而勝於原作，亦不足爲訓，況删改而未必勝乎。如：

《和高季迪將進酒》（《列朝詩集》乙一）　王　璲

君不見雲中月，清光乍圓還又缺。君不見枝上花，容華不久落塵沙。一生一死人皆有，緑髮朱顔豈能久。樽前但使酒如澠，肘後何須印懸門。咸陽黄犬悔已遲，至今千載令人嗤。試看古來功業士，何如陌上冶遊兒。百年飄忽寄宇内，日日歡娱能幾歲。勸君莫惜囊中金，便趁生前常買醉。臨邛壚頭緑鬟香，柳花卷雪春茫茫。吴姬越女嬌相向，痛飲須盡三千觴。興來狂笑縱所適，慎勿畏他權貴客。東風吹落頭上巾，此日獨醒端可惜。一朝綺羅生網塵，妝樓空鎖青娥人。酒星不照九泉下，孤鳥自哢山花春。解我金貂，脱君素裘。白日既没，秉燭遨遊。君爲我舞，我爲君歌。歌舞相合，其樂如何。

《詩綜》(十七)改「圓」爲「盈」,改「柳花」爲「楊花」,改「此日」爲「此夕」。删去「咸陽黄犬悔已遲」至「便趁生前常買醉」八句,又删去「一朝綺羅生網塵」至末十二句。不知汝玉此詩是學太白句調,是歌行體裁,删去多句,求簡反促。原作飄逸之致,頓爲掩没,是奚可者。

又如《題採菱圖》(《詩集》乙一),《詩綜》改跋爲序,而删去「吴人王汝玉書於玉堂京署,時永樂己丑上巳日也」二十字,殊失原意。

《淮陰嘆》(《詩集》丙一) 李東陽

營門晝開齊犬吠,蒯生相人先相背。古來鳥盡良弓藏,近時刎頸陳與張。功成四海身無地,歸楚楚疑歸漢忌。極知猶豫成禍胎,時乎時乎不再來。君王恩深辯士走,淮陰胸中血一斗。婦人手執生殺機,赤族不待君王歸。君王歸,神爲惻,獨不念秋毫皆信力。舍人一嗾彭王殂,淮陰之辭真有無。噫吁嚱,淮陰之辭真有無。

《詩綜》(二二)「舍人一嗾彭王殂」以下四句删去。不知此作正以彭王一襯,以明淮陰所受之冤;且以句調論,無此數句,語氣不完,讀來亦反舒展不開,何可妄削。

《樂隱爲尹克俊賦》(《詩集》乙四) 蕭 鎡

行愛溪中水,坐愛溪上山。富貴非所願,悠然心自閒。地偏輪鞅稀,蓬門晝常關。清風天外來，入我窗牖間。豈無一尊酒，可以銷憂顔。葉落驚秋徂，鳥啼知春還。既忘是與非，寧復虞險艱。雅志固如此，高踪安可攀。

《詩綜》（二十）删去「悠然心自閒，地偏輪鞅稀」兩句，改八韻爲七韻矣。

《遊君山寺》（《詩集》乙四）　薛瑄

爲愛湖中山，遂尋山下路。躋攀轉幽邃，澗谷亦迴互。

《詩綜》（十八下）改三四兩句爲「取徑彌幽遐，涉澗亦迴互」。

《閔黎吟三首有引》（《詩集》丁十一）　萬表

浙參政平崖錢公出按四明，會予於舟中，談及征黎事，悲動顔色，且示以閔黎諸詠，惻然傷懷，因而有作。

地何産，楠與速。吾何畜，豕與犢。豕犢盈盤吏反嗔，楠速窮年採不足。但願黄金滿粤南，寧使黎田不盈粟。粤南金多吏不索，黎巳要少人天哭。刻箭爲約安得銷，歲歲生當剥吾肉。負戈因拚一命償，嗟嗟黎人誰爾牧。皇章惠爾非爾毒。

虎兕來，猶可奔，狼師一來人無存。大征縱殺玉石焚，昔人雕剿只一村。雕剿功成賞不厚，大征蔭子還蔭孫。殺一不辜尚勿爲，何況萬骨多冤魂。願君爵賞毋苟貪，但以三槐植爾門。

鑿而飲，耕而食，撫黎何事來相逼。瘠牛可耕豈不惜，藿水那堪吞滿臆。遥明燈火忽驚疑，一望旌旗我心惻。群黎草木豈有知，貪吏朘削無休息。攻掠犯順誰所爲？撫黎毒黎還毒國。南征稍喜平崖公，殲掃惟悲不爲德。

《詩綜》（四九）改引爲「參政平崖錢公出憫黎諸詠見示，惻然傷懷，因而有作」。第一首删去「但願黄金滿粤南」以下四句及末句，改「吾」爲「民」，改「剥」爲「剜」。第二三首均删去末二句。在朱氏或以爲簡練含蓄，然第二首兩句表黎人之願望，第三首兩句頌錢公之政德，如何可删。

（丁）選詩之標準　人之嗜好，鹹酸不同，選詩亦然，故選出之詩各異其趣。若謂因人之愛憎而泯其傑作，恐選詩者斷不肯以此自承。選詩猶相馬，必如伯馬一過，群無留良，方爲能事。若所取皆爲下駟，謂爲不辨妍媸則可，謂爲故棄其妍而取其媸則不可。若爲其人得名之作，有歷史價值，宜存之以見其人。如桑民懌在燕市，見高麗使臣市本朝兩都賦無有，心實耻之，作《兩都賦》。慕阮籍《詠懷》作《感懷》五十四章。其《感懷詩》序云：「予自薄宦以至歸山，其間幾三十年。凡有所見，及有感觸，皆形於言，共成古詩若干篇。立意頗深，寄興頗遠。苟經平子，復遇子雲，不求牝牡之間，索之酸鹹之外，則有得矣。」錢氏録其四十首（丙七），朱氏僅録二首，並去其序（二四）。王叔承從相君直所，得縱觀西苑南内之勝，作《宫詞》百首，流聞禁中。錢氏録其五十首（丁九），朱氏不録一首。盛時泰携所著《兩都賦》謁王世貞於小祇園。世貞贈之詩曰：「遂令陸平原，不敢賦《三都》。」又和世貞《擬古》七十章，三日而畢，世貞爲之氣奪。錢氏録其十三首（丁七），朱氏亦不録一首。姚燧嫁妓女真真，貝瓊爲作《真真曲》四十二韻，自序謂「沉鬱悽婉，亦足以盡其大略」。朱氏節其序入《詩話》（六），而不選《真真曲》。皆未爲盡善。

《列朝詩集序》云：「山居多暇，撰次《國朝詩集》幾三十家，未幾罷去，此天啟初年事也，越二十餘年而丁開寶之難。」是則未嘗不想望肅宗以中興。在易代之後，猶稱明朝曰國朝，曰皇明。藉選詩而提倡國家思想，指斥胡虜。如曾棨之《燉煌曲》、《龍支行》（乙二），周忱之《漁陽老婦歌》（同上），皆慷慨激昂，鼓吹反抗，即不幸失敗出降，子孫猶未忘中國之衣冠。錢氏抗清之心，於此可見。茲錄《燉煌曲》於下：

唐憲宗時，吐蕃使其中書令尚騎心兒攻燉煌，刺史周鼎嬰城固守。鼎請救回鶻，逾年不至。都知兵馬閻朝殺鼎自領州事，守城者八年。出綾一段，換麥一斗，存者甚衆。朝喜曰：「可以死守。」又二年，糧械皆盡，登城呼曰：「爲毋徙他境，請以城降。」騎心兒許諾，於是出降。自攻城至是十一年，州人皆服臣虜。歲時祀祖父，衣中國之服，號慟而藏之。

吐蕃健兒面如赭，走入黃河放胡馬。七關蕭索少人行，白骨戰場縱復橫。燉煌壯士抱戈泣，匹面胡笳聲轉急。烽烟斷絕鳥不飛，十一年來不解圍。傳檄長安終不到，借兵回紇何曾歸。愁雲慘淡連荒漠，捲地北風吹雪落。將軍錦韉暮還控，壯士鐵衣夜猶著。城中匹綾換斗麥，決戰寧甘死鋒鏑。一朝胡虜忽登城，城上蕭蕭羌笛聲。當時左衽從胡俗，至今藏得唐衣服。年年寒食憶中原，還著衣冠望鄉哭。老身幸存衣在篋，官軍幾時馳獻捷。

朱氏《詩綜》後《詩集》五十餘年，文字之獄未興，雖多録遺民之作，然於此類詩，删削已盡矣。歷代詩人，多長於寫景，而略於言情。其所言之情，無非閨房兒女之思，羈臣逐客之怨。若描寫民間之疾苦，社會之黑闇者殊少。錢氏所收如袁介《檢田吏》（甲三）、王褘《禽言次王季野》《築城謡》（甲十二）、郭登《飛蝗》（乙四）、程敏政《涿州道中録野人語》（丙六）、王九思《賣兒行》（丙十一）、沈一貫《觀選淑女》（丁十一）、宋珏《荔枝辭》（丁十三下）等，讀之凄惻。朱氏則所收更少。兹録《檢田吏》於下：

有一老翁如病起，破衲氍毿瘦如鬼。曉來扶向官道旁，哀告行人乞錢米。時予奉檄離江城，邂逅一見憐其貧。倒囊贈與五升米，試問何故爲窮民？老翁答言聽我語，我是東鄉李福五。我家無本爲經商，只種官田三十畝。延祐七年三月初，賣衣買得犁與鋤。朝耕暮耘受辛苦，要還私債輸官租。誰知六月至七月，雨水絶無潮又竭。欲求一點半點水，却比農夫眼中血。滔滔黄浦如溝渠，農家争水如争珠。數車相接接不到，稻田一旦成沙塗。官司八月受災狀，我恐徵糧吃官棒。相隨鄰里去告災，十石官糧望全放。當年隔岸分吉凶，高田盡荒低田豐。縣官不見高田旱，將謂亦與低田同。文字下鄉如火速，逼我將田都首伏。只因嗔我不肯首，却把我田批作熟。太平九月開旱倉，主首貧乏無可償。男名阿孫女阿惜，逼我嫁賣賠官糧。阿孫賣與運糧户，即日不知在何處。可憐阿惜猶未笄，嫁向湖州山裏去。我今年已七十奇，饑無口食寒無衣。東求西乞度殘喘，無因早向黄泉歸。旋言旋拭腮邊淚，我忽驚慚汗沾背。老翁老翁勿復言，我是今年檢田吏。

此是一首血淚詩，農民因水旱之災，而賣男嫁女者至今猶比比皆是，如此社會，欲不改革得乎！

據上所述二書之異同四點而觀之，則錢氏之優於朱氏可得而定。然有一事爲朱氏獨到之見者，則建文皇帝非出亡也。錢氏於《牧齋初學集》（二二）辨史彬《致身録》、程濟《從亡日記》之僞，而尚信建文出亡，故録其詩三首，云：「帝遜位後入蜀，往來滇黔間。」（乾上四）又於《溥洽傳》（閏一）引鄭曉《今言》云：「靖難兵起，溥洽爲建文君設藥師燈懺詛長陵。金川門開，又爲建文君剃髮。」自云：「觀洽公十載下獄，考其所以被譏之故，則金川夜遁之迹，於是乎益彰明較著，無可疑矣。」又於鐵氏二女詩（閏四）云：「余考鐵長女詩，乃吳人范昌期題老妓卷作也……次女詩所謂春來雨露深如海，嫁得劉郎勝阮郎，其語尤爲不倫。」則何不削去而仍載集中？朱氏《史館上總裁第四書》（《曝書亭集》三二）云：「金川門之變，《實録》稱建文帝闔宫自焚，中使出其屍於火，越七日，備禮葬之，遣官致祭，輟朝三日。」而辨出亡之不足信。故於《詩綜》削去建文及鐵氏二女詩，至爲有識。其於溥洽（九一）云：「遜國之事，國史太略，野史太詳，終成疑案。程濟，梁田玉等未必有其人，史仲彬官翰林未必有其事，與其惑於《從亡》、《致身》諸録，無寧信鄭端簡《今言》所述矣。」胡乃垂老復作模稜兩可之言耶？

朱氏之言，亦有誇大不可信者：於海明（九二）下云：「張獻忠殺人之多，較黃巢百倍。自甲申正月犯蜀陷重慶，悉斷民右手。既破成都，僭號大西，改元大順……次年五月，（孫）可望報一路殺男子五千九百八十八萬，女子九千五百萬；（李）定國報一路殺男子七千九百餘萬，女子八千八百餘萬；（劉）文秀報一路殺男子九千九百六十餘萬，女子八千八百餘萬；（艾）能奇報一路殺男子七千六百餘萬，女子九千四百餘萬。此外各營分剿川南川北所殺之數，及獻忠僞御營殺人數目，自有簿記之，不與焉。於是四川之民，靡有孑遺。」若然，則獻忠殺人之數爲六萬七千九百四十八萬以上，是四川一省，遠過今日全國人口之數矣。

上古史實，每多蒙昧無稽，中國然，日本亦然。朱氏（九五下）謂日本「其人多壽，就國王論，如神武天皇一百二十七歲，孝昭天皇一百十八歲，孝安天皇一百三十七歲，孝靈天皇一百十五歲，孝元天皇一百十七歲，開化天皇一百十五歲，崇神天皇一百二十歲，垂仁天皇一百四十歲，景行天皇一百有六歲，成務天皇一百有七歲，神功天皇百歲，應神天皇，仁德天皇俱百有十歲，雄略天皇百有四歲，降年之永，中土所希」。不知此皆歷史家僞造以誇其神迹，不然自雄略以後，至後鳥羽院凡六十代，據日人《神皇正統録》所記，曷爲無過於代陽成院御年八十二者乎？據日人《愚管鈔》、垂仁年百三十，或云百五十一，或云百有一；景行年百有六，或云百三十三，或云百二十，是亦不一其説矣，其果可信乎！

要之朱氏自是文學大家，其《詩話》有獨到之處，選詩不盡同於錢氏，可以相成而不相背，讀者合而觀之可也。

七、後人對於二書之評騭

錢氏選詩仿自《中州集》，實爲選詩之正軌。目光如炬，而學力足以副之，故於明朝三百年之詩，褒美貶惡，無所遁形。然抨擊太過，辛辣之味，讀者不無反感。朱氏則温柔敦厚，辭旨和平，譬之糖霜，易得衆好。以二公之博洽，猶不免後人之譏評，誠哉操選政之不易矣。錢氏與施偉長書（《尺牘》上）云：「《假髻詞》，《列朝詩》語（丙四）刊張東海，僕心疑久矣，得君家世澤圖，定爲曾忠愍作，然是宋人詩也。此後遇此等，惟有一意刊去之耳。」是未嘗不自承其失。

首先批評《列朝詩集》者爲王士禛，其言曰：

錢牧翁撰《列朝詩》，大旨在尊李西涯（東陽），貶李空同（夢陽）、李滄溟（攀龍）。又因空同而及大復（何景明），因滄溟而及弇洲（王世貞），索垢指瘢，不遺餘力。夫其駁滄溟擬古樂府、擬古詩是也，並空同《東山草堂歌》而亦疵之，則妄矣。所録《空同集》詩亦多泯其傑作。黄省曾吴人，以其北學於空同則擯之，於朱凌谿應登、顧東橋璘輩亦然。余竊非之，偶著其略於此。牧翁於予有知己之感，順治辛丑，序予《漁洋詩集》，有「代興」之語。寄予五言古詩云：「勿以獨角麟，儷彼萬牛毛」。今三十餘年，先生墓木拱矣。予所以不敢傅會先生以誣前輩者，亦欲爲先生之諍臣云爾。（《居易録》十，或謂爲《古夫於亭雜録》者，非也）

牧齋訾謷李何，則並李何之友如王襄敏（廷相）、孟大理（洋）輩而俱貶之。推戴李賓之（東陽），則並賓之門生如顧文僖（清）輩而俱褒之。他姑勿論，《東江集》予所熟觀，詩不過景泰、成化間沓拖冗長之習，由來談藝家何嘗推引，而遽欲揚之王子衡（廷相）、孟望之（洋）之上，豈以天下後世人盡聾瞽哉。（同上）

牧齋貶空同、滄溟二李先生至矣。吴人之師友二李者，如徐迪功（禎卿）、黄五嶽（省曾）以及弇洲，皆絶之於吴。且夷迪功於文璧、唐寅之列，比之明妃遠嫁。一日閲馮時可《元成集》辯徐太室《二羅集序》云：「吴詩清淺而靡弱，不以二李劑之而何以詩哉。」元成吴人也，其言如此，天下後世其又可欺乎？牧翁稱文徵仲（徵明）詩，近同年汪鈍翁（琬）注歸熙甫（有光）詩，人之嗜好實有不可解者，付之一笑可矣。（同上十九）

文人每多門户之見。王氏齊人也，欲稱滄溟，然亦不能不以牧齋之駁滄溟擬古樂府、擬古詩爲是，故並舉空同爲之掩護，因而並及吴人。牧齋雖訾謷二李，而於何景明、徐禎卿、顧璘、王世貞、朱應登、黄省曾諸人皆無甚貶辭，且選夢陽詩五十首、攀龍詩二十五首、何詩一〇二首、徐詩一二三首、顧詩一〇四首、王詩七十首、朱詩二十六首、黄詩十六首，即使惡之，亦能知其美者。《東江集》王氏所稱，不過景泰、成化間拖沓冗長之習。而《詩綜》（二七上）則云：「東江詩法西涯，觀其險韻再四叠用，足見其能事。當日諸公，受長沙衣鉢，或推方石（謝鐸），或稱二泉（邵寶），或首熊峰（石瑤），以鄙見衡之，要皆不敵也。」其於王子衡（三一）則云：「浚川詩格，諸體稍粗，惟五言絶句頗有摩詰風致。」於孟望之（二八）則云：「孟詩太淺，比於郎伯，邈若雲淵。」於文徵明（三八）則云：「《池上》一詩，少時諷誦，至今猶未遺忘，因附録之，視集中所載尤出塵堨之表，拾遺珠於滄海，天下之寶，當與天下共之。」於歸有光（四四）則云：「詩非兼擅，猶勝七子成派。」朱氏稱顧文歸而抑王孟，豈亦聾瞽而不可解者哉。

沈德潛作《明詩別裁》，抨擊牧齋而爲二李張目，其自序云：「尚書錢牧齋《列朝詩選》，於青丘（高啟）、茶陵（李東陽）外，若北地（李夢陽）、信陽（何景明）、濟南（李攀龍）、婁東（王世貞）概爲指斥。且藏其所長，録其所短，以資排擊。而於二百七十餘年中獨推程孟陽一人。而孟陽之詩，纖詞浮語，祇堪争勝於陳仲醇諸家。此猶捨丹砂而珍溲勃，貴琵琶而賤清琴，不必大匠國工始知其誣妄也。」其言蓋拾王士禛、朱彝尊之牙慧。今觀沈氏所選，在二十首以上者，祇得八人：劉基二十首，高啟二十一首，李夢陽四十七首，何景明四十九首，徐禎卿二十三首，李攀龍三十五首，王世貞四十首，謝榛二十六首，一若有明一代，二李流派以外，無復有詩，劉、高二人亦屈居其下，吾不知其孰爲誣妄也。

乾隆以後，《列朝詩集》遭禁，論之者少，言明詩者只言《明詩綜》。《四庫全書總目》（一九〇）於《明詩綜》提要云：

明之詩派，始終三變。洪武開國之初，人心渾樸，一洗元季之綺靡，作者各抒所長，無門户異同之見。永樂以迄弘治，沿三楊臺閣之體，務以春容和雅，歌詠太平。其弊也冗沓膚廓，萬喙一音，形模徒具，興象不存。是以正德、嘉靖、隆慶之間，李夢陽、何景明崛起於前，李攀龍、王世貞等奮發於後，以復古之説遞相唱和，導天下無讀唐以後書。天下響應，文體一新，七子之名，遂竟奪長沙之壇坫。漸久而摹擬剽竊，百弊俱生，厭故趨新，別開蹊徑。萬曆以後，公安倡纖詭之音，竟陵標幽冷之趣，幺絃側調，嘈雜争鳴，佻巧蕩乎人心，哀思關乎國運，而明社亦於是乎屋矣。大抵二百七十年中，主盟者遞相盛衰，偏袒者互相左右，諸家選本，亦遂皆堅持畛域，各尊所聞。至錢謙益《列朝詩集》出，以記醜言僞之才，濟以黨同伐異之見，逞其恩怨，顛倒是非，黑白混淆，無復公論。彝尊因衆情之弗協，乃編纂此書以糾其謬。每人皆略叙始末，不横牽他事，巧肆譏彈。裏貫之下，各備載諸家評論，而以所作《静志居詩話》分附於後。雖隆萬以後，所收未免稍繁，然世遠者篇章易佚，時近者部帙多存，當亦隨所見聞，不盡出於標榜。其所評品，亦頗持平，於舊人私憎私愛之談，多所匡正。六七十年以來，謙益之書久已澌滅無遺，而彝尊此編獨爲詩家所傳誦，亦人心彝秉之公，有不知其然而然者矣。

案：　錢氏之書觸犯清朝，故提要之人，於錢氏肆其醜詆。朱氏於錢氏雖有所舉正，若謂「彝尊因衆情之弗協，乃編纂此書以糾其謬」，未免過甚其辭。至清末帝王之氣焰漸息，葉德輝乃爲《列朝詩集》訟其冤，其言曰：

其書自毛晉汲古閣鏤版後，傳本甚稀。乾隆時修《四庫全書》，復在禁毁之目。世間所傳有明選本之詩，惟《明詩綜》膾炙人口。其於牧翁選詩之旨，曾未究其所以然。余自計偕至觀政，往來京師十餘年，求其書不可得。今年五月，吾友粟谷青户部挼爲余於廠肆訪購一册，携歸湘中，盡晝夜之力讀之，始知前人譏彈，不盡得實。如前後七子摹擬剽賊，謬爲大言，以二李爲甚。牧翁指駁，蓋恐其疑誤後人。今滄溟、空同之詩尚存，可以取证。特國朝詩學家沿尚格調，與前後七子針芥相投，驟聞牧翁之言，不免失所依傍，故百口一舌，謂《明詩綜》優於此書。其實《明詩綜》乃鄉願之所爲，《列朝詩》乃選家之詩史耳。明人於李茶陵、張江陵二公，議論是非，大都出於私怨。牧翁於二公推重甚至，是觸天下之私疑。平心論之，李茶陵周旋瑾閹，扶持善類，罷相以後，囊橐蕭然，至以賣文鬻字，消閒度日，其孤忠亮節，豈可僞爲者。江陵救時之相，爲人所不敢爲，至今修《明史》諸臣文集流傳，無不稱其相業。牧齋選詩時，正是非未定之日，乃獨主持公議，盡掃蚍蜉，非具三長之史才，烏能有此卓識耶？至其於文林藝苑布衣山林之士，尤恐事迹不克詳盡，使其人淹没無傳，故殷然提倡表揚，不啻若自其口出，是其宅心忠厚，亦何讓於彝尊。況明季竟陵鍾、譚創爲纖詭一派，所選《詩歸》一書，傾動海内，靡然從風。後世言詩者目爲亡國詩妖，誠非過論。牧翁於伯敬爲同年進士，絶無回護之辭，此豈顛倒是非，混淆黑白之所爲耶？今人但見《明詩綜》一書，户誦家絃，譽多毀少，正不知牧齋所選爲丹爲青，百吠相隨，使此翁含冤於地下。歸愚學究，奉漁洋爲神明，其《别裁》云云，殆無足輕重。文簡、文達一代名人，而亦持此偏見之論，則非余所知也。（《郋園目讀書志》十六）

是「亦人心彝秉之公，有不知其然而然者」歟。

其論《明詩綜》之失者，有全祖望、張爲儒、張宗泰諸人。全祖望《書明詩綜後》（《鮚埼亭集外編》

三一)云:

竹垞選《明詩綜》,網羅固多,訛錯亦甚不少。即以吾鄉前輩言之,屠辰州本畯並未嘗爲福建運司,蓋因其曾任運同而訛。陸大行符東林復社名士,有《環堵集》傳世,乃訛其名爲彪。以此推之,必尚有爲我輩所不及考者。

張爲儒《蟲獲軒筆記》(吴壽暘《拜經樓藏書題跋記》五引)云:

朱竹垞先生選《明詩綜》,喜删改前人之句,然有大失作者之旨者。即如亭林集中《禹陵》二十韻,前半「大禹南巡守,相傳此地崩」十韻叙禹陵,後半「往者三光降,江干一障乘」八韻叙乙酉魯王監國事,而末四句總結之曰:「望古頻搔首,嗟今更拊膺,會稽山色好,悽惻獨攀登。」《詩綜》芟去中間「往者」十六句,則所謂「嗟今更拊膺」者竟不知何所指。竹垞選此書,意欲備一代文獻,宜其持擇矜慎,况生平又與亭林交好,没後録其遺詩,似不應鹵莽至此也。

張宗泰《書朱彝尊明詩綜後》(《魯巖所學集》十四《詩綜》跋共六篇)云:

《詩綜》卷帙浩繁,其中亦不免脱漏:如徐泰《詩談》,稱劉崧詩如冬嶺孤松,老而愈秀,而緝評中未收入也。郭維藩著《杏東集》十卷,任環著《山海漫談》三卷,張鹵著《張滸東集》十四卷,吕維祺著《明德堂集》三十六卷,並見《提要》别集類;李英著《歷遊集》、《餐霞集》、《當壚集》,見王士禛《居易録》卷三十二,均當爲補入也。又胡震亨編《唐音統籤》千餘卷,雖未盡付剞劂,不可謂之無功於藝苑;陳邦瞻續成馮琦之《宋史紀事本末》,又纂《元史紀事本末》,不可謂之無功於史學，而二人名下均未論及也。又王清臣《述懷詩》，據《漁洋詩話》「靜聽鳥語繁」下，有「諸有弄化本，雜沓呈真元。曉然似供我，寧不倒清樽」二十字，詞意亦殊不惡，乃不明其去取之意何也。其中又有前後互見，失於刊削者：如「翰林多吉水，朝士半江西」，既見吴伯宗下，又見周叙下。「諸公所講者性，僕所言者情也」，既見莊昶下，又見湯顯祖下。康陵御製靳貴祭文：「朕居東宫，先生爲輔」云云，既見靳貴下，又見劉玉下。王敬美云「詩有不能廢者」云云，凡百餘字，既見徐禎卿下，又見高叔嗣下。金童玉女之目，既見祁彪佳下，又見商景蘭下。凡此均當一爲删正，以省繁複也。（**再書明詩綜後**）

《詩綜》有沿襲之誤者數條：如宋之周密，自其曾祖隨高宗南遷，爲南人者已歷三四世，而密則身居吴興，又流寓武林。《詩綜》於張紳下云齊東自周公謹而後，復有此人。其實公謹之一生，蓋未嘗一履齊東之境也。葉石林提舉洞霄宫，居吴興弁山。《齊東野語》曰：「吾鄉故家，如石林葉氏」云云。以吴興爲吾鄉，則其世居吴興可知也。《四庫全書提要》：《珊瑚木難》八卷，朱存理撰。《鐵網珊瑚》十六卷，乃趙琦美之書，其題存理名者，沿襲之誤也。《詩綜》於朱存理下，仍以《鐵網珊瑚》歸之，失於詳審矣。又《提要》於《冷齋夜話》下云：惠洪本彭氏子，於淵材爲叔侄，故書中不繫以姓，而其標題乃皆以爲劉淵材，爲失之不考。《詩綜》於王慎中下亦作劉淵材，則承襲之訛也。岳珂《桯史》：康與之在高宗朝，以詩章應製，與左璫狎。適睿思殿有徽宗御畫扇，上時持玩流涕。璫偶竊攜至家，而康適來，漫出以示。康給璫入取肴核，輒泚筆幾間，書一絶於上云云。《詩綜》於王家屏下，謂祖宗翰墨，儲藏於玉堂之署，此康與之得題年年花鳥無窮恨也。而康與之題御畫扇，實非得之玉堂也。《提要》：　元杜本編宋末遺民之詩，爲《谷音》二卷，皆古直悲涼，風格遒上。而所著《清江碧嶂集》，乃粗淺不入格。《詩綜》於李天植下，不以爲合乎《谷音》之旨，而以爲合乎《清江碧嶂》之旨，爲失檢矣。《提要》於《永樂大典》下，謂永樂元年七月奉敕撰。二年十一月奏進，既而以所纂爲未備，復命太子少保云云，於五年十一月奏進。則《大典》之修，前後亦歷四五年之久。《詩綜》於釋子善啟下，謂《大典》成書不過數月間事，亦爲考之未審也。（《三書明詩綜後》）

《詩綜》有以前代人之詩爲明人詩者：　如天台宋氏《賣宅詩》，出趙葵《行營雜録》；洞庭老人歌，出洪邁《夷堅志》，厲鶚編入《宋詩紀事》，宜也，而編入《詩綜》則失之矣。又《題陶淵明五柳圖詩》，見元貢師泰《玩齋集》中，而以爲袁敬所詩。項真《梳奩銘》：「人之有髮，旦旦思理；　有身有心，胡不如是。」全襲盧仝《梳銘》，而均不能辨也。又《明妃出塞圖詩》，既見黄仲昭下，又編入黄幼藻下，亦爲失於參证。又有攘前人之説爲己説者，如「發纖穠於簡古，寄至味於淡泊」，東坡評韋蘇州語也，而陳嗣初評張適詩襲之。「人嘗咬得菜根，則百事可作」，宋汪信民語也，而魯鐸襲之。「詩者人心之感物而形於言也」云云，共七十九字，朱子《詩集傳序》語也，而權攬《酬唱詩序》襲之。乃稱其爲名言，稱其中繩度，而不能辨其言之出於前人也。（《四書明詩綜後》）

《詩綜》卷帙既富，亦時有小疵：　如鄭世子載堉，讓國盟津，初未嘗嗣爵爲王也，而小傳曰王恭王子。王荆公詩：「病身最覺風霜早。」而孫蕡下集句，訛作「風霧」。杜工部詩：「不廢江河萬古流。」而何景明下訛作「萬里」。修武縣逯杲字光古，而訛作逯昶。朱經字仲誼，而沐昂下訛作朱仲經。王韋閣試《春陰詩》，末云：「起來小立傍蘭階。」而以爲篇中。靳貴丹徒人，而訛作「丹塗」。毛伯温下，「東堂」、「東塘」，歧出不一。又福州道山下，有朱子所書「石室清隱」字，魏文焲家近山麓，故名其集曰《石室秘抄》，而訛作「私抄」。《禮坊記》：「寡婦不夜哭。」徐渭作《袁中郎文集序》，如「寡婦之夜哭」，亦不能駁正也。來知德嘉靖壬子舉人，而誤作萬曆壬午。輯《甬上耆舊詩》者爲胡文學，李嗣鄴則爲詩人作傳也。而陸寶下，以輯詩者爲嗣鄴。陳子龍亦死殉國難，而小傳及緝評詩話均未著其事。釋子海明下云四川人，主嘉興東塔寺，後入蜀。按海明本蜀人，當云還蜀，而不當云入蜀也。（《五書明詩綜後》）

朱竹垞編《明詩綜》，於卷六十七陸寶下，謂李杲堂輯《甬上耆舊詩》，自詡搜隱獲奇，而顧於余君房、屠緯真諸人，曾識面卜鄰之陸寶，乃獨遺之，爲不可解。考杲堂編《耆舊集》實四十卷，後十卷未及雕刻，故天啟、崇禎兩朝詩人缺焉。竊以《詩綜》所收，自董守諭以下，萬泰、周齊曾、張煌言、薛暨諸家，當亦曾經編輯，而未及授梓。不惟此也，釋子中如宏灝、佛引、圓復、圓信、海明、無愠諸人，以及住智門寺之福祥，住延慶寺之大同、守仁、傳慧，想亦俱在所未刻十卷之中，竹垞偶未之思耳。（《書明詩綜六十七卷後》）

張氏所舉諸誤，或有從《列朝詩集》中來者。張氏未見《詩集》，故概歸之《詩綜》耳。至引《禮坊記》

「寡婦不夜哭」，而謂朱氏不能駁正徐渭「如寡婦之夜哭」之句，其迂腐之態亦可想也。

錢氏不能死節，後人對之每有微辭，如《牧齋遺事》（《古學匯刊》第一集本）所記是也。然讀其著作，誠如鄧實《投筆集跋》所云：「其繫心宗國，不忘欲返，乃託之吟詠以抒其憤激，猶可謂慘怛而思反本者。以詩論，沉鬱悲涼，哀麗欲絶，亦不愧草堂之作也。」兹復録章大炎《檢論》（八）之言以終吾篇：

謙益爲人，徇名而死權利，江南故黨人所萃，已以貴官擅文學，爲其渠率，自喜也。鄭成功嘗從受學，既而舉舟師入南京，皖南諸府皆反正。謙益則和杜甫《秋興》詩爲凱歌，且言新天子中興，己當席藁待罪。當是時謂留都光復，在俾睨間，方偃卧待歸命，而成功敗。後二年，吴三桂弑末帝於雲南，謙益復和《秋興》詩以告哀。凡前後所和幾百章，編次爲《投筆集》。其悲中夏之沉淪，與犬羊之俶擾，未嘗不有餘哀也。康熙三年卒。初明之亡，有合肥龔鼎孳、吴偉業，皆以降臣善歌詩，時見憤激。而偉業稍深隱，其言近誠。世多謂謙益所賦，特以文墨自刻飾，非其本懷。以人情思宗國言，降臣陳名夏至大學士，猶拊項言不當去髮，以此知謙益不盡詭僞矣。

其言平允。要而言之，《明詩綜》固不敵《列朝詩集》，即以詩文論，湛深博大，《曝書亭集》亦何能敵《初學集》、《有學集》哉！後之論者，其亦知所反矣。

（《嶺南學報》第十一卷第一期，一九五〇年十二月）

明詩綜采摭書目

專集暨府州縣志概不載

劉仔肩雅頌正音五卷
偶桓乾坤清氣十卷
許中麗光岳英華十五卷
王謣皇明珠玉八卷
賴良大雅集八卷
沈巽明詩選
游芳皇明雅音三十卷
鄭晦朝野詩選八卷
魏仲敬敦交集一卷
徐達左金蘭集三卷
顧瑛玉山雅集十三卷

俞道生蘭芬集二卷
李伯璵文翰類選一百六十二卷
蕭儼風雅廣選三十七卷
瞿佑鼓吹續音一卷
朱紹鼓吹續編十卷
胡琰大明鼓吹十卷
晏鐸鳴盛集十卷
蘇大皇明正音
高播明詩選粹十卷
李景孟皇明正音七卷
徐庸湖海耆英詩集十二卷

徐泰皇明風雅四卷
范士衡群英珠玉集
江昌盛明風雅十二卷
程慶玧聲文會選
楊循吉大明文寳八十卷
懷悅士林詩選二卷
陳察名臣觀感集二卷
釋文湛江海群英集
符觀明詩正體五卷
楊慎明詩鈔七卷
謝東山明近體詩鈔二十九卷
狄斯彬明律詩類鈔
李先芳明雋十卷
朱曰藩七言律細二卷
胡應麟七言律範十五卷
穆文熙批點七言律十二卷

彭會明七言律傳五卷
張玉成七言律凖四十六卷
楊巍弘正詩鈔十卷
岳岱今雨瑤華一卷
李蓘明藝圃集
俞憲盛明百家詩一百卷
顧起綸國雅二十四卷
李騰鵬明詩統四十二卷
穆光徹明詩正聲十八卷
盧純學明詩正聲六十卷
黄德水國華集三卷
李攀龍今詩删三十四卷
范惟一明詩摘鈔四卷
張士淪國朝詩纂十四卷
董匡自見集六卷
屠本畯情采篇二十六卷

慎蒙明詩選七卷
何喬遠明文徵七十四卷
朱之蕃明百家詩選三十卷
曹學佺明詩六集共五百四十八卷
周詩雅明詩選十五卷
華淑明詩選四卷
朱梧琬琰清音十二卷
錢謙益列朝詩集八十一卷
陸應陽明詩妙絶五卷
黎民表明音類選十二卷
朱多炤友雅三卷
唐濱石松集一卷
陸原溥明賢詩選二卷
朱萬年明詩脈七卷
傅振商明風雅元音四卷
陳子龍明詩選十三卷

陳繼儒國朝名公詩選
朱隗明詩平論二十卷
陳濟生兩朝遺詩十卷
黃傳祖扶輪集十四卷
韓純玉明詩兼一百卷
彭孫貽明詩選
吳系鷩隱集
吳振蘭歲寒集
陳瑚離憂集二卷
顧有孝麗則集
朱士稚等道南集二十卷
曾燦過日集
馮舒懷舊集
陳光綍明詩選
徐崧詩南十二卷
鄧漢儀詩觀

魏璧今詩粹
閔士行明布衣詩
張可仕補訂明布衣詩一百卷
許國七人鳴盛集
益藩潢南盛明十二家詩
陳經邦皇朝館課五十一卷
陸翀之經世宏辭十四卷
失名明詩妙絶
失名大明詩選二十卷
失名大明雅音六卷
梅鼎祚女士集二十卷
劉之汾翠樓集
方維儀宮闈詩史
鄒漪江蕉集
沈宜修伊人思一卷
酈琥彤管遺編二十卷

季嫺閨秀集二卷
失名名媛璣囊
釋普文禪藻集二十八卷
毛晉明僧弘秀集十二卷
陳文燭江國風雅
王崇簡畿輔詩存十二卷
孫汝敉燕郡游覽志詩
劉侗帝京景物略詩
譚吉璁肅松録詩
姚汝循金陵風雅四十卷
謝雒白門新咏八卷
葛□金陵梵刹志詩
歐勝江浦餘音十卷
史學埭谿文獻
吳穎溧詩選四卷
錢穀續吳都文粹六卷

劉同升金陵游覽志
杜嗣昌姑蘇集
皇甫汸等長洲藝文志二十四卷
王賓虎邱詩集二卷
黄習遠靈巖山志八卷
顧瑛玉山名勝集八卷
王鏊震澤編八卷
蔡雲程包山集四卷
管一德常熟藝文志十八卷
周復浚玉峰詩纂六卷
俞允文崑山雜詠二十八卷
周永年吴江藝文志
顧有孝等吴江詩略十卷
周安松陵詩乘六卷
陸之裘太倉文略六卷
翟校練音四卷

周玄初鶴林類集一卷
邵寶惠山集六卷
翟厚錫山遺響十卷
沈敕荆溪外紀詩
邱維賢澄江詩選四十二卷
唐成京江遺響四十卷
張萊京口三山志詩十卷
胡經會山志
朱文山京口三山續志詩
程敏政新安文獻志詩
陳有守等徽郡詩選
王寅新都秀運集二卷
李敏徽詩類篇四十二卷
汪先岸休陽詩雋十二卷
程孟黄山小録
方漢齊雲山志七卷

梅鼎祚宛雅八卷
李士琪續宛雅八卷
湯賓尹宣城右集
潘塤淮郡文獻二十六卷
盧純學明廣陵詩集
趙廷瑞南滁會景編四卷
方繼學浙音會略十七卷
楊維楨西湖竹枝詞一卷
孫景時武林文獻録
田藝蘅西湖游覽志餘詩
徐懋升湖山詩選六卷
吴之鯨武林梵刹志詩
至正庚申檇李倡和詩
朱翰檇李英華詩集十六卷
蔣之翹檇李詩乘四十卷
周履靖鴛湖唱和詩一卷
沈季友檇李詩繫三十六卷

劉常武原詩集一卷
王文禄海鹽文獻志
水竹居詩一卷
龔勉烟雨樓集四卷
錢琦等小瀛洲十老詩
浦端模嘉善人文紀略十二卷
胡震亨鹽邑藝文志
徐獻忠吴興掌故集十七卷
董斯張吴興藝文補七十卷
錢學吴興詩選六卷
朱士稚等吴越詩選二十二卷
張園真烏青文獻六十卷
求漁越山鍾秀集
王埜越詩十二卷
謝黨古虞詩集二卷
毛奇齡越郡詩選
祁彪佳寓山志四卷

苎蘿山志
黄宗羲姚江逸詩十五卷
黄潤玉四明文獻録
李堂四明文獻志十卷
宋恢四明雅集四卷
何白鄞詩嫡派四卷
楊子器慈溪詩選十卷
戴鯨四明風雅四卷
宋弘之四明雅集
陳□□甬東詩括
黄宗羲四明山志
周應賓普陀山志五卷
李嗣鄴甬東耆舊詩集三十卷
徐楚青溪詩集六卷
吳堂富春志四卷
鮑楹青溪詩集
吳希孟釣臺集十卷

章琥釣臺集拾遺四卷
阮元聲金華詩粹十二卷
鄭氏麟谿集二十二卷
童品金華文獻録
錢奎北山志十卷
董肇勳東陽歷朝詩六卷
謝鐸赤城詩集六卷
王啟三台文獻
潘瑊天台勝蹟二卷
天台方外志
趙諫東甌詩集十五卷
朱諫雁山志四卷
韓陽西江詩選十卷
舒曰敬豫章詩選二十四卷
王綸滕王閣集二卷
童遵滕王閣集十卷
張應雷金溪文獻考

桑喬廬山紀事十二卷
朱觀熰海岳靈秀集
錢肅潤泰山詩選三卷
魯藩別乘不分卷
查志隆岱史
王崇慶蓬萊觀海亭集三卷
燕汝靖嵩岳古今集録
明中州詩選二十二卷
趙來復梁園風雅二十六卷
朱睦㮮中州文獻志四十卷
李濂祥符文獻志十七卷
胡纘宗雍音四卷
南鏜商山題詠二卷
南軒明關中文獻志五十卷
南師仲增定關中文獻八十卷
文翔鳳周雅續
李時芳華岳全集十卷

楊慎温泉詩一卷
仕國人文
喬世甯五臺山志一卷
清涼山志一卷
丁守中王官谷圖集四卷
王濬和恒岳志二卷
婁虚心北岳編五卷
陳士元岳紀六卷
彭簪衡岳志八卷
鄧雲霄衡岳志八卷
任自垣太和山志十五卷
岳陽紀勝彙編四卷
馬朴襄陽名蹟録二卷
鄧原岳閩中正聲七卷
陳元珂三山詩選八卷
徐熥晉安風雅十二卷
何炯清源文獻十八卷

鄭岳莆陽文獻志七十五卷
柯維騏續莆陽文獻志
汪佃武夷山志二卷
楊亘武夷山志六卷
勞堪武夷山志四卷
邱雲霄武夷山志六卷
黄天全九鯉湖志
鼓山志
玉華洞志
王惠嶺南聲詩鼓吹
韓延粤音三卷
區懷瑞嶠雅
王準嶺南詩
陳璉羅浮志十五卷
黎民表羅浮山志四卷
霍尚守西樵山志

陳璉寶安詩録一卷
祁順寶安詩録後集一卷
張邦翼嶺南文獻三十八卷
魏濬西事珥八卷
張鳴鳳桂勝十四卷
楊慎全蜀藝文志六十四卷
杜應芳續補蜀藝文志五十四卷
沐昂滄海遺珠四卷
吴明濟朝鮮詩選四卷
黄洪憲輶軒録四卷
嚴從簡殊域周咨録二十四卷
李文鳳粤嶠書詩二卷
孫致彌朝鮮采風録
朝鮮皇華集

《明詩綜采摭書目》，不知何人手鈔，乃先生所改定者，亦係老年筆也。《明詩綜》開琱於白蓮涇，鏤版極精，而未刻此目，安得好事者補成之。此版昔爲桐鄉金氏所得，今不知在何所矣。道光乙未重午，里後學馮登甫裝治成册并記。

明詩綜作者索引

説　明

一、本索引收録了《明詩綜》所有作者，包括不著姓氏的樂章、無名子、神鬼等。

二、人名之後用兩組數字，分別表示該作者在《明詩綜》中的册數、頁數，例如：

方邦望　四/1837

即表示方邦望在本書的第四册、第一八三七頁。

三、凡帝王均按原書取其廟號作爲主目，其他稱謂列爲參見條目。例如：

太祖高皇帝　一/1

朱元璋　見太祖高皇帝

四、本索引以作者姓氏筆畫爲序，同姓氏者按其第二字、第三字的筆畫順序排列。

□明　八/4368

二畫

丁元公　七/3575
丁元復　五/2602
丁元薦　五/2774
丁此吕　五/2681
丁奉　三/1652
丁乾學　六/3083
丁雲鵬　六/3241
丁麟　二/510
卜大同　四/2269
卜大有　四/2270
卜大順　四/2270
卜舜年　七/3534

三畫

于太夫人劉氏　八/4159
于奕正　七/3748
于若瀛　五/2742
于慎行　五/2567
于震　四/1830

于頴　六/3356
于謙　二/911
大本　八/4316
大圭　八/4317
大壑　八/4348
大璸　八/4373
大同　八/4320
小水人　八/4553
万金　八/4285

四畫

不出戶庭錄　八/4507
中心叟　八/4481
丹川　八/4493
尹子雲　八/4415
尹仁鏡　八/4433
尹伸　七/3611
尹昌隆　二/816
尹殷輔　八/4436
尹耕　四/2032
尹嘉賓　六/3019
尹臺　四/2050
尹鳳岐　二/888
仁宗昭皇帝　一/7
元瀞　八/4307
公鼐　六/2958
公鼒　六/3211
升祔　八/4102
卞同　二/715
卞洪勳　六/3112
卞榮　二/1017
卞錫　四/2192
天目游人　八/4490
太祖高皇帝　一/1
太廟時享　八/4099
太學釋奠　八/4099
孔天胤　四/2015
尤安禮　二/942
尤嘉　五/2481
戈用泰　五/2815
戈如珪　七/3951
戈金湯　六/3365
戈鎬　二/518
支大綸　五/2651
文氏　八/4169
文安之　六/3303
文林　三/1245
文洪　三/1194
文柟　七/3916
文彭　四/2281
文森　三/1299
文湛　八/4330
文翔鳳　六/3015
文嘉　四/2282
文德翼　六/3410
文徵明　四/1841
文震亨　七/3499
文震孟　六/3293
斗孃　八/4158
方九功　四/2186
方九敘　四/2132
方于魯　六/3242
方大任　六/3061
方大鎮　五/2812
方太古　三/1340
方孔炤　六/3062
方文　七/4031
方以智　六/3439
方弘靜　四/2168
方向　三/1269
方行　八/4230
方孝孺　二/737
方沆　五/2588
方良節　三/1361
方邦望　四/1837
方其義　七/3918
方孟式　八/4175
方尚恂　六/3051
方效　五/2411
方授　七/4045
方逢年　六/3296
方逢時　四/2106
方揚　五/2608
方熙　二/993

方維則　八/4178
方維儀　八/4176
方豪　三/1647
方鳳　三/1641
方震孺　六/3044
方學漸　五/2511
方學箕　五/2512
方澤　八/4333
方興邦　五/2413
方謨　二/1027
方鵬　三/1637
方獻夫　三/1469
月山大君婷　八/4469
木公恕　八/4400
木青　八/4402
毛以燵　六/3099
毛伯温　三/1629
毛紀　三/1289
毛晉　七/3947
毛堪　六/2935
毛鈺龍　八/4159
毛憲　三/1686
牛恒　四/2070
牛諒　一/161
王一鶚　四/2173
王九思　三/1574
王士和　七/3608
王士性　五/2669
王士昌　五/2776
王士騏　五/2849
王中　二/683
王之鼎　六/3218
王心一　六/3042
王世貞　五/2297
王世懋　五/2383
王以旂　三/1671
王可大　四/2184
王用賓　四/1806
王立道　四/2064
王仲煇　三/1168
王光承　七/3798
王同軌　六/3122
王同祖　四/1811
王在晉　五/2860
王好問　四/2162
王守仁　三/1415
王旬　二/674
王行　一/386
王行儉　七/3610
王佐　三/1101
王佐　一/405
王佐　二/970
王佐聖　七/3613
王佑　二/571
王伯稠　六/3183
王圻　四/2225
王希旦　四/1835
王廷相　三/1576
王廷宰　七/3510
王廷陳　四/1769
王廷幹　四/2044
王廷璧　七/3930
王志堅　六/3018
王沂　一/484
王良佐　三/1388
王邦瑞　四/1749
王叔舟　二/697
王叔承　五/2540
王叔杲　四/2213
王叔英　二/747
王受甫　五/2558
王尚絅　三/1438
王昇　三/1187
王直　二/860
王屋　六/3343
王思任　六/2909
王洪　二/822
王秋英　八/4553
王英　二/857
王貞慶　二/1093
王韋　三/1604
王颪　七/3962
王家屏　五/2562
王恭　一/429

王時敏　七/3520
王時濟　五/2748
王格　四/1957
王烈　七/3799
王留　七/3532
王素娥　八/4151
王珙　二/694
王翃　七/3979
王莒　五/2741
王健　四/2083
王問　四/2095
王寅　五/2489
王崇古　四/2105
王崇慶　三/1625
王授　六/3229
王梅　四/2027
王清　二/1036
王清臣　六/3373
王淮　二/1092
王紳　二/773
王紱　二/824
王逢年　五/2555
王野　六/3261
王章　七/3603
王偁　一/427
王弼　三/1254
王敞　三/1268
王景　二/818
王象艮　六/3117
王象春　六/3021
王象晉　六/2990
王越　二/1052
王超　二/704
王雲鳳　三/1277
王嗣經　六/3183
王嗣奭　六/2950
王微　八/4535
王愛　五/2864
王慎中　四/1977
王敬中　二/716
王敬臣　六/3102
王猷定　七/3790
王瑛　四/2044
王虞鳳　八/4162
王道　三/1673
王道行　五/2367
王達　二/819
王溱　三/1699
王嘉謨　五/2779
王漸逵　四/1767
王維楨　四/2061
王維儉　六/2908
王與胤　七/3607
王蒙　二/589
王賓　一/493
王鳳嫺　八/4166
王鳳靈　四/1785
王暇　二/648
王禕　一/125
王寬　三/1180
王履和　六/3354
王德新　五/2695
王偰　二/1048
王樂善　五/2889
王畿　四/2040
王穀祥　四/2010
王誼　二/997
王醇　六/3285
王養正　七/3648
王潢　六/3422
王樵　四/2149
王澤　二/604
王璜　三/1690
王翱　八/4207
王衡　六/2954
王錫爵　五/2385
王錫闡　七/3864
王錫袞　六/3301
王懌　二/999
王璽　六/3239
王應辰　五/2531
王應鍾　四/2113
王應鵬　三/1633
王懋明　五/2501

王鴻儒　三/1291
王璲　二/820
王彝　一/227
王翹　五/2492
王謳　四/1783
王寵　四/1860
王瀛　四/1892
王襞　五/2510
王鏞　一/182
王鏊　三/1250
王巖　七/3968
王圱　六/3399
王彥泓　六/3368
王穉登　五/2544
王褒　一/422
王鐨　七/3919
王鑛　五/2406
殳丹生　七/3931

五畫

世宗肅皇帝　一/18
丘上儀　七/3515
丘民　一/171
丘兆麟　六/3015
丘吉　三/1163
丘雲霄　五/2444
丘遂　七/3552
丘輔仁　二/705
丘濬　二/1068
以貞　八/4355
冬橘　八/4554
包桐　五/2395
包捷　六/3473
包節　四/2036
包聖　二/583
包鼎　三/1262
司綵王氏　八/4106
史元中　五/2396
史玄　七/3913
史忠　三/1324
史徐　三/1350
史能仁　七/3498
史起蟄　四/2185
史敏　二/1016
史傑　三/1160
史靖可　二/524
史鈳　五/2602
史遷　二/592
史謹　二/726
史鑑　三/1310
左光斗　六/3004
左國璣　三/1607
左懋第　七/3625
平顯　二/933
弘句　八/4380
弘灝　八/4359
本成　八/4366
正念　八/4336
正德中朝士　八/4499
永瑛　八/4329
永壽恭和王秉欓
　一/57
玄穆　八/4323
玄默　六/3087
玉堂逐客　八/4505
玉華山樵　八/4491
甘茹　四/2158
甘復　二/730
甘瑾　二/578
田一儁　五/2573
田子貞　二/678
田有年　六/3462
田汝成　四/1962
田汝驎　四/2167
田娟娟　八/4145
田惟祜　三/1657
田登　三/1469
田頊　四/1820
田汝秫　三/1606
田藝衡　六/3112
申用懋　五/2739
申光漢　八/4438
申佳胤　七/3606
申叔舟　八/4416

申時行　四/2202
申屠衡　一/180
申從濩　八/4420
申紹芳　六/3061
申欽　八/4457
申鑌芳　七/3520
白光勳　八/4454
白悅　四/2041
白範　二/583
白頭閒話　八/4487
石九奏　五/2866
石文睿　四/1963
石沆　六/3272
石星　五/2368
石崑玉　五/2693
石淙集附録　八/4500
石麟　四/1872
石瑶　三/1285
立春特享武宗
　八/4101

六畫

伊乘　三/1257
伍方　二/1071
伐倭告祭南郊
　八/4103
仲春龍　五/2431
任山甫　六/3109
任原　二/611
任淳　四/1816
任道　三/1190
任環　四/2123
任瀚　四/1997
光澤榮端王寵瀼
　一/56
全天敘　五/2771
全思誠　一/112
危素　一/141
向杰　六/3243
夷簡　八/4285
如皐　八/4293
如清　八/4363
如愚　八/4358
如曉　八/4365
如蘭　八/4312
如觀　八/4364
守仁　八/4278
安南使臣　八/4477
安夏　七/4044
安紹芳　六/3149
安慶王恬熾　一/62
安磐　三/1465
戎來賓　五/2416
戎玠　六/3239
成氏　八/4470
成仲龍　六/3398
成回　八/4380
成侃　八/4424
成始終　二/1007
成俔　八/4423
成祖文皇帝　一/4
成靖之　六/3001
成德　七/3604
朴文昌　八/4461
朴原亨　八/4414
朴淳　八/4443
朴瀰　八/4462
朱一是　六/3469
朱士稚　七/3872
朱大韶婢　八/4203
朱大啓　六/3031
朱之蕃　六/2903
朱元璋　見太祖高
　皇帝
朱友諒　二/732
朱日升　七/3722
朱曰藩　四/2128
朱世濂　一/224
朱右　一/221
朱永年　五/2444
朱用調　七/3909
朱由檢　見莊烈愍
　皇帝
朱同　一/170

朱多烴　八/4128
朱多熿　八/4127
朱多㷻　八/4131
朱存理　三/1170
朱安氵　八/4117
朱成泳　見秦簡王
朱有燉　見周憲王
朱朴　三/1352
朱妙端　八/4147
朱希晦　二/729
朱廷立　四/1907
朱志㙺　見秦康王
朱見深　見憲宗純皇帝
朱孟烷　見楚莊王
朱孟震　五/2578
朱季堄　見楚憲王
朱承綵　八/4122
朱明鎬　七/3760
朱昇　二/643
朱武　二/726
朱治憪　六/3319
朱祁鎮　見英宗睿皇帝
朱秉欓　見永壽恭和王
朱芾　二/521
朱芾煌　六/3420
朱長春　五/2749
朱厚煜　見趙康王
朱厚熜　見世宗肅皇帝
朱厚燁　見益莊王
朱恬焇　見沁水昭定王
朱恬烷　八/4137
朱恬焯　見鎮康王
朱恬爍　八/4136
朱恬烄　見瀋宣王
朱恬爥　見安慶王
朱柏　見湘獻王
朱胤栘　見瀋憲王
朱胤椗　見德平榮順王
朱茂昭　七/3530
朱茂時　七/3528
朱茂晥　七/4088
朱茂暉　七/3813
朱茂曙　七/4081
朱茂曜　七/4087
朱茂晭　七/4090
朱家相　五/2818
朱效鍚　八/4139
朱泰堪　見魯惠王
朱泰禎　六/3068
朱真淤　見肅靖王
朱祐樘　見孝宗敬皇帝
朱純　二/966
朱純元　六/3233
朱豹　四/1793
朱高煦　見漢庶人
朱高熾　見仁宗昭皇帝
朱國祚　五/2715
朱常汯　八/4142
朱術埛　八/4126
朱訥　三/1351
朱逢吉　二/519
朱淛　四/1933
朱理圪　八/4138
朱理圻　八/4139
朱理坦　見保定惠順王
朱理堯　見瀋定王
朱理塯　八/4138
朱理堦　見沁水王
朱翊鈞　見神宗顯皇帝
朱復　七/3907
朱扉　七/4009
朱期至　五/2648
朱朝壝　八/4121
朱朝瑛　六/3449

朱棣　見成祖文皇帝
朱植　見遼簡王
朱無瑕　八/4529
朱琳　二/958
朱善　一/114
朱陽仲　五/2533
朱陽鑄　見魯莊王
朱勤炛　八/4120
朱慎鍾　見慶成王
朱敬鏌　八/4113
朱瑞登　四/2116
朱睦㮮　八/4118
朱睦橫　八/4120
朱詮鉌　見潛安王
朱載堉　見鄭世子
朱椿　見蜀獻王
朱隗　七/3736
朱夢炎　一/153
朱察卿　五/2514
朱彰　三/1156
朱睿　七/3946
朱碩熿　八/4140
朱維京　五/2676
朱肇煇　見魯靖王
朱德蓉　八/4187
朱慶棨　八/4122
朱模　二/596
朱誼汃　八/4114
朱賡　五/2566
朱器封　八/4141
朱翰　三/1168
朱衡　四/2016
朱諫　三/1405
朱謀圭　八/4136
朱謀瑋　八/4132
朱謀堚　八/4135
朱謀𣈶　八/4134
朱頤垓　八/4124
朱橚　見周定王
朱彌鉗　見唐恭王
朱彌鍗　見唐成王
朱應辰　四/1890
朱應辰　二/647
朱應祥　三/1151
朱應登　三/1583
朱應龍　六/3199
朱應轂　五/2687
朱燮元　五/2859
朱曜　三/1345
朱瞻基　見宣宗章皇帝
朱寵淹　見衡陽安懿王
朱寵瀼　見光澤榮端王
朱繼祚　七/3665
朱鶴齡　七/3877
朱權　見寧獻王
朱顯槐　見武岡保康王
朱讓栩　見蜀成王
朱鷺　六/3350
朱觀熰　八/4123
江以達　四/1961
江珍　四/2124
江盈科　五/2898
江禹莫　六/3222
江娥　八/4203
江暉　四/1779
江漢　一/180
池顯方　六/3330
牟倫　二/898
牟嘉敍　五/2505
百泉書院降神詩　八/4548
米雲卿　六/3273
米萬鍾　六/2913
米壽都　七/3749
羽孺　八/4533
耳園公　八/4505
自恢　八/4314
自悅　八/4292
至仁　八/4306
至道　八/4311

艾穆　六/3095
行悫　八/4364
行剛　八/4394
行徹　八/4393
西寧侯邸花神
　八/4555
吕大器　六/3377
吕不用　一/465
吕光洵　四/2020
吕克孝　六/2918
吕希周　四/1948
吕坤　五/2641
吕茂良　七/3938
吕柟　三/1623
吕原　二/1008
吕時中　四/2107
吕時臣　五/2475
吕高　四/1994
吕敏　一/389
吕誠　二/670
吕維祺　七/3584
吕潛　六/3485
吕嵩　三/1229
吕瞿良　七/3938
吕懷　四/2026

七畫

佛引　八/4360
何三畏　五/2713
何大成　七/3550
何允泓　六/3286
何出光　五/2747
何白　六/3174
何如寵　六/2923
何良俊　四/2277
何良傅　四/2279
何其漁　七/3955
何孟春　三/1364
何洛文　四/2218
何述稷　七/4008
何御　四/2098
何喬新　二/1060
何喬遠　五/2770
何景明　三/1509
何棟　四/1807
何棟如　六/2935
何園客　七/3959
何萬化　六/3307
何瑭　三/1435
何維柏　四/2049
何慶元　六/2943
何澄　二/951
何遷　四/2109
何璧　六/3218
余文獻　四/2133
余曰德　五/2337
余正垣　六/3782
余有丁　四/2206
余孟麟　五/2631
余承恩　五/2455
余寅　五/2694
余堯臣　一/385
余善　八/4236
余詮　二/709
余增遠　六/3480
余慶　五/2533
余震　二/718
余颺　六/3433
余繼登　五/2660
余鵾翔　七/3720
克新　八/4291
冷謙　二/520
吴一元　六/3365
吴一鵬　三/1376
吴下人　八/4497
吴士奇　五/2869
吴大經　六/3186
吴大纘　五/2765
吴子孝　四/2007
吴子恒　二/953
吴子莊　二/692
吴中　二/722
吴中立　五/2604
吴中行　五/2601

吳元樂　六/3138
吳天泰　七/3554
吳天祐　四/1832
吳太冲　六/3389
吳文企　六/2938
吳文泰　二/593
吳文華　四/2185
吳日杲　七/3509
吳丕顯　五/2610
吳令則　八/4174
吳令儀　八/4175
吳去疾　二/513
吳旦　五/2410
吳本泰　六/3411
吳甘來　七/3601
吳仲　四/1764
吳兆　六/3267
吳如晦　七/3906
吳安國　五/2683
吳有涯　六/3332
吳伯宗　一/140
吳伯裔　七/3783
吳伯與　六/3049
吳伯敷　六/3039
吳志淳　一/456
吳系　七/3903
吳邦達　六/3231
吳宗儒　六/3234
吳忠　八/4521
吳承恩　五/2434
吳易　七/3658
吳拭　七/3553
吳洪　三/1253
吳重暉　七/3905
吳倫　二/727
吳師禹　八/4550
吳振蘭　七/3904
吳振纓　六/3306
吳時來　四/2175
吳晉錫　六/3438
吳桂芳　四/2119
吳益夫　四/1829
吳祖錫　七/3795
吳高　二/996
吳國倫　五/2334
吳惟英　七/3493
吳敏　三/1187
吳統持　七/3899
吳紹奇　六/3208
吳景明　五/2424
吳植　二/591
吳琳　一/168
吳舜舉　二/646
吳詔相　六/3100
吳雲　一/166
吳斌　二/607
吳溥　二/817
吳節　五/2409
吳載鰲　六/3381
吳道　六/3361
吳道南　五/2792
吳道約　七/3558
吳道隆　八/4246
吳鼎　四/1786
吳鼎芳　六/3265
吳瑗　五/2519
吳嘉紀　七/3936
吳夢白　六/3490
吳夢暘　六/3258
吳徹　八/4211
吳爾壎　七/3614
吳維嶽　五/2354
吳與弼　三/1141
吳寬　三/1230
吳德操　七/3513
吳稼澄　六/3119
吳璜　六/3210
吳蕃昌　七/3898
吳錦　五/2518
吳靜婉　八/4392
吳孺子　八/4244
吳應琦　六/2986
吳應箕　七/3649
吳應賓　五/2773

吳懋謙　七/3961
吳檄　四/1820
吳謙牧　七/3898
吳鍾巒　七/3718
吳隱玄　八/4242
吳擴　五/2516
吳鎮　二/951
吳璵　七/4023
吳翻　七/3803
吳鎧　四/1705
吳騏　七/3874
吳翾　七/3732
吳瓊　四/2072
吳瓊　五/2519
吳鵬　四/1908
吳夔　四/1886
吳鶴　六/3238
吳儼　三/1294
吳麟玉　七/3565
吳麟瑞　六/3086
吳麟徵　七/3599
吳爲霖　六/3364
吳鑛　三/1343
告祭北郊　八/4103
妙聲　八/4303
妖鼠詩　八/4556
孝宗敬皇帝　一/16
宋克　一/388
宋昂　八/4398
宋玫　六/3312
宋昱　八/4399
宋訥　一/114
宋登春　六/3141
宋儀望　四/2151
宋濂　一/122
宋蕙湘　八/4112
宋禧　一/209
宋璲　二/522
宋珏　六/3276
岑琬　二/980
廷俊　八/4289
戒襄　八/4340
改上成祖謚號
八/4103
李三才　五/2636
李士允　四/1766
李士標　七/3525
李子敏　八/4465
李才　五/2447
李之椿　七/3723
李仁　四/1911
李仁老　八/4464
李元昭　五/2461
李元陽　四/1984
李公柱　六/3461
李化龍　五/2638
李天植　六/3404
李日華　五/2870
李世熊　七/3762
李弘　二/696
李本緯　五/2866
李玉英　八/4156
李仲訓　二/967
李先芳　五/2352
李向中　七/3719
李因　八/4199
李好閔　八/4446
李汝蘭　四/2134
李自明　七/3521
李至剛　二/807
李克堪　八/4419
李吳滋　六/3087
李孝則　八/4458
李孝謙　二/938
李希輔　八/4427
李廷機　五/2734
李廷龜　八/4452
李沂　七/3970
李言恭　五/2472
李奇玉　六/3382
李孟璿　二/964
李季衡　二/965
李宗　三/1182
李宗城　六/3216

李宗樞　四/1911
李延興　二/626
李延昰　八/4249
李承召　八/4460
李昌祺　二/870
李東白　八/4512
李東陽　三/1109
李佸　八/4516
李奎　五/2449
李待問　七/3653
李流芳　六/2997
李英　八/4517
李貞儷　八/4538
李迪　二/983
李孫宸　六/3039
李悌謙　二/941
李時　三/1436
李時行　四/2116
李時勉　二/855
李桂　六/3212
李衷純　六/3036
李栻　四/2230
李珥　八/4444
李荇　八/4425
李堂　三/1296
李寅　七/3808
李崇仁　八/4408
李敏　五/2528
李勗　二/967
李傑　三/1209
李勝原　一/463
李植　八/4462
李舜臣　四/1913
李進　二/959
李開先　四/1992
李裕　二/1062
李詹　八/4409
李道生　二/681
李達　八/4461
李鼎　五/2790
李煒　七/3965
李夢陽　三/1477
李維楨　五/2374
李肇亨　七/3559
李際元　三/1689
李德　一/411
李德繼　六/3111
李標　六/3006
李標　七/3901
李模　六/3314
李潤慶　八/4440
李蔭　五/2430
李賢　二/995
李質　一/166
李濂　四/1712
李蕃　三/1144
李默　四/1801
李潔　八/4440
李嶸　八/4459
李應昇　六/3069
李應榮　二/508
李應禎　二/1059
李應徵　五/2613
李穡　八/4407
李翹　七/3551
李攀龍　五/2289
李繼貞　六/3041
李騰芳　五/2861
李鐸　二/675
李麟友　七/4012
李啓美　五/2778
李埈　六/3290
李畢　二/527
李蓑　四/2176
杜伸之　二/679
杜庠　二/1072
杜桓　二/892
杜湑　七/3958
杜嗣昌　三/1188
杜濬　七/4027
杜環　二/564
杜瓊　二/985
沙可學　二/673
沁水王珵堦　一/61

沁水昭定王恬烄
一/61
沈一貫　五/2565
沈七襄　八/4165
沈九疇　五/2677
沈士柱　七/3738
沈中柱　六/3459
沈之琰　七/3945
沈文煇　七/3569
沈木　六/3236
沈仕　五/2504
沈弘之　七/3539
沈弘度　六/3329
沈本初　三/1344
沈玄華　四/2211
沈光裕　六/3462
沈自友　七/3998
沈自邠　五/2674
沈自昌　七/3995
沈自炳　七/3757
沈自然　七/3996
沈自徵　七/3997
沈位　五/2585
沈孝徵　六/2939
沈周　三/1303
沈宜修　八/4180
沈明臣　五/2486
沈奎　四/2196
沈思孝　五/2574
沈紉蘭　八/4174
沈貞　一/445
沈琉　六/2916
沈恒　二/979
沈宸荃　六/3437
沈祖孝　七/3865
沈起　七/3902
沈倬　五/2553
沈珣　六/2988
沈瑋　二/1058
沈淳　二/1003
沈淵　四/2224
沈淮　四/2158
沈啓　四/2094
沈野　六/3270
沈章　七/3554
沈堯龍　五/2439
沈朝煥　五/2887
沈琦　六/2915
沈萃楨　六/3051
沈雲祚　七/3610
沈棨　三/1139
沈嗣貞　七/3558
沈愚　二/1088
沈愷　四/2009
沈暉　三/1102
沈瑞徵　六/3221
沈節甫　四/2195
沈聖岐　六/3011
沈壽民　七/3742
沈壽嶤　七/3647
沈夢麟　一/466
沈鳳超　六/3052
沈德符　六/3075
沈憲英　八/4184
沈璟　五/2648
沈翰卿　四/1861
沈樾　三/1146
沈應　二/725
沈懋孝　五/2577
沈懋嘉　六/3159
沈懋學　五/2655
沈謙　七/3887
沈謐　四/2011
沈鍊　四/2087
沈瓊蓮　八/4108
沈蘭先　七/3892
沈爚　五/2388
沈瓚　五/2781
沈啓原　四/2197
沈彥光　八/4434
汪一中　四/2123
汪子祜　五/2527
汪中柱　七/4026
汪元范　七/3202

汪元英 六/3201
汪少廉 五/2521
汪文盛 三/1677
汪功胄 六/3228
汪必東 三/1679
汪本 四/1828
汪玄錫 三/1673
汪回顯 二/1030
汪佃 四/1765
汪克寬 一/188
汪廷訥 六/3197
汪坦 五/2550
汪珂玉 七/3521
汪挺 六/3489
汪時元 五/2556
汪乾利 六/3185
汪偉 七/3601
汪康謠 六/3050
汪淮 五/2552
汪喬年 七/3586
汪循 三/1403
汪逸 六/3281
汪渢 六/3437
汪道昆 五/2339
汪道貫 六/3135
汪道會 六/3136
汪煇 六/2984
汪寬 五/2517
汪廣洋 一/101
汪德懋 二/678
汪樞 六/3219
汪應宿 六/3215
汪應軫 四/1784
汪禮約 六/3192
汪麗陽 八/4243
沐昂 二/847
沐璘 二/973
狄沖 四/1936
狄從夏 五/2463
良琦 八/4287
谷宏 二/524
谷淮 八/4511
貝翺 二/558
貝瓊 一/234
車大任 五/2698
車以遵 七/3923
辛應時 八/4442
邢侗 五/2643
邢昉 七/3536
邢參 四/1859
邢雲路 五/2697
阮自華 六/2946
阮直 八/4475
阮澤民 八/4477

八畫

來三聘 五/2746
來知德 五/2714
來復 八/4275
來集之 六/3451
函可 八/4378
卓人月 七/3544
卓明卿 五/2554
卓敬 二/746
卓爾康 六/3035
呼文如 八/4535
周于德 五/2459
周子義 四/2219
周子諒 一/262
周之璵 六/3418
周天佐 四/2070
周天球 五/2500
周文 八/4534
周世臣 七/3719
周弘禴 五/2644
周玄 一/436
周用 三/1427
周立 三/1346
周立勳 七/3746
周休休 八/4242
周光鎬 五/2600
周在 四/1709
周如磐 六/2924
周安 七/3915
周式南 五/2427

周汝登　五/2681
周岐　七/3786
周廷用　三/1686
周忱　二/868
周沛　五/2441
周良寅　六/3224
周孟簡　二/854
周宗建　六/3046
周定王橚　一/27
周怡　四/2082
周所立　八/4212
周易　四/1929
周金　三/1630
周俊　八/4514
周宣　三/1467
周思兼　四/2159
周思得　八/4239
周是修　二/748
周炳謨　六/2985
周致堯　二/613
周茂藻　七/3772
周述　二/853
周倫　三/1419
周容　七/3969
周矩　二/584
周砥　一/455
周祚　四/1812
周敘　二/900
周旋　二/1001
周旋　三/1297
周淑禧　八/4195
周紹亞　三/1332
周復俊　四/2025
周詔　三/1302
周順昌　六/3047
周湞　一/158
周軫　三/1246
周楨　六/3362
周瑛　三/1225
周詩　四/2187
周詩　五/2502
周鼎　二/1033
周漳　三/1154
周鳳翔　七/3597
周齊曾　六/3481
周履靖　六/3248
周廣　三/1456
周德行　二/978
周璡　三/1170
周憲王有燉　一/33
周澤　三/1361
周錫　五/2433
周篔　七/4057
周應辰　六/3232
周應賓　五/2737
周應儀　六/3352
周燦　六/3393
周翼　二/682
周獻臣　五/2775
周鑣　六/3376
周顯宗　四/2012
周启　二/644
奇邁　八/4456
孟兆祥　七/3593
孟思　五/2440
孟洋　三/1459
孟淑卿　八/4146
季孟蓮　七/3964
季科　四/2181
季達　三/1186
季應期　二/680
宗臣　五/2328
宗泐　八/4263
宗倫　八/4342
官一夔　五/2535
屈大均　七/4074
屈安人　八/4153
居節　五/2499
岳元聲　五/2738
岳正　二/1028
岳和聲　五/2867
岳岱　五/2511
性琮　八/4374
易恒　一/488

昌平州志　八/4495
明秀　八/4325
明周　八/4339
明河　八/4377
明孟　八/4385
明詩鼓吹　八/4492
明澗　八/4377
明賢　八/4368
明懷　八/4384
明曠　八/4339
杭淮　三/1383
杭濟　三/1382
東漢　六/3193
東蔭商　七/3949
果斌　八/4341
林大輅　四/1706
林子森　二/602
林公慶　一/186
林文　二/993
林文纘　三/1468
林世璧　六/3191
林右　二/769
林兆恩　五/2550
林如楚　四/2219
林汝元　八/4519
林百齡　八/4439
林希元　四/1766
林廷機　四/2049
林命　四/2181
林枝　二/945
林俊　三/1258
林垠　五/2398
林春澤　四/1738
林炫　四/1708
林茂達　三/1438
林恕　四/2002
林悌　八/4453
林真　二/883
林國光　六/3217
林常　二/659
林章　五/2624
林烴　四/2207
林堯俞　五/2805
林廷棉　三/1412
林尊賓　六/3475
林弼　一/263
林復真　八/4240
林雲鳳　七/3546
林運素　八/4243
林榮　三/1263
林誌　二/893
林億齡　八/4455
林徵材　七/3522
林賜　二/657
林衡　二/890
林應亮　四/2020
林懋和　四/2112
林環　二/884
林鴻　一/414
林瀚　三/1208
林埅　七/3714
林溫　二/558
林嫌　四/2147
武岡保康王顯槐
一/58
法生　八/4346
法杲　八/4356
法智　八/4288
法聚　八/4337
法衡　八/4356
法藏　八/4370
祁承㸁　六/2991
祁班孫　七/3927
祁彪佳　七/3621
祁熊佳　六/3461
祁德淵　八/4186
祁駿佳　七/3752
祁鴻孫　七/3807
花鏡雋聲　八/4506
邵正己　五/2518
邵正魁　六/3198
邵圭潔　五/2418
邵亨貞　二/636
邵昇遠　七/3538

邵珪　三/1224
邵陛　五/2577
邵經邦　四/1817
邵德生　七/3556
邵誼　二/661
邵鋭　三/1641
邵濂　七/3550
邵寶　三/1271
金九容　八/4411
金大車　四/2280
金大輿　四/2280
金幼孜　二/804
金安老　八/4431
金安國　八/4437
金廷韶　六/3491
金宗直　八/4460
金尚憲　八/4449
金忠士　五/2868
金信　二/666
金俊明　七/3796
金淨　八/4464
金絅　二/575
金堡　六/3445
金琮　三/1342
金慎　二/609
金敬德　二/691
金毓峒　七/3589
金誠　二/900
金鉉　七/3605
金肇元　六/3308
金德開　七/4009
金甌　七/3907
金藺孫　七/3900
金聲　七/3648
金謹思　八/4436
金鎰　六/3229
金鏡　七/3809
金贍　八/4445
金麟孫　八/4434
金鑾　四/1855
金墪　八/4456
長安可游記　八/4496
青鞵踏雪志　八/4496
盱眙女郎　八/4499

九畫

侯一元　四/2271
侯一麐　四/2273
侯玄演　七/3635
侯玄潔　七/3636
侯岐曾　七/3707
侯泓　七/3810
侯直　三/1270
侯祁　五/2183
侯峒曾　七/3634
侯恪　六/3082
侯堯封　五/2596
侯維垣　六/3222
侯檠　七/4054
侯瀞　七/3930
保定惠順王理坦　一/60
俞大猷　五/2457
俞允文　五/2347
俞安期　六/3169
俞汝舟妻　八/4470
俞汝言　七/3801
俞而介　七/3795
俞南史　七/4046
俞貞木　二/603
俞泰　三/1442
俞琬綸　六/3053
俞粲　七/3917
俞誥　三/1144
俞璋　三/1696
俞憲　四/2100
俞膺　二/971
俞彥　六/2971
冒起宗　六/3380
南大吉　三/1693
南靖老人　八/4497
南潯祇園寺詩　八/4498
契靈　八/4376

姜士昌　五/2694
姜子羔　四/2179
姜氏　八/4163
姜玄　四/1883
姜安節　七/3978
姜克誠　八/4463
姜廷梧　七/3950
姜垓　六/3447
姜洪　二/996
姜埰　六/3389
姜渾　八/4463
姜舜玉　八/4525
姜應麟　五/2740
姚士粦　七/3536
姚氏　八/4170
姚丞　三/1321
姚光虞　五/2424
姚旭　二/1057
姚汝循　四/2190
姚希孟　六/3078
姚佺　七/3960
姚和鼎　六/3194
姚奇胤　七/3682
姚宗典　六/3469
姚宗昌　七/3764
姚兗　五/2537
姚咨　五/2501
姚思仁　五/2760
姚思孝　六/3378
姚孫棨　六/3304
姚悅　六/3186
姚旅　六/3227
姚淑　八/4193
姚淑人　八/4179
姚淶　四/1893
姚舜牧　五/2624
姚綸　三/1161
姚綬　三/1135
姚廣孝　二/789
姚璉　一/461
姚澣　七/3766
姚翼　三/1153
姚黼　二/961
姚夔　二/1010
姚嫣俞　八/4190
宣宗章皇帝　一/8
帥機　五/2590
施邦曜　七/3595
施武　七/3540
施峻　四/2073
施鈞　三/1183
施愛　四/2231
施敬　二/934
施漸　五/2446
施篤臣　四/2192
昭皇后　一/24
柯維騏　四/1938
柯潛　二/1047
柯暹　二/882
查秉彝　四/2081
查崧繼　七/3893
查應光　六/2920
柳永吉　八/4458
柳根　八/4446
柳應芳　六/3148
段黼　六/3225
宮偉鏐　六/3486
洪恩　八/4343
洪貫　三/1256
洪朝選　四/2108
洪瞻祖　六/2929
洞庭老人　八/4504
洛師浪客　八/4468
浄圭　八/4318
浄倫　八/4321
皇甫沖　四/2233
皇甫汸　四/2249
皇甫涍　四/2237
皇甫濂　四/2260
禹龍　五/2534
紀映淮　八/4196
紀映鍾　七/4036
胡一桂　六/3196
胡山　七/4011

胡介　七/3890
胡甲桂　七/3652
胡安　四/2121
胡侍　四/1762
胡宗仁　六/3181
胡尚志　三/1352
胡杰　四/2152
胡松　四/2000
胡直　四/2187
胡奎　二/624
胡紀　二/969
胡振芳　六/3333
胡彧　七/3956
胡涍　四/2222
胡梅　八/4520
胡閏　二/759
胡嗣瓚　七/4013
胡廣　二/802
胡震亨　六/2919
胡翰　一/197
胡應麟　五/2380
胡謐　二/879
胡儼　二/814
胡纘宗　三/1651
胡温　二/734
范允臨　六/2914
范氏　八/4110
范世鑑　七/3768
范再　二/672
范如珪　五/2525
范汝梓　六/2995
范言　四/1974
范汭　六/3262
范宗暉　二/680
范風仁　七/3906
范惟一　四/2110
范淶　五/2646
范景文　七/3590
范欽　四/2021
范嵩　三/1443
范準　二/519
范路　七/3851
范壼貞　八/4171
范鳳翼　六/2936
范澄　二/1046
范謙　五/2572
茅大方　二/759
茅元儀　七/3494
茅氏　八/4151
茅坤　四/2088
茅國縉　五/2753
茅瑞徵　六/2970
茅維　七/3533
茅瓚　四/2075
苗衷　二/888
英宗睿皇帝　一/14
貞元道人　八/4544
郁蘭　五/2408
降道人　八/4546
韋商臣　四/1930
郗經　二/667

十畫

候官卟仙　八/4547
倪仁吉　八/4193
倪元璐　七/3591
倪光　三/1172
倪宗正　三/1463
倪岳　三/1134
倪長圩　六/3433
倪復　三/1325
倪敬　二/1031
倪嘉善　六/3299
倪嘉慶　六/3300
倪輔　三/1138
倪謙　二/1007
倫以諒　四/1809
凌世韶　六/3417
凌雲翰　二/616
凌楷　三/1655
凌義渠　七/3594
凌漢翀　六/2993
凌震　四/1851
唐之屏　五/2899

唐之淳 二/773
唐文燦 五/2589
唐文獻 五/2766
唐仲實 一/462
唐成王彌鍗 一/39
唐汝詢 六/3289
唐邦佐 五/2592
唐恭王彌鉗 一/40
唐時升 六/3251
唐泰 一/421
唐皋 四/1701
唐寅 三/1408
唐肅 一/176
唐順之 四/1987
唐詩 五/2503
唐鉞 五/2398
唐錦 三/1408
唐龍 三/1626
夏允彝 七/3543
夏古丹 七/3942
夏完淳 七/3710
夏言 四/1746
夏原吉 二/805
夏寅 二/1032
夏煜 二/506
夏緇 七/3772
夏錫祚 七/3989
夏鍭 三/1296
奚汝嘉 五/2464
奚濤 七/4010
孫一元 三/1609
孫一騮 七/3963
孫士美 七/3612
孫元化 六/3034
孫元孚 六/3238
孫文篪 六/3166
孫永思 四/2154
孫光裕 六/2974
孫存 四/1709
孫成泰 五/2682
孫羽侯 五/2818
孫作 一/277
孫良器 五/2526
孫宜 五/2389
孫承宗 七/3582
孫承恩 三/1672
孫治 七/4001
孫炎 一/110
孫茂芝 七/3994
孫衍 三/1263
孫泰 三/1464
孫陞 四/2047
孫偉 三/1441
孫淳 七/3729
孫爽 七/3935
孫植 四/2053
孫隆 八/4209
孫慎行 六/2905
孫嘉績 六/3431
孫緒 三/1414
孫樓 五/2418
孫蕡 一/390
孫應鰲 四/2172
孫臨 七/3755
孫璽 三/1642
孫繼芳 三/1688
孫繼皋 五/2630
孫瑤華 八/4529
孫鑛 五/2632
席應珍 八/4237
徐一夔 一/253
徐三重 五/2685
徐中行 五/2333
徐之瑞 六/3425
徐元春 五/2642
徐允禄 六/3275
徐文通 四/2125
徐文舉 二/708
徐斗支 八/4249
徐世溥 七/3756
徐充 四/1878
徐弘澤 六/3352
徐必達 五/2864
徐白 七/3914

徐石麒　七/3626
徐仲選　七/3566
徐同貞　七/3514
徐成　六/3118
徐有貞　二/994
徐伯徵　六/3092
徐孚遠　六/3465
徐廷綬　四/2212
徐良彥　六/2928
徐汧　七/3619
徐洌　六/3188
徐夜　七/3921
徐定夫　四/1874
徐居正　八/4420
徐枋　六/3477
徐芳　六/3451
徐咸　三/1691
徐恪　三/1215
徐柏齡　六/3386
徐韋　五/2551
徐師曾　四/2178
徐時勉　七/3511
徐晅　一/459
徐桂　五/2670
徐泰　三/1443
徐晟　七/3883
徐問　三/1433
徐基　二/728
徐崧　七/3950
徐從治　六/3010
徐晞　二/843
徐淵　八/4246
徐淮　七/3566
徐貫　三/1100
徐章　三/1189
徐媛　八/4169
徐尊生　一/211
徐渭　五/2481
徐賁　一/373
徐開任　七/3999
徐階　四/1895
徐愛　三/1656
徐敬德　八/4441
徐楚　四/2094
徐溥　二/1060
徐㷆　六/3277
徐爾穀　七/3728
徐禎　四/2039
徐禎卿　三/1543
徐禎稷　六/2977
徐遠　六/3488
徐翩翩　八/4526
徐熥　五/2784
徐學聚　五/2745
徐學謨　四/2161
徐樹丕　七/3760
徐穎　八/4247
徐縉　三/1454
徐霖　四/1853
徐應聘　五/2742
徐應雷　六/3281
徐應簧　五/2814
徐璲　二/965
徐簡簡　八/4202
徐繗　四/1881
徐韞奇　七/3998
徐獻忠　五/2387
徐繼恩　七/3887
恩鍵　八/4324
時用章　三/1183
晏鐸　二/902
朔朝霞　八/4525
桂天祥　四/2006
桂華　四/1836
桂慎　二/520
桂衡　二/563
桂彥良　一/181
栗應宏　四/2274
栗應麟　四/2273
桑貞白　八/4163
桑悅　三/1191
桑喬　四/2035
桑溥　四/1711
桑瑾　二/1074

柴奇　三/1675
柴紹炳　七/3886
殊勝寺道人　八/4502
殷士儋　四/2138
殷仲春　六/3358
殷奎　二/636
殷都　五/2761
殷弼　一/251
殷雲霄　三/1460
浦城志　八/4504
浦源　二/560
浦瑾　四/1823
浦羲升　七/3514
浦應麒　四/2026
海明　八/4371
烏斯道　二/597
益莊王厚燁　一/48
真可　八/4345
祖福　八/4335
神一　八/4394
神宗顯皇帝　一/20
祝允明　三/1362
祝守範　六/3355
祝洵文　七/3926
祝淵　七/3652
祝萃　三/1284
祝祺　三/1151
祝顥　二/1006
祝鑾　三/1646
秦旭　二/986
秦金　三/1376
秦約　一/171
秦康王志㙬　一/36
秦嘉禾　五/2549
秦奭　三/1345
秦徵蘭　七/3562
秦簡王成泳　一/41
秦鎬　六/3272
秦夔　三/1103
秦瓛　三/1254
粉墨春秋　八/4488
索承學　三/1465
翁大立　四/2077
翁桓　八/4190
翁夢鯉　四/2166
荆先生　八/4500
茹湜　二/710
茹瓊　八/4539
袁中道　六/3072
袁仁　三/1357
袁年　五/2700
袁宏道　五/2890
袁彤芳　八/4166
袁宗道　五/2772
袁忠徹　二/843
袁時選　六/2917
袁珙　二/842
袁淮　四/1794
袁尊尼　四/2229
袁景休　五/2557
袁華　二/633
袁敬所　二/788
袁達　四/1835
袁袠　四/1967
袁煒　四/2076
袁徵　七/3775
袁應黻　五/2463
袁懋謙　六/2968
袁繼咸　七/3656
袁凱　二/777
袁黄　五/2783
貢使　八/4478
貢悅　一/449
郝婉然　八/4538
郝敬　五/2816
郝鳳升　三/1678
馬一龍　四/2153
馬中錫　三/1251
馬之駿　六/3024
馬元調　七/3642
馬文升　二/1057
馬氏　八/4173
馬世奇　七/3596
馬玉麟　八/4213

馬任遠　六/3092
馬守真　八/4528
馬汝驥　四/1781
馬來如　八/4517
馬坤　四/1907
馬治　二/577
馬愉　二/991
馬森　四/2055
馬間卿　八/4154
馬琬　二/576
馬嘉禎　六/3435
馬德澧　六/3007
馬駢　四/1884
馬鐸　二/892
馬敭　四/1815
馬録　三/1649
馬廖　二/710
高啓　四/2276
高文祺　六/3230
高世彦　四/2046
高出　六/2940
高百戶　八/4509
高伯恂　二/701
高叔嗣　四/1919
高岱　四/2275
高承祚　六/2911
高承埏　六/3452
高明　一/458
高秉蕖　七/3568
高則益　四/2209
高嵩　二/658
高敬命　八/4445
高道素　六/3088
高遜志　二/761
高穀　二/897
高應冕　五/2401
高璧　二/968
高瀫　四/1868
高攀龍　五/2797
高啓　一/295
高棅　一/423
涂幾　一/462

十一畫

偶桓　二/925
區大相　五/2821
商家梅　六/3275
商景蘭　八/4181
商輅　三/1013
國王黎灝　八/4474
堵胤錫　六/3432
婁堅　六/3254
寇天敘　三/1632
屠大山　四/1910
屠本畯　六/3098
屠生　八/4497
屠廷楫　七/3943
屠俓　三/1675
屠隆　五/2376
屠僑　三/1675
屠勳　三/1223
屠應詔　七/3551
屠應埈　四/1954
屠爌　七/4000
屠瑶瑟　八/4165
崖老　八/4546
崔丹　七/3750
崔世召　六/3033
崔重文　八/4530
崔桐　四/1745
崔培元　六/3054
崔壽城　八/4454
崔銑　三/1449
崔澂　三/1322
崔瀫　八/4451
巢鳴盛　六/3427
常倫　三/1694
康太和　四/2051
康朗　四/2057
康海　三/1571
康從理　五/2490
張九一　五/2345
張三極　六/3200
張士瀹　五/2512

張大復　六/3354
張子立　四/1948
張才　四/2126
張丑　六/3366
張之象　五/2442
張五典　五/2863
張元忭　五/2593
張元凱　五/2459
張元禎　三/1162
張天麟　四/2072
張文介　五/2530
張文柱　五/2789
張世偉　七/3500
張以誠　六/2953
張以寧　一/129
張可大　七/3580
張四知　四/2165
張正蒙　六/3163
張民表　五/2857
張永禎　六/3332
張光裕　七/3963
張吉　三/1265
張名由　六/3168
張回　八/4533
張如蘭　五/2462
張宇初　八/4233
張有譽　六/3300
張次仲　六/3324
張羽　四/1822
張羽　一/363
張位　五/2570
張利民　六/3460
張含　四/1824
張孚敬　四/1799
張志遠　六/3357
張杉　七/3911
張邦伊　五/2431
張邦奇　三/1452
張佳胤　五/2341
張和　二/1005
張孟兼　一/225
張宗觀　七/3870
張屈　七/3537
張居正　四/2135
張岳　四/1752
張承　三/1338
張明弼　六/3400
張昇　三/1222
張治　四/1800
張治道　四/1741
張秉壼　四/2085
張肯　二/984
張采　六/3375
張金　四/1885
張昉　六/3424
張宣　一/229
張昱　一/451
張洪　二/836
張秋鴉語　八/4557
張紅橋　八/4145
張紀　七/4022
張致中　七/3758
張若羲　六/3487
張迪　二/703
張恒　五/2707
張倩倩　八/4183
張修德　五/2689
張叟　八/4498
張家玉　七/3690
張家珍　七/3924
張振　二/976
張振德　七/3580
張時　二/658
張時徹　四/1903
張泰　三/1138
張翃　七/3632
張翀　四/2173
張國維　七/3663
張庸　一/471
張庸　二/657
張淵　三/1176
張率　二/593
張祥鳶　四/2200
張紳　二/565

張習　三/1228
張習　四/2118
張通　五/2458
張鹵　四/2195
張鹿徵　七/4019
張弼　三/1204
張循占　五/2438
張琦　三/1419
張舜臣　四/2052
張著　二/581
張逵　四/1814
張鈇　三/1326
張愖　二/982
張意　四/2013
張慎言　六/3014
張敬　五/2686
張楷　二/917
張溥　六/3388
張煌言　七/3725
張萱　五/2711
張虞卿　五/2539
張詩　四/1862
張瑄　八/4206
張瑋　六/3064
張壽朋　五/2755
張寧　二/1063
張端義　二/707
張綱孫　七/3837
張綸　三/1650
張維　八/4208
張維新　五/2671
張蓋　七/3922
張銓　七/3579
張鳴鳳　五/2422
張鳳翔　三/1423
張鳳翥　六/3395
張鳳翼　四/2285
張綖　四/1834
張寬　三/1466
張琿　六/3475
張履正　六/2945
張履祥　七/3967
張德政　三/1153
張德蕙　八/4186
張潛　四/2188
張適　二/514
張翯　一/264
張鋐　四/1838
張鼐　六/2979
張壄　五/2536
張憲　八/4214
張澤　七/3765
張燕翼　四/2288
張穆　七/4025
張儲　六/3232
張應文　五/2523
張應武　五/2524
張璨　二/961
張謙　四/2042
張彝　三/1145
張燾　五/2428
張璧　三/1671
張璧　二/559
張簡　一/233
張鎬　三/1184
張瀚　四/2053
張鏜　五/2586
張鏊　四/1945
張獻翼　四/2287
張籌　一/167
張靈　四/1850
張鑾　五/2525
張儁　七/3812
張彦之　七/4002
張衮　四/1810
戚元佐　四/2208
戚韶　四/1874
戚繼光　五/2456
敖英　四/1818
晚翠亭鬼　八/4549
曹大同　五/2437
曹介　二/511
曹孔章　二/643
曹世盛　四/2015

曹弘　四/1792
曹守勳　六/3068
曹臣　七/3572
曹侃　三/1189
曹昌先　六/3167
曹庶　八/4413
曹磬　二/647
曹梅　四/2172
曹嘉　四/1767
曹壽奴　八/4198
曹徵庸　六/2947
曹學佺　七/3667
曹靜照　八/4110
曹閶　二/887
曹鏷　三/1379
梁于涘　七/3646
梁以柟　七/3791
梁以樟　六/3446
梁有謙　六/3195
梁有譽　五/2324
梁辰魚　五/2548
梁岳　五/2612
梁柱臣　五/2417
梁寅　一/255
梁紹輝　二/702
梁朝鐘　七/3689
梁棨　二/716
梁夢龍　四/2171
梁潛　二/833
梁儲　三/1257
梁闢　二/694
梁蘭　二/686
梵琦　八/4257
梅月堂詩　八/4468
梅生　八/4172
梅守箕　六/3129
梅江　三/1229
梅朗中　七/3744
梅鼎祚　六/3132
梅蕃祚　六/3135
梅頤　二/597
清真觀童子　八/4548
清溎　八/4308
畢自嚴　五/2861
畢懋康　六/2927
盛以約　六/3200
盛周　四/2184
盛時泰　六/3162
盛寅　二/978
盛萬年　五/2761
盛鳴世　六/3212
盛韞貞　八/4192
習孔教　五/2572
莘野　二/602
莫士安　二/526
莫止　三/1331
莫如忠　四/2089
莫是龍　六/3103
莫遯　三/1179
莫藏　三/1178
莊一俊　四/2013
莊泉　三/1200
莊烈愍皇帝　一/22
莊祖誼　七/3767
莊起元　六/3020
莊履朋　五/2754
莆田女鬼　八/4555
許友　七/3933
許天錫　三/1381
許令典　六/3006
許弘綱　五/2691
許正蒙　七/3522
許成名　三/1674
許伯旅　二/512
許邦才　五/2414
許豸　六/3394
許宗魯　四/1753
許直　七/3602
許洽　八/4435
許相卿　四/1788
許國　四/2217
許景樊　八/4471
許琮　八/4421
許琰　七/3609

許� 八/4448
許賓 六/3194
許穀 四/2058
許穆 二/979
許獬 六/2967
許應元 四/2029
許繼 二/771
許讚 三/1391
許倜 四/2224
許筠 八/4447
通岸 八/4346
通發 八/4372
通潤 八/4349
通蘊 八/4381
郭子直 五/2596
郭子章 五/2594
郭文 二/669
郭文涓 五/2412
郭正域 五/2737
郭良史 七/3946
郭忠宁 六/3033
郭武 二/845
郭波 四/1795
郭奎 二/497
郭貞順 八/4144
郭第 五/2529
郭符甲 七/3715
郭紹儀 六/3313
郭莊 五/2590
郭造卿 五/2492
郭登 二/1036
郭愛 八/4105
郭萬程 四/2075
郭鈺 二/772
郭維藩 三/1677
郭釐 二/931
都穆 三/1422
野亭老父 八/4491
陳九川 四/1739
陳九州 五/2555
陳三島 七/3880
陳于廷 六/2906
陳于陛 五/2569
陳士楚 二/724
陳士鵠 六/3367
陳大濩 四/1822
陳子升 七/3791
陳子文 四/2006
陳子壯 七/3691
陳子龍 七/3697
陳川 二/695
陳亢宗 二/841
陳仁錫 六/3294
陳元珂 四/2071
陳元素 六/3359
陳允升 六/2949
陳文沛 四/1764
陳文東 二/728
陳文燭 四/2220
陳玄 二/607
陳全 二/884
陳宇 三/1890
陳安 二/685
陳有守 六/3161
陳汝言 二/585
陳汝楫 二/696
陳伯康 二/601
陳完 三/1150
陳忱 七/3925
陳束 四/1995
陳沂 三/1602
陳秀民 八/4226
陳良謨 四/1787
陳邦訓 五/2765
陳邦瞻 六/2925
陳邦彦 七/3692
陳函煇 七/3664
陳叔剛 二/916
陳宗之 六/3401
陳宗虞 四/2166
陳延齡 二/1079
陳延齡 二/971
陳所有 五/2417
陳所蘊 五/2813

陳昌　三/1156
陳昂　六/3143
陳泓　八/4255
陳芹　五/2403
陳金　三/1179
陳亮　一/420
陳則　一/390
陳恪　七/3939
陳柏　四/2167
陳洪綬　七/3526
陳津　五/2393
陳約　二/566
陳音　三/1139
陳恂　六/3467
陳衎　六/3362
陳師　五/2423
陳恭尹　七/4069
陳泰來　五/2672
陳臯謨　四/2130
陳祚明　七/4037
陳烓　三/1262
陳基　一/189
陳梁　七/3751
陳淳　五/2495
陳第　五/2468
陳紹文　五/2409
陳紹英　七/3523
陳紹儒　四/2078
陳組綬　六/3419
陳許廷　七/3763
陳章　三/1260
陳絅　二/689
陳焯　三/1185
陳堯　四/2056
陳循　二/895
陳景融　三/1160
陳週　一/488
陳鈞　二/713
陳敬宗　二/856
陳瑚　六/3468
陳萬言　六/3084
陳道永　七/3993
陳靖遠　二/949
陳墅里人　八/4507
陳熙昌　六/3067
陳蒙　三/1339
陳輔　一/588
陳鳴陽　六/3217
陳鳳　四/2068
陳鳳　五/2513
陳寬　三/1149
陳潛夫　七/3662
陳潛夫　二/525
陳緝　二/689
陳輝　二/899
陳霆　三/1439
陳璉　二/810
陳褎　四/1932
陳頼　三/1175
陳璚　三/1261
陳璡　七/3960
陳濟生　七/3524
陳燧　二/654
陳翼飛　六/3026
陳鴻　七/3954
陳薦夫　五/2901
陳謨　二/665
陳鎰　二/894
陳贄　二/1075
陳雝　二/981
陳瀛　四/1887
陳璽　四/1873
陳獻章　二/1019
陳繼　二/840
陳繼儒　七/3531
陳鐸　四/1853
陳顥　二/982
陳鶴　五/2464
陳懿典　五/2869
陳懿德　八/4146
陳鑑　四/1880
陳霽　三/1400
陳龠　四/1889
陳體文　五/2508

陳觀　二/952
陳鑾　三/1147
陸九州　五/2529
陸氏　八/4201
陸世儀　七/4050
陸可教　五/2663
陸光宙　五/2536
陸光祖　四/2146
陸伸　三/1657
陸圻　七/3799
陸完　三/1290
陸來　七/4027
陸坦　六/3386
陸杰　四/1705
陸治　五/2497
陸金　四/1787
陸長庚　五/2692
陸彥章　五/2810
陸相　三/1380
陸俸　三/1700
陸卿子　八/4167
陸娟　八/4152
陸容　三/1216
陸師道　四/2101
陸埏　四/1946
陸冕　四/1929
陸培　七/3620
陸清源　六/3409
陸淵之　三/1218
陸深　三/1450
陸彪　六/3476
陸堇　三/1334
陸釴　三/1108
陸釴　四/1797
陸弼　六/3175
陸琦　三/1154
陸楫　五/2504
陸粲　四/1957
陸嘉淑　七/4038
陸嘉穎　六/3360
陸壽國　七/3557
陸夢龍　七/3581
陸銓　四/1914
陸澄原　六/3316
陸震　三/1646
陸璉　七/4021
陸鈴　六/3484
陸樹聲　四/2104
陸錫明　六/3313
陸錫恩　六/2917
陸懋龍　五/2680
陸繁弨　七/4047
陸闓　二/563
陸顒　二/938
陸懷玉　六/3093
陸寶　六/3345
陸啓浤　七/3893
陶允宜　五/2649
陶允嘉　六/3107
陶安　一/109
陶成　四/1839
陶汝鼐　六/3407
陶宗儀　一/437
陶振　二/654
陶望齡　五/2793
陶凱　一/204
陶琛　二/717
陶誼　二/514
陶澂　七/3976
陶諧　三/1393
雩祀　八/4100
產科　六/3139
章士雅　五/2817
章有渭　八/4191
章志宗　八/4240
章珍　三/1174
章美　七/3794
章适　四/2154
章敞　二/867
章煥　四/2079
章嘉楨　五/2706
章闓　二/703
章懋　三/1203
章曠　六/3432

魚無迹　八/4459
麻三雍　六/3366
麻三衡　七/3546
僫遜　八/4404
眭本　七/3724
眭明永　七/3644

十二畫

傅汝舟　四/1869
傅汝楫　四/1871
傅邦柱　六/3235
傅冠　七/3664
傅倫　八/4207
傅珪　三/1301
傅起巖　四/1876
傅梅　六/3214
傅淑訓　六/2982
傅新德　五/2810
傅巖　六/3410
單恂　六/3457
單縣老父　八/4487
喻均　五/2587
喻省　三/1184
喻時　四/2078
喻應益　七/3576
喬世寧　四/2090
喬可聘　六/3305
喬宇　三/1274
嵇元夫　六/3209
彭士望　七/3869
彭正德　二/573
彭年　五/2496
彭汝楠　六/3059
彭汝諧　六/3074
彭長宜　六/3481
彭孫貽　七/3896
彭堯諭　七/3525
彭期生　七/3681
彭華　二/1067
彭輅　四/2156
彭夢祖　五/2698
彭綱　三/1255
彭韶　三/1095
彭澤　二/1073
彭謙　四/2135
揭軌　一/288
揭重熙　七/3666
斯學　八/4349
普泰　八/4328
普莊　八/4310
普福　八/4480
景暘　三/1624
景翩翩　八/4531
智舷　八/4351
智圓　八/4315
智闇　八/4386
智觀　八/4347
智觀　八/4383
曾一本　二/958
曾元良　七/3568
曾仕鑑　五/2764
曾同亨　四/2194
曾烜　二/837
曾異撰　六/3434
曾朝節　五/2657
曾棨　二/849
曾傳燦　七/4036
曾楚卿　六/3040
曾魯　一/207
曾璵　三/1653
曾鶴齡　二/904
朝鮮主試官　八/4465
欽叔陽　六/3167
欽義　八/4357
游及遠　六/3249
游朴　五/2645
游莊　二/674
游璉　三/1679
湛若水　三/1446
湘中女子　八/4509
湘獻王柏　一/29
渭臺漁父　八/4489
湯文玉　八/4194
湯沐　三/1399

湯來賀　六/3450
湯珍　四/1849
湯胤勣　二/1082
湯祖祐　七/3917
湯傳楹　七/3573
湯賓尹　六/2904
湯燕生　七/3870
湯顯祖　五/2756
温良　七/4026
温新　四/2086
温璜　七/3624
焦竑　五/2791
無上宫道人　八/4545
無文　八/4386
無名氏　八/4469
無名氏　八/4482
無愠　八/4315
程天符　五/2523
程文杰　三/1177
程文德　四/1998
程可中　六/3205
程本立　二/749
程玄輔　三/1342
程用楫　七/4014
程伯陽　六/3165
程佳　四/1873
程奎　七/3956
程椈　五/2522
程家摯　七/3953
程格　六/3185
程國儒　二/574
程敏政　三/1196
程煜　二/606
程嘉燧　六/3256
程誥　四/1865
程慶琓　三/1323
程啓充　三/1643
童承敘　四/1809
童軒　二/1051
童寬　三/1659
童冀　一/291
善學　八/4313
善啓　八/4319
肅靖王真淤　一/43
舒忠讜　七/3766
舒芬　四/1743
舒鑑　三/1181
舒頔　一/440
華幼武　一/448
華淑　七/3545
華善述　六/3124
華善繼　六/3123
華察　四/1949
黄子澄　二/743
黄子錫　七/3804
黄中　五/2399
黄孔昭　七/3527
黄幼藻　八/4172
黄玄　一/435
黄仲昭　三/1202
黄伋　七/3948
黄光昇　六/3360
黄好信　六/3211
黄守　二/838
黄安人　八/4155
黄州志　八/4494
黄州志　八/4501
黄汝亨　六/2944
黄汝良　五/2770
黄佐　四/1802
黄克晦　六/3177
黄克纘　五/2690
黄周星　七/3725
黄宗昌　六/3306
黄宗炎　七/3908
黄尚質　五/2419
黄居中　五/2763
黄承玄　五/2778
黄承昊　六/3071
黄洪憲　五/2598
黄省曾　五/2395
黄相　三/1407
黄修娟　八/4188
黄卿　三/1658

黄哲 一/405
黄姬水 五/2544
黄時 六/3110
黄衷 三/1398
黄珣 三/1264
黄偉成 七/3953
黄淳耀 七/3637
黄清 八/4476
黄淮 二/806
黄習遠 六/3230
黄喬棟 五/2462
黄媛貞 八/4200
黄尊素 六/3070
黄景昉 六/3310
黄琦 八/4437
黄肅 一/159
黄閏 二/901
黄雲 三/1327
黄毓祺 七/3642
黄瑜 二/1074
黄道周 七/3655
黄嘉仁 四/1884
黄圖雜志 八/4503
黄榮 三/1247
黄福 二/809
黄端伯 七/3617
黄維楫 六/3160
黄鳳翔 五/2560
黄樞 一/464
黄潤 四/1819
黄輝 五/2812
黄鞏 三/1456
黄儒炳 六/2984
黄徽 八/4516
黄翼聖 七/3505
黄繼立 六/3108
黄覲 二/745
萊山樵者 八/4492
詠松僧 八/4552
費元禄 六/3195
費宏 三/1284
費經虞 七/3923
費懋謙 六/3101
賀承 二/968
賀欽 三/1208
賀萬祚 六/3030
賀燦然 六/2912
賀麟 三/1152
鈕仲玉 四/1877
鈕應斗 六/3483
閔如霖 四/2017
閔珪 三/1140
雲谷樵夫 八/4494
項元淇 五/2432
項伾 二/962
項忠 二/1012
項禹揆 七/3723
項珮 八/4189
項真 七/3547
項聖謨 七/4054
項嘉謨 七/3632
項蘭貞 八/4182
馮一第 七/3588
馮大受 五/2690
馮元仲 七/3574
馮元颺 六/3297
馮世雍 四/1932
馮回 二/676
馮有經 五/2811
馮汝弼 四/2038
馮伯初 二/600
馮延年 七/3759
馮科 六/3165
馮時可 五/2606
馮班 七/4003
馮皋謨 四/2169
馮從吾 五/2805
馮惟健 四/2264
馮惟敏 四/2265
馮惟訥 四/2267
馮敏効 六/3164
馮琦 五/2657
馮愷愈 七/4048
馮嘉言 六/3356

馮夢禎　五/2666
馮夢龍　七/3576
馮銀　八/4149
馮遷　六/3144
馮融　七/3808
馮蘭　三/1226
甯祖武　六/3106
逯希韓　六/3196
逯昶　一/489
强仕　五/2400

十三畫

傳慧　八/4347
圓信　八/4369
圓理　八/4337
圓復　八/4360
圓憆　八/4363
楚莊王孟烷　一/34
楚憲王季堄　一/36
楊一清　三/1237
楊于庭　五/2701
楊士奇　二/794
楊士雲　四/1790
楊子器　三/1298
楊中　三/1351
楊文卿　五/2443
楊文儷　八/4160
楊文驄　六/3320
楊四知　五/2642
楊旦　三/1362
楊本仁　四/2014
楊玉香　八/4552
楊光溥　三/1228
楊守陳　二/1049
楊成名　四/2216
楊汝允　四/2215
楊廷樞　七/3695
楊廷麟　七/3684
楊言　四/1816
楊宛　八/4539
楊承鯤　六/3156
楊炤　七/4043
楊訓文　一/163
楊起元　五/2664
楊祜　四/2004
楊基　一/347
楊博　四/1999
楊循吉　三/1281
楊焯　七/4024
楊廉　三/1291
楊慎　三/1661
楊溥　二/801
楊道賓　五/2768
楊榮　三/1247
楊榮　二/800
楊漣　六/3003
楊綵　四/2176
楊翥　二/1045
楊德政　五/2678
楊範　二/977
楊學禮　四/1888
楊爵　四/2001
楊彝　七/3734
楊彝　二/517
楊繼盛　四/2155
楊巍　四/2139
溥洽　八/4309
照影　八/4388
萬士和　四/2107
萬元吉　七/3686
萬曰吉　七/3720
萬衣　四/2113
萬表　五/2451
萬時華　七/3780
萬泰　六/3423
萬節　二/917
萬虞愷　四/2080
萬壽祺　六/3384
萬熼　六/3065
葉一清　五/2520
葉子奇　二/609
葉小鸞　八/4185
葉之芳　六/3146
葉元玉　三/1267

葉太叔　六/3206
葉份　四/1928
葉向高　五/2735
葉見泰　二/770
葉谷亮　二/734
葉尚高　七/3713
葉杲　五/2527
葉初春　五/2596
葉俊　二/677
葉春及　五/2419
葉相　三/1437
葉重華　六/3381
葉紈紈　八/4184
葉盛　二/1014
葉紹袁　六/3317
葉憲祖　六/3093
葉燦　六/3041
葉聰　三/1337
葉襄　七/3784
葉顒　一/469
葛一龍　七/3495
葛雲芝　七/3771
葛徵奇　六/3379
董少玉　八/4164
董份　四/2104
董光宏　六/2966
董守諭　六/3328
董其昌　五/2795
董宜陽　五/2552
董紀　二/566
董斯張　六/3282
董嗣成　五/2702
董槐　八/4551
董說　七/4005
董遠　二/720
董醫　七/3909
董穀　四/1837
董澐　三/1347
董儒　二/953
董樵　七/3967
董應舉　六/2927
虞伯龍　六/3235
虞皋　八/4543
虞淳熙　五/2748
虞堪　二/640
虞謙　二/839
蜀成王讓栩　一/50
蜀獻王椿　一/28
解縉　二/791
詹同　一/116
詹萊　四/2157
詹貴　三/1178
資江石刻　八/4504
賈三近　五/2576
路振飛　七/3666
路澤農　七/3954
道盛　八/4389
道源　八/4381
過庭訓　六/2987
鄒元標　五/2662
鄒亮　二/1091
鄒迪光　五/2646
鄒智　三/1300
鄒維璉　六/3008
鄒德溥　五/2741
鄒緝　二/834
鄒濟　七/3543
鄒賽貞　八/4149
雷士俊　七/3974
雷思霈　六/2968
雷賀　四/2111
雷鯉　三/1325
電白老兵　八/4508
頓銳　三/1696
嗐哩嘛哈　八/4479
鄔佐卿　六/3105
鄔修　二/714
鄔紳　四/1931
鉏用登　六/3328
靳貴　三/1360
靳學顔　四/2055

十四畫

寧獻王權　一/31

實訒　八/4366
廖世昭　四/1795
廖希顔　四/2043
廖俊　二/974
廖道南　四/1808
廖駒　二/963
漏瑜　二/785
漢庶人高煦　一/32
熊廷弼　六/2925
熊卓　三/1401
熊明遇　六/2956
熊直　二/839
熊敦朴　五/2605
熊開元　六/3317
熊鼎　二/508
熊槩　二/891
碧岡道人　八/4506
福報　八/4292
福教寺僧　八/4502
端淑卿　八/4157
管大勳　四/2221
管正傳　六/3397
管正儀　六/3436
管浦　四/1830
管訥　二/545
聞人銓　四/1962
聞龍　六/3151
聞啓祥　七/3777
臧懋循　五/2704
蓀谷集詩　八/4466
裴邦奇　六/3160
裴應章　五/2571
褚連時　七/3952
趙士諤　六/2975
趙士喆　七/3773
趙云佐　八/4411
趙介　一/413
趙用賢　五/2374
趙伊　四/2042
趙同魯　三/1317
趙次誠　二/679
趙希逸　八/4455
趙廷玉　三/1152
趙志皋　五/2561
趙汸　一/187
趙宗文　二/948
趙宜生　二/656
趙秉忠　六/2921
趙金　四/1879
趙南星　五/2633
趙宧光　六/3349
趙昱　八/4458
趙相如　七/3768
趙貞吉　四/2048
趙迪　二/929
趙珏　二/808
趙時春　四/1976
趙俶　一/181
趙康王厚煜　一/45
趙庾　六/3488
趙彩姬　八/4526
趙釴　四/2120
趙舜舉　七/3497
趙雲蒸　六/3240
趙撝謙　一/293
趙瑗妾李氏　八/4471
趙漢　三/1692
趙綱　五/2532
趙寬　三/1265
趙韓　七/3770
趙瀚　七/3957
趙麗華　八/4524
趙鶴　三/1402
趙崡　六/3013
趙彦復　六/2983
齊之鸞　三/1680
齊心孝　六/3303
滎縣志　八/4503

十五畫

劉一焜　五/2862
劉一燝　六/2906
劉三吾　一/134
劉士奇　四/1782

劉士驥　六/2986
劉大夏　三/1134
劉子建　二/722
劉仁本　八/4228
劉元卿　五/2611
劉元震　五/2597
劉天民　四/1736
劉孔和　七/3504
劉文炤　七/3920
劉世教　六/2950
劉仔肩　二/663
劉永之　一/269
劉永錫　六/3428
劉玉　三/1393
劉同升　七/3683
劉成美　六/3111
劉成穆　五/2401
劉汝松　四/1933
劉汋　七/3806
劉伯淵　五/2609
劉克正　五/2595
劉玒　三/1162
劉侃　四/2183
劉叔讓　二/937
劉宗周　七/3623
劉定之　二/1002
劉承直　一/262
劉昌　二/1016
劉侗　六/3418
劉城　七/3740
劉思祖　七/3528
劉胤昌　六/2994
劉英　二/1076
劉振之　七/3585
劉效祖　四/2163
劉時中　六/3235
劉泰　三/1180
劉秩　二/590
劉純熙　七/4013
劉珝　二/1029
劉基　一/65
劉崙　四/2120
劉崧　一/143
劉球　二/916
劉理順　七/3598
劉紹　一/184
劉逢原　二/682
劉渙　二/615
劉隅　四/1912
劉雲　七/3940
劉堧　二/709
劉溥　二/1079
劉經　二/1000
劉虞夔　五/2599
劉鉉　二/903
劉鷹　二/844
劉榮嗣　六/3058
劉爾牧　四/2131
劉魁　五/2427
劉鳳　四/2127
劉潤　六/3137
劉銳　五/2454
劉駟　二/509
劉熠　五/2413
劉澳　六/3138
劉璟　二/760
劉遵憲　六/2992
劉龍　三/1412
劉儲秀　四/1703
劉應秋　五/2734
劉應迪　六/3399
劉應期　七/3761
劉曙　七/3707
劉績　二/945
劉繪　四/2065
劉儼　一/266
劉權　六/3226
劉麟　三/1392
劉珏　二/1003
劉黄裳　五/2775
寬悅　八/4358
廣化　八/4384
廣印　八/4361
廣西舊志　八/4501

廣東歌堂詞　八/4486
廣潤　八/4362
德平榮順王胤椗
一/59
德清　八/4344
德祥　八/4295
德榮　八/4342
德珉　八/4318
慶成王慎鍾　一/63
慶成宴　七/4097
樊良樞　六/2990
樊阜　三/1221
樊鵬　四/1964
歐大任　五/2357
歐陽德　四/1906
歐陽鐸　三/1632
潼川碑　八/4489
潘一桂　七/3753
潘大復　五/2782
潘子安　二/723
潘之恒　六/3250
潘氏　八/4150
潘亨　二/974
潘志伊　四/2223
潘季馴　四/2170
潘恩　四/1900
潘陸　七/3789
潘章　七/3924
潘曾紘　六/3060
潘緯　五/2432
潘蕃　三/1218
潘鏞　六/3231
潘鑑　三/1631
滕克恭　一/468
滕毅　一/164
滕鸞　三/1162
潯州士女　八/4485
盤江逋客　八/4506
練子寧　二/744
練高　二/584
蔣人　七/3958
蔣山卿　四/1716
蔣之翹　七/3994
蔣世模　六/3225
蔣主孝　二/1086
蔣主忠　二/1087
蔣臣　七/3508
蔣孝　四/2132
蔣茂　七/3523
蔣冕　三/1289
蔣雯階　七/3949
蔣兢　二/765
蔣德璟　六/3295
蔣瑤　三/1413
蔡文範　五/2581
蔡可賢　四/2210
蔡仲光　七/4053
蔡汝楠　四/2017
蔡羽　四/1847
蔡圻　四/1887
蔡宗堯　五/2410
蔡昂　四/1702
蔡庸　二/956
蔡彬　八/4537
蔡清　三/1276
蔡復一　六/2910
蔡善繼　六/2976
蔡雲程　四/1999
蔡經　四/1749
蔡道憲　七/3587
蔡毅中　六/2957
蔡懋德　七/3588
蔡靉　四/2011
談允謙　七/3926
談遷　七/3885
諸葛鯨　六/3158
鄭士奇　六/3078
鄭士龍　八/4430
鄭大同　四/2001
鄭之升　八/4463
鄭之文　六/3021
鄭孔庶　五/2526
鄭文康　二/1031
鄭世子載堉　一/53

鄭以偉　六/2956
鄭玄撫　五/2517
鄭如英　八/4530
鄭作　四/1863
鄭希良　八/4414
鄭邦福　五/2603
鄭杕　二/700
鄭坤　五/2539
鄭定　一/422
鄭岳　三/1373
鄭延　三/1333
鄭昂　二/671
鄭明選　五/2835
鄭東白　四/2159
鄭知常　八/4464
鄭洪　二/731
鄭洛　四/2193
鄭紀　三/1103
鄭若庸　五/2478
鄭茂　四/2180
鄭桓　二/767
鄭桐　二/701
鄭涔　二/645
鄭珞　二/898
鄭真　二/648
鄭婉娥　八/4550
鄭渭　四/2115
鄭善夫　三/1615
鄭梃　二/699
鄭琰　六/3180
鄭道傳　八/4413
鄭瑗　三/1270
鄭碏　八/4461
鄭嘉　二/948
鄭夢周　八/4404
鄭榦　二/700
鄭履淳　四/2210
鄭潛　二/595
鄭學醇　五/2611
鄭曉　四/1902
鄭閻　二/894
鄭龍采　六/3322
鄭關　二/956
鄭瀾　二/690
鄧元錫　五/2425
鄧氏　八/4162
鄧以讚　五/2593
鄧汝楫　五/2688
鄧羽　八/4238
鄧林　二/932
鄧秉貞　六/3237
鄧原岳　五/2888
鄧森廣　七/4047
鄧欽文　六/3184
鄧雲霄　六/2937
鄧渼　六/2930
鄧遷　五/2394
鄧澂　四/1827
魯淵　一/267
魯莊王陽鑄　一/38
魯惠王泰堪　一/37
魯道　三/1161
魯靖王肇煇　一/35
魯鐸　三/1431
黎公弁　二/972
黎充輝　二/704
黎民表　五/2368
黎民衷　四/2189
黎念　八/4476
黎貞　二/644
黎禔　二/692
黎景徽　八/4474
黎遂球　七/3687
黎擴　三/1175

十六畫

憲宗純皇帝　一/15
燕遺民　三/1173
盧大雅　八/4238
盧公弼　八/4424
盧柟　五/2349
盧原　七/3534
盧格　三/1267
盧雍　三/1689

盧熊　二/577
盧澐　八/4513
盧儒　三/1158
盧襄　四/1935
穆文熙　四/2213
翰林舘課　八/4486
蕭士瑋　六/3309
蕭子鵬　三/1142
蕭岐　二/711
蕭翀　二/582
蕭鎡　二/992
衡陽安懿王寵淹　一/56
遼簡王植　一/30
錢千秋　六/3326
錢士升　六/3057
錢士馨　七/3895
錢子義　二/686
錢元善　四/1872
錢元鼎　五/2438
錢允治　六/3245
錢文　三/1157
錢文薦　六/3012
錢月齡　八/4241
錢用壬　一/165
錢仲益　二/830
錢光繡　七/3952
錢安　二/943
錢百川　三/1335
錢邦芑　七/3753
錢秉鐙　七/3819
錢洪　三/1147
錢宰　一/280
錢貢　四/2215
錢栴　七/3727
錢習禮　二/889
錢復亨　二/954
錢琦　三/1654
錢肅潤　七/4050
錢敬淑　八/4194
錢嘉徵　六/3327
錢熙　七/3945
錢福　三/1359
錢遜　二/950
錢穀　五/2498
錢曄　二/981
錢龍錫　六/3001
錢應金　七/3633
錢應晉　六/3187
錢薇　四/2045
錢鎮　四/2198
錢嶫　四/2030
閻世科　六/2993
霍韜　四/1702
駱文盛　四/2063
駱用卿　三/1655
駱雲程　七/3560
鮑仁濟　二/944
鮑恂　一/112
鮑楠　三/1283
龍膺　五/2692
閭丘　八/4102

十七畫

儲氏　八/4152
儲巏　三/1278
應臯　六/3216
戴斗夜談　八/4493
戴長汎　七/4017
戴冠　三/1339
戴冠　三/1643
戴冠　七/4024
戴奎　二/608
戴重　七/3517
戴耆顯　六/2995
戴乾　五/2538
戴笠　七/3868
戴景明　六/3220
戴欽　四/1740
戴銑　三/1404
戴璉　二/1004
戴縉　三/1216
戴鏡曾　七/3912
戴鷩　四/1761
戴巏　五/2522
戴灝　六/3189

繆永謀　七/4067
繆昌期　六/3044
繆師伋　七/3570
薄少君　八/4170
薛三才　五/2769
薛文炳　六/3121
薛甲　四/2004
薛岡　六/3287
薛素素　八/4532
薛珩　七/3919
薛章憲　三/1349
薛寀　六/3397
薛欽　五/2407
薛敬　二/610
薛瑄　二/905
薛夢雷　五/2605
薛蕙　四/1720
薛應旂　四/2067
薛暨　七/4021
謝三秀　六/3113
謝五孃　八/4197
謝少南　四/2039
謝丕　三/1446
謝兆申　六/3260
謝廷柱　三/1424
謝承舉　四/1854
謝東山　四/2112
謝林　二/706
謝杰　五/2640
謝省　二/1062
謝恭　二/723
謝晉　七/4049
謝泰宗　六/3434
謝矩　二/960
謝常　二/720
謝復　三/1356
謝肅　二/567
謝夢連　七/3548
謝榛　五/2317
謝肇淛　五/2873
謝瑾　二/886
謝遷　三/1249
謝縉　二/928
謝遴　六/3406
謝蕡　四/1814
謝徽　一/219
謝應芳　一/441
謝鐸　三/1133
鍾山野老　八/4508
鍾庚陽　五/2591
鍾政　三/1159
鍾梁　四/1738
鍾惺　六/3016
鍾嶔立　七/3812
鍾曉　七/3941
韓上桂　五/2900
韓子祁　五/2652
韓文　三/1217
韓世能　五/2574
韓永　二/977
韓守益　一/179
韓邦奇　三/1634
韓邦靖　三/1635
韓宜可　一/173
韓奕　一/490
韓洽　七/3854
韓純玉　七/4040
韓曾駒　七/3805
韓敬　六/3013
韓詩　五/2415
韓雍　二/1011
韓繹祖　七/3804
韓畕　七/3920
蹇達　四/2206

十八畫

歸子慕　五/2850
歸有光　四/2226
歸昌世　七/3501
歸莊　七/3878
瀋安王詮鉌　一/40
瀋定王珵堯　一/52
瀋宣王恬烄　一/51
瀋憲王胤栘　一/44
瞿式耜　七/3717
瞿汝稷　六/3098
瞿佑　二/921

瞿景淳　四/2118
簡霄　四/1704
聶大年　二/1077
藍仁　一/475
藍智　二/568
豐坊　四/1940
轉華菴叶仙　八/4547
鎮康王恬焯　一/59
雜歌謠里諺　八/4559
魏大中　六/3066
魏之璜　六/3227
魏允中　五/2378
魏允貞　五/2670
魏允枏　七/3928
魏文焲　四/2125
魏方炳　七/3913
魏廷薦　七/3999
魏時亮　四/2194
魏時敏　三/1167
魏偁　三/1349
魏裳　五/2338
魏學洢　六/3335
魏學濂　七/3484
魏學禮　五/2439
魏澤　二/787
魏濬　六/2987
魏璧　七/3845
魏禮　七/3966
魏觀　一/136
魏驥　二/881
魏沖　六/3385
酈露　七/3715
鎦炳　二/495
鎦師邵　三/1148
顏俊彥　六/3383
顏瑄　三/1219

十九畫

龐一德　五/2653
龐尚鵬　四/2174
懷悅　三/1166
懷渭　八/4290
懷瑾　八/4321
懷讓　八/4313
瀟湘集　八/4488
羅洪先　四/1985
羅倫　三/1195
羅素月　八/4392
羅萬化　五/2559
羅頎　三/1146
羅賓王　六/3053
羅養蒙　三/1181
羅燾　三/1334
羅玘　三/1295
藕花社僧　八/4490
譚元春　六/3330
譚昌言　六/2976
譚貞良　六/3479
譚貞和　七/3561
譚貞竑　七/3562
譚清海　六/3153
邊貢　三/1563
邊習　五/2534
嚴一鵬　五/2665
嚴怡　五/2448
嚴武順　七/3779
嚴貞　二/879
嚴時泰　四/1891
嚴敕　七/3780
嚴紹宗　七/3567
嚴訥　四/2103
嚴焞　七/3571
嚴嵩　三/1470
嚴煒　七/3516
嚴調御　七/3779
嚴震直　一/168
嚴啓隆　七/3769

二十畫

寶明　八/4323
蘇大　三/1155
蘇世讓　八/4428
蘇平　二/1083
蘇正　二/1085
蘇伯厚　二/835
蘇伯衡　一/173
蘇志皋　四/2023

蘇直　二/1086
蘇茂相　五/2865
蘇祐　四/1944
蘇葵　三/1297
蘇潢　四/2285
蘇濂　四/2283
蘇澮　四/2284
蘇濬　五/2679
蘇瓊　七/3613
釋天祥　八/4482
釋機先　八/4483
饒介　八/4212

二十一畫

顧大典　五/2584
顧大章　六/3005
顧子予　七/3942
顧文淵　四/1888
顧氏　八/4161
顧可久　四/1712
顧同應　六/3239
顧存仁　四/2023
顧有孝　七/3914
顧朱　六/3490
顧協　二/712
顧孟林　六/3241
顧杲　七/3754
顧咸正　七/3708
顧咸受　七/3645
顧咸建　七/3620
顧若璞　八/4183
顧苓　七/3796
顧娟娟　八/4541
顧起元　六/2921
顧清　三/1366
顧紹芳　五/2673
顧曾唯　四/2178
顧絳　七/3827
顧超　七/4051
顧猷　六/3356
顧聖少　五/2480
顧鼎臣　三/1445
顧夢圭　四/1917
顧夢麟　七/3735
顧寧　三/1185
顧聞　五/2388
顧潤　三/1158
顧樵　七/4046
顧璘　三/1594
顧錫疇　六/3080
顧應祥　三/1448
顧瓌　四/1734
顧觀　一/457
顧圤　七/3991
顧彥夫　四/1832
顧玘徵　七/3571
顧祿　二/641

二十二畫

權近　八/4409
權遇　八/4410
權擥　八/4417
權韠　八/4457
襲勗　六/3109
讀徹　八/4374
龔士驤　六/3383
龔用卿　四/1943
龔用圓　七/3641
龔秉德　四/2114
龔勉　五/2580
龔詡　二/786
龔賢　七/4023
龔菶　八/4205

二十三畫

欒尚約　四/2169

二十四畫

靈谷寺壁上詩
八/4508